辭風華

楚辭體詩歌的哲思與情懷

白羽 著

創作緣由 × 文化象徵 × 歷史考辨 × 譯詩解析

從〈離騷〉到〈漁父〉，細探楚辭體文學的千年雅韻！

目錄

目錄

〈離騷〉

【作者及作品】

屈原是古代著名的愛國主義詩人，也是古代文學史上開天闢地式的人物，他以「楚辭體」這種藝術形式，清晰的畫出文學的框架，為後世的詩歌創作樹立了典範。木心先生說：「政治、生活、愛情都失敗，更可以是偉大的文學家，譬如屈原。」政治、人生、愛情很難成功，都因為自己無法作主，有大量外在的因素；藝術上的成功，乃在於自己可以作主。屈原在政治上失意，但在藝術上卻成功了，而且成為一種文化的象徵，成為中華民族的底色。

屈原，名平，字原，生於周顯王二十九年（西元前340年）正月初七，另一說為周顯王三十年（西元前339年）正月十四日。羋姓，出身於楚國核心貴族家族，先祖為楚武王之子熊瑕，因受封「屈」，故而後代以屈為氏。這也是先秦時期的傳統，那些世襲大族，往往以自己的封地為姓氏。屈原少年時受到良好的貴族教育，早早就展露了頭角。

成年後，屈原在貴族子弟中頗有美名，被楚懷王任命為僅次於令尹的左徒，對內主持改革，對外主持外交，一時間政令清明。與屈原同朝為官的上官大夫嫉妒屈原的才能，看到屈原主持政令的起草，便暗中尋找機會。此外，屈原的改革也觸動了楚國守舊貴族們的利益，遭到反對。有一次，上官大夫看到屈原草擬的法令草稿，想拿過來，因屬於未定稿，遭到屈原的拒絕。上官大夫便到楚懷王面前進讒言說：「大王要屈原制定法令，外間無人不知。每次法令頒布，他總是誇耀，自稱『非我不能為也』。」楚懷王聽到這種離間之辭，信以為真，從此疏遠屈原，罷免了他的左徒之職，貶官為三閭大夫。

屈原被免後，不久流放到漢北地區。因為先前楚國大夫屈匄曾率軍和齊國的軍隊一起進攻秦國，並且奪取了秦國部分土地，秦國便決計瓦解齊楚聯盟。秦惠文王派張儀到楚國後，花費巨資賄賂楚王身邊的大臣，同時對楚懷王說，只要楚國和齊國絕交，秦國願意把商、於間六百里的土地割讓給楚國。楚懷王天真的相信了張儀的話，便斷絕和齊國的同盟關係。同時派使臣到秦國索取土地，但張儀卻假裝從車上墜落，一直不上朝，使楚國使臣沒機會見面。楚懷王以為秦國懷疑自己與齊國斷交的誠意，因此派猛士宋遺去齊國辱罵齊宣王，兩國關係徹底破裂。這時候，張儀才面見了楚國使臣，他說：「我和大王說的是六里土地，沒說六百里。」使者回報楚懷王後，懷王大怒，舉兵討伐秦國。秦軍和楚軍激戰於丹水、淅水一帶，楚軍戰敗，戰死者達八萬人，大夫屈匄被俘虜。秦國趁機奪取了楚國漢中的大片土地。

戰敗的楚懷王惱羞成怒，動員全國兵力，大舉進攻秦國，兩軍再次大戰於藍田。魏國見楚國空虛，從側翼襲擊楚國的鄧地，楚懷王大為驚恐，只好撤軍。齊國坐視楚國陷於兩面交兵，未予援手。

楚國的困局，讓楚懷王想到了屈原，他起用屈原為使臣出使齊國，目的是齊楚兩國締結新的聯盟。秦國怕齊楚再度結盟，為了緩和兩國關係，願意退還漢中之地與楚國交好，楚懷王卻說不要土地，只要張儀的人頭。張儀來到楚國，用重金賄賂了楚懷王的寵臣靳尚，並得楚懷王寵姬鄭袖青眼以加，懷王耳根子一軟，就把他放回秦國了。屈原從齊國回來後，對懷王說：「為什麼不殺張儀？」懷王後悔了，趕緊派人去追，已經來不及了。

此後的十年，屈原雖然在朝，但並未得到重用。周赧王十六年（西元前 299 年），由於秦、楚之間的婚姻關係，秦昭襄王請求與楚懷王會晤。屈原對懷王說：「秦國是虎狼之國，缺乏信用，不可輕易冒險。」楚懷王的小兒子公子子蘭卻力勸前行，認為不該失去這個秦、楚交好的機會。楚懷王進入秦國境內的武關後，秦軍立刻阻斷楚王的退路，且劫持到咸陽，要求楚國用巫郡和黔中郡來交換。懷王非常憤怒，不予答應。

楚懷王被劫，在齊國為人質的太子橫趕緊回國即位，是為楚頃襄王。頃襄王即位的第二年，楚懷王從秦國逃脫，奔向趙國邊境，但趙國不接納他。他又企圖逃往魏國，結果被秦軍追上，重新幽禁，一年後便病逝了。

頃襄王執政後，任命弟弟子蘭為統領百官的最高長官令尹。由於屈原痛恨子蘭勸懷王入秦，故而子蘭對屈原也十分忌懼，便要上官大夫去詆毀屈原。頃襄王大怒，屈原被流放到江南一帶，這是他第二次遭到貶謫。屈原離開國都，到達長沙，遍遊山川形勝，寫下了大量詩篇。

此後，秦、楚連年交戰，楚國喪失了大片土地。楚頃襄王在位的第二十一年（前 278 年），秦國大將白起率軍攻破楚國的都城郢都，放了一把火，將夷陵的楚國歷代先王陵墓燒個乾淨。逃奔出都城的頃襄王，只得遷都到陳城，苟延殘喘。屈原聽說故都被攻破，於農曆五月五日投汨羅江自盡殉國。

〈離騷〉是屈原被放逐後所寫的作品，他滿懷悲憤，行吟澤畔。他追憶祖先的榮光，他的遠祖是高陽氏，也就是偉大的顓頊帝。他的近祖是楚國先王，他與楚國王室同宗同源，是王室的偏支。因此對楚國有一種特殊的使命感。

他自幼聰明穎悟，受到良好的教育。有著孤高不群的追求，他不看重世俗的權力與榮華，而是看重對「道」的尋求，因此發出了「路漫漫其修遠兮，吾將上下而求索」的聲音。他是一個內心柔軟的人，擁有悲天憫人的情懷，當他看到百姓悽慘的生活，不由得「長太息以掩涕兮，哀民生之多艱。」

他以香草喻高潔的品格，在整首詩中，提到了很多種香草，有江離、辟芷、秋蘭、木蘭、宿莽、申椒、菌桂、蕙茝、留夷、揭車、杜衡（也作杜蘅）、芳芷、秋菊、木根、薜荔、芰荷、芙蓉……等十餘種，另外還有一些和香草有關的事物，如落英，瓊枝等，還有和香草相關的地名，如蘭皋和椒丘，這些都可以看出，屈原是一個愛花的人。他不但種花、養花、護花，而且親近花，常常用花串綴成衣服，把花當成配飾。他不但是花中的君子，而且堪稱花的知音。他多處提到蘭花、菊花、荷花、蕙花，這些花最了解他，他就像是花的情人。屈原首開香草美人之喻，漢代王逸在《楚辭章句》中的〈離騷．序〉中說：「〈離騷〉之文，依《詩》取興，引類譬喻，故善鳥香草，以配忠貞；惡禽臭物，以比讒佞；靈脩美人，以媲於君。」十分中肯。

在〈離騷〉中，香草有三層內涵，一層是至純品格的象徵；一層是忠貞志士的象徵；還有一層是審美的精神傾向。第一層如「紛吾既有此內美兮，又重之以修能。扈江離與辟芷兮，紉秋蘭以為佩」之句，把美德良能與佩戴香草放在一起。香草具有極高的象徵意味，象徵忠貞之士，則彭咸、比干、梅伯之人也。比較隱晦的是第三層，審美的精神傾向，詩人一再將香草作為配飾和衣服，反映出一種強烈的超塵脫俗氣質，甚至於渴露餐英，宛若仙界之人。這種審美給人豐富的想像，也是香草文化的淵藪。後世的文人墨客都喜歡香草，如陶淵明之於菊花、周敦頤之於蓮花……

全詩如怨如訴，哀婉纏綿，如同失戀的女子；有時滿懷憤恨，指天畫地，露出節烈的猛士氣概；有時候又浮想聯翩，神遊八極，像一個遠離塵俗喧囂的人。在這裡，詩人有三重性格，一個是女性性格，一個是男性性格，還有一個是神性性格。女性性格出現後，詩人就如同一個失戀的女子，準確的說，是一個棄婦。她一再申訴，那些濁陋的妒婦嫉妒自己的美貌，故而誣陷自己淫蕩，從而使君王疏遠了自己（眾女嫉余之蛾眉兮，謠諑謂余以善淫）。男性性格的一面，詩人是一個追尋真愛的人，他希望找尋一個真正的美人。曾經向宓妃、簡狄、虞國二女，甚至崑崙山的仙子、天帝宮的仙子求愛，但不是所求對象與外表不符，就是媒人從中作梗，或不得其門而入，或錯過好時機…總之天地茫茫，飛躍於其間的詩人，卻無法找到一個真正屬於自己的懷抱。這個懷抱可以理解為精神上的遠方，也可以理解成一個接納正直大臣的君王胸懷。先說精神上的遠方，凡是詩人——尤其是真正的詩人——他們的靈魂都是飄在空中的，得不到安慰，或者說，得不到終極的安慰，如果真有一個安慰的話，那就是他自己——他自己的詩歌。君王的胸懷很好理解，屈原被放逐，他失去了君主的青睞，徹底被驅逐出國家的政治中心，他成了一個局外人。夢想中的賢君，自然是那個懷抱，但他最終也沒有等到這個懷抱，因此懷沙沉江。

神性的性格是詩人身上最重要的特質，他身上一直散發著悲天憫人的光輝，尤其是陷入幻想的時候，他操縱玉龍、鳳凰駕駛的車，行走於八極之間，太陽神、月亮神、風神、雲神、雷神、雨師……都供他驅遣。而在這個過程中，他不是單純的像神仙一般遊玩於天地間，而是仍然在尋求「道」，這個「道」反映在他馬不停蹄的尋找，而「道」呈現方式就是「求愛」，在天帝的春宮、在崑崙山的懸圃，他都曾做出這般努力。

〈離騷〉建構了一個龐大的審美空間，這種審美不但透過思維傳承，還透過體驗傳承。不同的讀者，獲得不同的體驗，讓我們一起來讀這首偉大的作品吧！

> 帝高陽[001]之苗裔[002]（一ㄟ）兮，朕[003]（ㄓㄣˋ）皇考[004]曰伯庸[005]（ㄩㄥ）。
>
> 攝（ㄕㄜˋ）提[006]貞[007]於孟陬[008]（ㄗㄡ）兮，唯庚寅[009]吾[010]以降[011]。

【譯詩】

我是上古聖王高陽氏的後裔，我已故的父親名叫伯庸。

歲星在寅年的孟春月，庚寅日那天我出生。

---

[001] 帝高陽：名顓頊。上古時期的部落聯盟首領，「五帝」之一，姬姓，因為分封在「高陽」，故而稱「高陽氏」，他是黃帝的孫子，黃帝二兒子昌意的兒子，是黃帝家族的第三任部落聯盟首領。在神話傳說中，他還是主宰北方的天帝，黑帝。

[002] 苗裔：後裔子孫。

[003] 朕：我。先秦時期，普通人也可自稱「朕」。秦統一六國，秦王政二十六年（前 221 年），「始皇帝」嬴政將「朕」定為皇帝專用的自稱，從而被後世帝王所沿襲。

[004] 皇考：一說是對亡父的尊稱，另一說是對遠祖的稱謂。

[005] 伯庸：人名，一說為詩中「我」的父親，一說為遠祖的名字。

[006] 攝提：上古時期的曆法，太歲星在寅時稱為「攝提格」，此處指寅年。

[007] 貞：正當時。

[008] 孟陬：農曆正月。

[009] 庚寅：庚寅日，干支曆法中的第 27 天。

[010] 吾：我。

[011] 降：降世，出生。

> 皇[012]覽揆[013]（ㄎㄨㄟˊ）余[014]初度[015]兮，肇[016]（ㄓㄠˋ）錫[017]余以嘉（ㄐㄧㄚ）名[018]：
>
> 名[019]余曰正則[020]兮，字[021]余曰靈均[022]。

【譯詩】

先父認真揣測我的生辰，一開始就賜給我一個美好的名字：

替我取名為「正則」，取字為「靈均」。

【延伸】

第一部分，作者敘述了自己的家世、出生時間、名字。他說自己是上古帝王高陽氏的後裔子孫，高陽氏即「三皇五帝」中的「五帝」之一——顓頊。那麼，作者是否有攀附上古聖王為自己的祖先之嫌呢？從歷史角度來看，詩人屈原的遠祖是熊瑕，熊瑕是楚武王熊通之子，曾擔任過楚國的最高官職「莫敖」（相當於宰相），因熊瑕有功勞，所以楚王把屈邑這一大片地方分封給他，故他又被稱為「屈瑕」。先秦時期，大貴族才有封

---

[012] 皇：即皇考，指作者的父親。
[013] 揆：揣測。
[014] 余：我。
[015] 初度：生日。
[016] 肇：肇始，開始。
[017] 錫：同「賜」。
[018] 嘉名：好名字。
[019] 名：作動詞，取名。
[020] 正則：公正而有法則。屈原，名平，字原。正則是對「平」字的闡明。
[021] 字：作動詞，取字。
[022] 靈均：形容土地豐美且平坦，是對「原」字的闡明。

地，並以此為榮耀，後裔往往以封地之名為姓，因此熊瑕這一系的後裔便以「屈」為姓。由此可見，屈原家族與楚國王室同一血脈。據《史記‧楚世家》的記載，楚國王室是高陽氏的後裔，那麼與楚王同宗的屈原家族，毫無疑問也是高陽氏的血脈了。

〈離騷〉是一部浪漫主義，而非寫實的作品，詩歌中的「靈均」並不與屈原本人完全吻合，而是一個詩化的自我，亦真亦虛，如同霧裡看花。詩中說他降生於寅年寅月寅日的三寅之日，未必就是屈原本人的出生年月日，詩人與詩中「靈均」的關係，在似與不似之間，既有現實中我的映照，也有靈動的神性，這正是這部作品的獨特之處。

> 紛[023]吾既有此內美[024]兮，又重之以修能[025]。
>
> 扈[026]（ㄏㄨˋ）江離[027]與辟芷[028]兮，紉[029]（ㄖㄣˋ）秋蘭[030]以為佩[031]。

【譯詩】

上天賦予我美好的品格，我又提高自己的修為和能力。

我用川芎和白芷製成衣服，串綴秋蘭為配飾。

---

[023] 紛：盛多。

[024] 內美：先天的美好品格。

[025] 修能：卓越的才能。

[026] 扈：披著。

[027] 江離：香草名，或說即為今之川芎，可入藥。

[028] 辟芷：香草名，即白芷，根可入藥。

[029] 紉：串綴。

[030] 秋蘭：香草名，今之澤蘭。

[031] 佩：本指古人身上用金玉等材質製成的裝飾物，此處指以花為佩。

汩[032]（ㄩˋ）余若將不及兮，恐[033]年歲之不吾與[034]。

朝[035]搴[036]（ㄑㄧㄢ）阰[037]（ㄆㄧˊ）之木蘭[038]兮，夕[039]攬[040]洲[041]之宿莽[042]（ㄙㄨˋ ㄇㄤˇ）。

【譯詩】

時光飛逝，我怕追趕不上，唯恐歲月不等人。

早晨我在山坡上摘取木蘭花，夕陽下我在水中的小島採擷香草。

日月忽[043]其不淹[044]兮，春與秋其代序[045]。

惟[046]草木之零落[047]兮，恐美人之遲暮[048]。

【譯詩】

歲月迅疾逝去而不停留，春秋更替時光匆匆。

---

[032] 汩：本義形容水流，此處用以形容時間流逝。
[033] 恐：恐怕。
[034] 不吾與：即「不與吾」，不等待我。
[035] 朝：早晨。
[036] 搴：摘。
[037] 阰：山坡。
[038] 木蘭：花名，或說即紫玉蘭。
[039] 夕：晚上。
[040] 攬：採集。
[041] 洲：水中的小島。
[042] 宿莽：香草名，經冬不死，葉有香氣。
[043] 忽：迅速的樣子。
[044] 淹：停留。
[045] 代序：不停的更迭。
[046] 惟：念及。
[047] 零落：凋謝。指樹木落葉，花草凋敝。
[048] 遲暮：衰老。

想到樹木落葉紛紛，擔心青春美人衰老。

【延伸】

第二部分，香草美人的典故，創於屈原，始於〈離騷〉，以上詩句中出現了江離、辟芷、秋蘭、木蘭、宿莽等 5 種香草，以香草喻美好品德，以美人喻君子。「香草」這一典故，被後世的詩人們繼承了下來，並成為古典詩歌的傳統。唐代詩人王維〈辛夷塢〉詩云：「澗戶寂無人，紛紛開且落」，宋代詩人蘇東坡〈和子由記園中草木十一首〉詩云：「芎藭生蜀道，白芷來江南」，清代詩人康有為〈出都留別諸公〉詩云：「懷抱芳馨蘭一握，縱橫宙合霧千重」，這些詩中的「香草」意象，是對〈離騷〉創始的這個意象多層面上的發展和豐富。

> 不撫[049]壯[050]而棄穢[051]（ㄏㄨㄟˋ）兮，何不改乎此度[052]？
>
> 乘騏驥[053]（ㄑㄧˊ ㄐㄧˋ）以馳騁[054]（ㄔˊ ㄔㄥˇ）兮，來吾道[055]夫先路[056]。

---

[049] 撫：趁著。
[050] 壯：盛年，指年華正好之時。
[051] 穢：本義為骯髒，此處指敗壞的政治。
[052] 此度：目前的制度。
[053] 騏驥：駿馬。
[054] 馳騁：飛快的奔跑。
[055] 道：通「導」，引導。
[056] 先路：前路。

【譯詩】

為何不在盛年時拋棄敗壞的政治，為何不改變現在的制度？

就像乘著千里馬拉的車馳騁，我會在前面為你引路。

> 昔[057]三后[058]之純粹兮，固[059]眾芳[060]之所在。
>
> 雜申椒[061]與菌桂兮，豈唯紉夫蕙茝（ㄏㄨㄟˋ　ㄔㄞˇ）！

【譯詩】

楚國的三位先君品格高貴，為有賢德和才能的臣子所環繞。

人品如申椒和菌桂者尚且得重用，不必說賢達如茝和蕙者串綴緊密！

> 彼堯舜[062]（ㄧㄠˊ　ㄕㄨㄣˋ）之耿介[063]（ㄍㄥˇ　ㄐㄧㄝˋ）兮，既遵道[064]而得路[065]。

---

[057] 昔：從前，先前。
[058] 三后：三位君王，或指楚國歷史上的熊繹、若敖、蚡冒三位君主。
[059] 固：本來。
[060] 眾芳：指有賢德的臣子們。
[061] 申椒：申地的花椒，指香料。與後文的菌桂、蕙、茝都指有賢德的臣子。
[062] 堯舜：上古的兩位聖王，奉行「禪讓制」，以賢德著稱。堯帝，又稱陶唐氏，後禪位給賢德有才的舜；舜帝，名重華，後禪位給治水有功的禹。
[063] 耿介：光大聖明，廉潔自持。
[064] 遵道：遵行正大光明的政治之道。
[065] 得路：得到治理國家的正途。

何桀紂[066]（ㄐㄧㄝˊ　ㄓㄡˋ）之猖披[067]兮，夫唯捷徑[068]以窘步。

【譯詩】

堯帝和舜帝秉性光明而正直，遵行正道把國家帶上正確的道路。

夏桀和商紂猖狂而無德，因貪圖捷徑而寸步難行。

唯夫黨人[069]之偷樂[070]兮，路幽昧[071]（ㄇㄟˋ）以險隘。

豈余身之憚殃[072]（ㄧㄤ）兮，恐皇輿[073]之敗績[074]！

【譯詩】

結黨營私的人苟且於安樂，國家的道路卻愈來愈險惡。

我豈是害怕自身的安危，我是擔心江山社稷傾覆！

[066] 桀紂：古代史上的兩位暴君，桀為夏朝的亡國之君，紂為商代的末世之君。
[067] 猖披：猖狂。
[068] 捷徑：本義為便捷之路，此處指非正途。
[069] 黨人：大臣們結成朋黨。
[070] 偷樂：苟且於安樂。
[071] 幽昧：昏暗不明。
[072] 憚殃：畏懼災禍。
[073] 皇輿：本義指國君所乘坐的高大、華麗的車，後代稱王朝。
[074] 敗績：失敗。

忽[075]奔走以先後兮，及[076]前王之踵武[077]。

荃[078]（ㄑㄩㄢˊ）不察余之中情[079]兮，反信讒以齌（ㄐㄧˋ）怒[080]。

【譯詩】

匆忙的前後奔走，踏著先代聖王的足跡。

君王未了解我內心的忠誠，反而相信讒言對我勃然大怒。

余固知[081]謇（ㄐㄧㄢˇ）謇[082]之為患[083]兮，忍而不能捨也。

指九天[084]以為正[085]兮，夫唯靈脩[086]之故也。

【譯詩】

我固然知曉直諫的災禍，但我仍然無法放棄。

我請上蒼作證，我所做的一切都是為了我的君王。

---

[075] 忽：急忙。
[076] 及：趕上。
[077] 踵武：足跡、腳印。
[078] 荃：香草名。
[079] 中情：內心。
[080] 齌怒：暴怒、狂怒。
[081] 固知：固然知道。
[082] 謇謇：忠貞直言的樣子。
[083] 患：災難。
[084] 九天：古代人認為天有九重，此處代指天。
[085] 正：通「證」，證明。
[086] 靈脩：楚國人對君主的美稱。

初[087]既與余成言[088]兮，後悔遁[089]而有他。

余既不難夫離別兮，傷靈脩之數（ㄕㄨㄛˋ）化[090]。

【譯詩】

起初既已與我有了約定，後來又反悔而有隱情做別的打算。

我並不難過與你的別離，只是傷心君王的變化無常。

【延伸】

第三部分，首先勸諫國君趁還處於盛年，丟棄敗壞的國政，執行正確的制度。只要肯改革，就彷彿駕了一輛由千里馬拉的車，很快就能在光明的道路上馳騁。詩人還懷念了楚國三位有作為的君主，講述明君和賢臣一起創造的良好局面。並從反面和正面兩方面舉例，像堯帝和舜帝那樣，就能昌盛；像夏桀和商紂那樣，國家就會滅亡。儘管忠言勸諫會引起君主的怒火，並引火燒身，但作者並不畏懼。「荃不察余之中情兮，反信讒以齌怒。余固知謇謇之為患兮，忍而不能捨也」等句，表達的就是一種不避斧鉞，依然愛國的思想。魯迅先生詩云：「寄意寒星荃不察」便是用此典故。清代愛國主義者林則徐詩云：「苟利國家生死以，豈因禍福避趨之」，更是對屈原這個愛國思想的繼承。

[087] 初：起初。
[088] 成言：約定。
[089] 遁：隱。
[090] 數化：多次變化。

詩中以男女之情喻君臣，以男女婚戀破碎比喻君臣之間不協調，遭受小人陷害，政治道路上遭遇挫折。

> 余既滋[091]蘭之九畹[092]兮，又樹[093]蕙之百畝。
>
> 畦[094]（ㄒㄧ）留夷[095]（ㄌㄧㄡˊ　ㄧˊ）與揭車兮，雜杜衡與芳芷。

【譯詩】

我種植了很多春蘭，又栽培了百餘畝蕙。

我在壟上種植了留夷與揭車兩種香草，又在壟間套種了杜衡與芳芷。

> 冀[096]枝葉之峻茂[097]兮，願竢[098]時乎吾將刈[099]。
>
> 雖萎絕[100]其亦何傷兮，哀眾芳之蕪穢[101]。

---

[091]　滋：種植。
[092]　九畹：三十畝為一畹。九畹，極言多，並非確指。
[093]　樹：同前文「滋」，均指種植植物。
[094]　畦：五十畝為一畦。
[095]　留夷：香草名，即芍藥。後文的揭車、杜蘅、芳芷均為香草名。
[096]　冀：希望。
[097]　峻茂：高大茂盛。
[098]　竢：同「俟」，等待。
[099]　刈：本義為收割莊稼，此處指收穫。
[100]　萎絕：枯萎凋謝。
[101]　蕪穢：本義指雜草叢生，此處指有才的人變壞。

【譯詩】

我期盼它們高大而茂盛，等待時機成熟我就收割。
枯萎凋零又有何悲傷，我痛心的是有才華的人志節敗壞。

> 眾皆競進[102]以貪婪兮，憑不猒（一ㄢˋ）[103]乎求索。
> 羌[104]內恕己[105]以量人兮，各興[106]心而嫉妒。

【譯詩】

眾人都貪婪爭搶高位，已經飽滿而不滿足的索取。
寬恕自己而猜忌別人，各自起壞心眼而嫉妒。

> 忽馳鶩[107]（ㄨˋ）以追逐兮，非余心之所急。
> 老冉冉[108]其將至兮，恐修名[109]之不立。

【譯詩】

到處鑽營而追逐名利，不是我內心急於追求的。
衰老漸漸逼近，我擔心自己的美名還未樹立。

---

[102] 競進：爭相求進，向高位爬。
[103] 猒：同「饜」，滿足。
[104] 羌：楚方言的語氣詞，無實義。
[105] 內恕己：對自己寬容。
[106] 興：起。
[107] 馳鶩：亂跑。
[108] 冉冉：漸漸的。
[109] 修名：美名。

朝飲木蘭之墜露兮，夕餐[110]秋菊之落英[111]。

苟[112]余情其信[113]姱[114]（ㄎㄨㄚ）以練要[115]兮，長顑頷[116]（ㄎㄢˇ ㄏㄢˋ）亦何傷！

【譯詩】

早上飲用木蘭花上墜落的露珠，晚上食用秋菊凋謝的花瓣。

只要我的感情精誠不移，面黃肌瘦又有何憂傷！

掔[117]（ㄑㄧㄢ）木根以結茝兮，貫[118]薜荔[119]之落蕊。

矯[120]菌桂以紉蕙兮，索[121]胡繩之纚（ㄒㄧˇ）纚[122]。

【譯詩】

持取木根編織上茝草，再把薜荔的落花串於其中。

拿菌桂的枝條串綴美蕙，搓成的繩索看起來很好。

---

[110] 餐：吃，食用。
[111] 落英：墜落的花瓣，或說是初生之花。
[112] 苟：只要。
[113] 信：果真。
[114] 姱：美好。
[115] 練要：精誠專一。
[116] 顑頷：由於飢餓而面色發黃。
[117] 掔：持。
[118] 貫：串起來。
[119] 薜荔：香草名。
[120] 矯：舉著、拿。
[121] 索：搓繩子。
[122] 纚纚：繩索美好的樣子。

謇（ㄐㄧㄢˇ）吾法[123]夫前修兮，非世俗之所服[124]。

雖不周[125]於今之人兮，願依彭咸[126]之遺則[127]。

【譯詩】

我向前代的聖者學習，這不是世間凡俗之人能夠做到的。

我雖不容於當世之人，願追隨前代名臣彭咸的遺教。

【延伸】

第四部分，詩人在政治上遭到挫折，但他並沒有氣餒，而是獎擕後進，為國家培養人才。周圍的同僚們大多以名利為立身之本，而詩人卻以美德為立身的基礎，反映了兩種完全不同的人生觀。

世道人心漸變，身居高位者醉生夢死，身處下位者競相媚上。而詩人依然直道而行，頭戴香花、身披香草，遺世而孤立，卓爾不群於濁流之中。詩人還把殷商時期的賢者彭咸奉為自己的榜樣，堅持自己的人生理想，即使是死，也毫不放棄。

---

[123] 法：效法。

[124] 服：做。

[125] 不周：不相容。

[126] 彭咸：人名，殷商時期大夫，勸君主改過，君主不聽，因而投水自盡。被屈原視為忠烈的楷模。「彭咸為殷商大夫」的說法見於王逸《楚辭章句》，但在其他史書中卻不見記載，可能為傳說的人物。此外，彭咸之名還出現在〈思美人〉、〈悲回風〉、〈抽思〉等篇目中。

[127] 遺則：遺留的法則。

長太息[128]以掩涕[129]兮，哀[130]民生[131]之多艱。

余雖好修姱（ㄒㄧㄡ　ㄎㄨㄚ）[132]以鞿羈[133]（ㄐㄧ　ㄐㄧ）兮，謇（ㄐㄧㄢˇ）朝誶[134]（ㄙㄨㄟˋ）而夕替[135]。

【譯詩】

我擦著眼淚長嘆一聲，憐憫百姓的生活如此艱難。

我雖身懷潔美而嚴於自律，但早上進諫到晚上就遭到廢棄。

既替余以蕙纕[136]（ㄒㄧㄤ）兮，又申[137]之以攬茝。

亦余心之所善兮，雖九死其猶未悔。

【譯詩】

他們攻擊我以蕙草為配飾，又責難我採集茝蘭。

這是我內心真正的追求，就算一死再死我也不後悔。

[128]　太息：嘆息。
[129]　涕：淚水。
[130]　哀：憐憫。
[131]　民生：人民的日常生計。
[132]　修姱：潔美。
[133]　鞿羈：本義為馬韁繩和絡頭，此處指自我約束。
[134]　誶：勸諫。
[135]　替：廢。
[136]　纕：配飾。
[137]　申：重複。

怨[138]靈脩[139]之浩蕩兮，終不察夫民心。

眾女[140]嫉余之蛾眉[141]兮，謠諑[142]（ㄧㄠˊ　ㄓㄨㄛˊ）謂余以善淫[143]。

【譯詩】

實怨我們的君王太糊塗，始終無法體察民心之變。

群小嫉妒我的才華，造謠、誹謗說我品行不端。

固時俗之工巧[144]兮，偭[145]（ㄇㄧㄢˇ）規矩而改錯[146]。

背繩墨[147]以追曲[148]兮，競周容[149]以為度。

【譯詩】

庸俗之人本就善於投機取巧，背棄規矩而改變先王制度。

背棄正直而追逐邪曲，競相以苟合取悅主上為原則。

---

[138]　怨：怨恨。
[139]　靈脩：對楚國君主的美稱，此處或指楚懷王。
[140]　眾女：比喻群臣。
[141]　娥眉：形容女子的眉毛，後來成為女子的代稱。
[142]　謠諑：造謠、誹謗。
[143]　善淫：過度放縱。
[144]　工巧：善於取巧。
[145]　偭：違背。
[146]　錯：通「措」，措施。
[147]　繩墨：指木工取直的工具，後指標準、法度。
[148]　曲：斜曲。
[149]　周容：苟合取容。

忳[150]（ㄊㄨㄣˊ）鬱邑余侘傺[151]（ㄔㄚˋ　ㄔˋ）兮，吾獨窮困[152]乎此時也。

寧溘[153]死以流亡兮，余不忍為此態也。

【譯詩】

懷才不遇而憂愁煩悶，我仕途不順而困窘到了極點。

我寧願忽然死去魂魄離散，也不願做出媚俗取悅的醜態。

鷙（ㄓˋ）鳥[154]之不群[155]兮，自前世而固然。

何方圜[156]（ㄩㄢˊ）之能周[157]兮，夫孰異道而相安？

【譯詩】

猛禽和凡鳥不同群，自古以來都是如此。

方與圓豈能相合，道不同何以能彼此相安？

屈心[158]而抑志兮，忍尤[159]而攘詬[160]（ㄍㄡˋ）。

---

[150]　忳：心悶。
[151]　侘傺：不得志的樣子。
[152]　窮困：仕途不達。
[153]　溘：忽然。
[154]　鷙鳥：指猛禽。
[155]　不群：不合群。
[156]　圜：同「圓」。
[157]　周：相合。
[158]　屈心：委屈自己的心志。
[159]　尤：過錯。
[160]　攘詬：忍受恥辱。

伏[161]清白以死直[162]兮，固前聖之所厚[163]！

【譯詩】

我寧可委屈壓抑自己的情志，接受眾人的譴責、咒罵。

保持清白節操為忠直而死，這才是古代聖賢所看重的。

【延伸】

第五部分，詩人遭到群小和姦佞的中傷和詆毀，但依然不放棄自己忠直的節操，並表達了九死不悔的態度。

詩人將自己比作不合群的猛禽，庸碌的官員們當然就是凡鳥了。猛禽向來獨飛，凡鳥則嘰嘰喳喳，聚攏成群。不能與世俗和光同塵，這實際上意味著詩人不見容於當時的官場，必然被斥逐。詩人在政治上失敗了，一腔怨憤無處發洩，鬱鬱於心，曲折成詩。他在政治上失敗了，但在藝術上卻成功了，發出「長太息以掩涕兮，哀民生之多艱」的千古絕唱，堪稱古代有良知的知識分子的典範。

悔相[164]道之不察[165]兮，延[166]佇[167]乎吾將反[168]。

回朕車以復路兮，及行迷之未遠。

---

[161] 伏：同「服」，堅守。
[162] 死直：為忠直而死。
[163] 厚：厚待、重視。
[164] 相：觀察選擇。
[165] 察：仔細觀察。
[166] 延：長久，或伸著脖子看。
[167] 佇：站立。
[168] 反：同「返」，返回。

【譯詩】

後悔當初上路沒有仔細觀察，長久徘徊我打算掉頭返回。

讓我的車回到原來的路上，幸好我還未迷失的太遠。

步余馬於蘭皋[169]（ㄍㄠ）兮，馳椒丘[170]且[171]焉[172]止息。

進不入[173]以離[174]尤[175]兮，退將復修吾初服[176]。

【譯詩】

我騎著馬在長滿蘭花的水邊小丘，驅馳到長滿花椒樹的山邊休息。

不進官場招惹禍患，退回來重修當年的衣裳。

製芰（ㄐㄧˋ）荷[177]以為衣[178]兮，集芙蓉以為裳。

不吾知[179]其亦已兮，茍[180]余情其信芳。

---

[169] 蘭皋：長滿蘭草的水邊高地。
[170] 椒丘：長滿花椒樹的山。
[171] 且：暫且。
[172] 焉：於此。
[173] 進不入：即「不進入」。
[174] 離：罹，遭遇。
[175] 尤：罪。
[176] 初服：固有的美德。以嘉美的衣服比喻美德。
[177] 芰荷：菱花的別稱，為楚國方言。
[178] 衣：上衣。古人稱上衣為「衣」，下衣為「裳」。
[179] 不吾知：即「不知吾」，不了解我。
[180] 茍：如果。

【譯詩】

用菱花的葉子裁剪成上衣，用蓮花縫製成下裳。
沒有人了解我也就罷了，只要我的內心充滿了芬芳。

高[181]余冠之岌岌[182]兮，長[183]余佩之陸離[184]。
芳與澤[185]其雜糅兮，唯昭質[186]其猶未虧。

【譯詩】

把帽子增高讓它聳立，把腰間的配飾加長而飄然。
香花和汙泥混在一起，光明美好的本質卻未曾消減。

忽反顧以遊目[187]兮，將往觀[188]乎四荒[189]。
佩繽紛[190]其繁飾兮，芳菲菲[191]其彌[192]章[193]。

---

[181] 高：動詞，加高。
[182] 岌岌：本義為山高的樣子，此處形容帽子很高。
[183] 長：動詞，加長。
[184] 陸離：此詞最早見於《楚辭》，歷代學者各有所說，有「參差」、「眾貌」、「璀璨」等種種說法，文物大家史樹青先生考證為「琉璃」。
[185] 芳與澤：芬芳的與惡臭的。澤，大部分學者均認為是芳的反面。
[186] 昭質：內有美德。
[187] 遊目：放眼看。
[188] 往觀：前去觀望。
[189] 四荒：四方荒野之地。
[190] 繽紛：盛多的樣子。
[191] 菲菲：勃勃，芳香的樣子。
[192] 彌：更加。
[193] 章：同「彰」，彰顯。

【譯詩】

忽然回頭放眼觀望，準備去四荒之地探索。

我的配飾飄然而華麗，散發著一陣陣的幽香。

> 民生[194]各有所樂兮，余獨好修[195]以為常[196]。
>
> 雖體解[197]吾猶未變兮，豈余心之可懲[198]？

【譯詩】

人生的道路上各有自己的樂趣，我習慣於不斷提升修養。

就算把我肢解我也不會改變，我的心難道會隨便被壓服？

【延伸】

第六部分，進一步表達了作者「九死不悔」的態度。詩中的「我」身上穿著用菱花、蓮花製成的衣裳，戴著高高的帽子，腰間的配飾隨風飄蕩，一股幽香不期而至。我們從這個形象來看，「靈均」絕不似凡間之人，而是天降之子，這是一副天仙之姿，飄然而灑脫。與他的外貌相匹配的，是他內心的美德，他意志堅定，就算是人間最殘酷的刑罰，也不能令他產生那麼一絲動搖。

「芰荷為衣」的典故為後世詩人所發揚，成為退而善其身

[194] 民生：人生。

[195] 好修：愛好修能。

[196] 常：如常，習慣。

[197] 體解：肢解的酷刑，即車裂。

[198] 懲：戒懼且悔恨。

的代稱。宋代詩人陳必復〈江湖〉詩云：「江湖路遠總風波，欲各山中製芰荷」，便是借重此義。

女嬃[199]（ㄒㄩ）之嬋媛[200]（ㄔㄢˊ ㄩㄢˊ）兮，申申[201]其詈[202]（ㄌㄧˋ）予。

曰：「鯀[203]（ㄍㄨㄣˇ）婞（ㄒㄧㄥˋ）直[204]以亡身兮，終然殀[205]（ㄧㄠ）乎羽之野。

【譯詩】

姐姐關切我而婉轉痛心，一遍又一遍的告誡我。

說：「鯀因為剛直而性命不保，最終被殺死在羽山的荒野。

汝何博[206]謇[207]而好修兮，紛獨有此姱節[208]（ㄎㄨㄚ ㄐㄧㄝˊ）？

---

[199] 女嬃：姐姐。另有女兒、侍女、巫女等眾多說法。這個形象當為詩人創造的文學形象，未必真有其人。

[200] 嬋媛：關心而顯得痛心的樣子。

[201] 申申：再三。

[202] 詈：責罵。

[203] 鯀：大禹的父親。傳說天下洪水氾濫，堯帝任命鯀為治水之官，治水長達九年。鯀用堵的方法治水，治水失敗，被堯帝流放到羽山，後來堯帝又派遣祝融用吳鉤劍將他殺死。

[204] 婞直：剛直。

[205] 殀：同「夭」，非正常死亡。

[206] 博：多。

[207] 謇：直言。

[208] 姱節：美好的節操。

蒼[209]（ㄘ／）菉[210]（ㄌㄨ丶）葹[211]（ㄕ）以盈室兮，判[212]獨離而不服[213]。

【譯詩】

你為何總是好直言而太自愛，與眾不同且講求節操？

滿屋子堆滿了野生的花花草草，你卻不肯佩戴孤傲自持。

眾不可戶說[214]（ㄕㄨㄟ丶）兮，孰[215]云[216]察余[217]之中情？

世並舉[218]而好朋[219]兮，夫何煢（ㄑㄩㄥ／）獨[220]而不予聽？」

【譯詩】

對眾人無法挨家挨戶去說明，誰又能詳察我們的本心呢？

世人都喜歡成群結伴互相吹捧，你為何孤身而行，不聽我的勸告呢？」

---

[209] 蒼：同「茨」，堆積，另說為草名。

[210] 菉：草名，王芻。

[211] 葹：惡草名。

[212] 判：判然。

[213] 服：佩戴。

[214] 戶說：一家一戶的去解釋自己的心志。

[215] 孰：誰。

[216] 云：語助詞。

[217] 余：我們。

[218] 並舉：相互抬舉。

[219] 好朋：好結朋黨。

[220] 煢獨：無兄弟稱之為「煢」，無子稱之為「獨」，此處指孤獨。

【延伸】

第七部分，詩中出現了第二人物女嬃，她是一位關心且愛護詩人的女性。她勸告詩人不妨和光同塵，與世人保持一致，不要太潔身自持，以免像鯀那樣，因為太剛直而遇害。詩歌透過女嬃之口，側面描寫詩人不同於流俗，特立獨行的姿態。

> 依前聖以節中[221]兮，喟[222]（ㄎㄨㄟˋ）憑[223]心而歷[224]茲[225]。
>
> 濟[226]沅湘[227]以南征兮，就重華[228]而陳（ㄔㄣˊ）詞。

【譯詩】

我遵循前代聖賢的要求無偏差，可嘆我的遭遇竟然如此。

渡過沅水和湘水向南走去，我要向舜帝陳說衷腸。

---

[221] 節中：節制而不偏，持守正道。
[222] 喟：嘆息。
[223] 憑：憤懣。
[224] 歷：經歷。
[225] 茲：此。
[226] 濟：渡河。
[227] 沅湘：沅水和湘水，楚國境內的兩條河流。
[228] 重華：舜帝，據說舜帝是重瞳，每隻眼睛有兩個瞳孔。舜帝南巡時死於沅湘以南的九嶷山。

啟[229]〈九辯〉與〈九歌〉[230]兮，夏康娛[231]以自縱。

不顧難以圖後[232]兮，五子[233]用失[234]乎家巷[235]（ㄒㄧㄤ丶）。

【譯詩】

夏啟從天帝那裡偷來〈九辯〉和〈九歌〉，尋歡作樂而自我放縱。

不關注可能出現的後患，五個兒子失去了他們的家。

羿[236]（ㄧ丶）淫[237]遊以佚畋（ㄊㄧㄢ丿）兮，又好射夫封狐[238]。

---

[229] 啟：夏啟，大禹之子，夏王朝的實際建立者。夏啟之前，堯、舜、禹推位讓國，實行的是原始的選舉制，也就是禪讓制。大禹的兒子夏啟殺死了伯益，破壞了「禪讓」制度，開啟了權力在家族內部傳承的世襲制。

[230] 〈九辯〉與〈九歌〉：神話傳說中的天界樂曲，據說是夏啟到天上作客，將這兩支樂曲偷偷帶回人間。

[231] 康娛：過度的娛樂、放縱。另一說「夏康」連讀，夏義為「大」，康指夏啟之子太康。

[232] 圖後：以圖將來。

[233] 五子：夏啟的五個兒子，另一說是太康的五個兒子。夏啟晚年逐漸昏聵，他的五個兒子曾發動叛亂。

[234] 失：夏朝傳到第三代君主太康時，太康整天飲酒作樂，荒廢政事，東夷有窮氏的首領后羿趁機攻打夏朝，奪取政權，這就是歷史上的著名事件「太康失國」。太康的五個弟弟在洛水邊，作〈五子之歌〉。

[235] 家巷：家鄉，此處指夏朝的都城。

[236] 羿：后羿，夏朝有窮國的君主。發動政變取得夏王朝的權柄，後來被自己的家臣寒浞所殺。

[237] 淫：與後文的佚同義，均指過度。

[238] 封狐：大狐。

固亂流其鮮（ㄒㄧㄢˇ）終[239]兮，浞[240]（ㄓㄨㄛˊ）又貪夫厥[241]家[242]。

【譯詩】

后羿過度沉溺於打獵嬉戲，又沉醉於獵殺大狐。

行為放蕩者本來就很少善終，寒浞殺掉后羿霸占他的妻子。

澆[243]（ㄠˋ）身被服強圉[244]（ㄩˇ）兮，縱欲而不忍。

日康娛而自忘[245]兮，厥首用夫[246]顛隕[247]。

【譯詩】

寒澆自恃勇武有力，放縱自己而不肯節制。

每日尋歡作樂忘掉自身的危險，他的人頭因此而落地。

---

[239] 鮮終：少有善終。

[240] 浞：寒浞，傳說是后羿的相。后羿沉溺於打獵，不思處理國事，大權旁落到寒浞手中。寒浞喜愛后羿美麗的妻子，並與之偷情，害怕敗露，射殺了后羿。

[241] 厥：其。

[242] 家：通「姑」，古代對女性的稱謂，此處指后羿之妻。

[243] 澆：過澆，寒浞的兒子，是著名的猛士。

[244] 被服強圉：依仗自己強大的力量。另說意為穿著堅固的盔甲。

[245] 自忘：忘掉自己的安危。

[246] 用夫：因而。

[247] 顛隕：墜落。

夏桀[248]（ㄐㄧㄝˊ）之常違[249]兮，乃遂焉而逢殃[250]。

后辛[251]之菹醢[252]（ㄐㄩ ㄏㄞˇ）兮，殷宗[253]用而[254]不長。

【譯詩】

夏桀的行為總是違背常規，終於遭到禍殃。

紂王把忠良剁成肉醬，殷王朝也就不能長久了。

湯禹[255]儼[256]（ㄧㄢˇ）而祗[257]（ㄓ）敬兮，周[258]論道而莫差。

舉賢而授能兮，循[259]繩墨而不頗。

【譯詩】

商湯和大禹莊重肅穆敬畏神靈，周祥的治國少出偏差。

他們都能選拔賢良之臣，遵循法度而不偏頗。

---

[248] 夏桀：夏王朝的末代君主，暴君，被流放而死。
[249] 常違：違背天道和人情。
[250] 逢殃：遭受災禍。
[251] 后辛：殷紂王，商朝的末代君主，牧野之戰失敗後，周軍攻陷商王朝的都城朝歌，殷紂王自焚而死。
[252] 菹醢：把人剁成肉醬的酷刑。
[253] 殷宗：商王朝的國祚，宗指宗廟、宗脈。
[254] 用而：因而。
[255] 湯禹：商王朝的開創者成湯和夏王朝的開創者大禹。
[256] 儼：莊嚴。
[257] 祗：恭敬。
[258] 周：周密謹慎，或說周文王與武王。
[259] 循：遵從。

皇天[260]無私阿[261]兮，覽民德[262]焉錯輔[263]。

夫維[264]聖哲[265]以茂行[266]兮，苟[267]得用[268]此下土[269]。

【譯詩】

上天不會偏私，誰有德就給予扶助。

只有先達睿智、德行充沛的人，才能得到整個天下。

瞻前而顧後兮，相（ㄒㄧㄤˋ）觀[270]民[271]之計極[272]。

夫孰非義而可用兮？孰非善而可服[273]？

【譯詩】

回顧過去又瞻望未來，觀察出萬民的意願。

哪有不義之人而擁有天下？哪有不善而得到擁戴？

[260] 皇天：對天與天神的稱謂。
[261] 私阿：偏愛，曲意庇護。
[262] 民德：君主之德，對上天而言，君主也是民。
[263] 錯輔：安排輔佐。錯通「措」。
[264] 維：同「唯」，唯獨。
[265] 聖哲：有超越常人道德與智慧的人。
[266] 茂行：德行充茂的人。
[267] 苟：於是。
[268] 用：擁有。
[269] 下土：指天下。
[270] 相觀：同義連用，觀察。
[271] 民：人，此處指君主。
[272] 計極：興亡之因緣。
[273] 服：意同「用」。

阽[274]（ㄉㄧㄢˋ）余身而危死兮，覽余初[275]其猶未悔。

不量鑿（ㄗㄨㄛˋ）而正枘[276]（ㄖㄨㄟˋ）兮，固前修以菹醢（ㄐㄩ ㄏㄞˇ）。

【譯詩】

雖然死亡已向我靠近，但我並不為初心後悔。

不因君主的好惡而改變自我，這是前代諍臣粉身碎骨的原因。

曾[277]歔欷[278]（ㄒㄩ ㄒㄧ）余鬱邑（ㄩˋ ㄧˋ）兮，哀朕時之不當[279]。

攬茹[280]蕙以掩涕兮，霑[281]（ㄓㄢ）余襟之浪浪[282]。

【譯詩】

心中憂鬱而哭泣不止，哀嘆自己生不逢時。

我拿起柔軟的蕙花擦拭眼淚，但淚水漣漣沾溼了我的衣襟。

---

[274] 阽：臨近凶險。
[275] 初：初衷、初心。
[276] 枘：鑿子的木柄，此處指諍臣，不肯遷就迎合君主的臣子。
[277] 曾：增，屢次。
[278] 歔欷：悲傷哭泣的聲音。
[279] 不當：不逢時。
[280] 茹：柔軟。
[281] 霑：沾，打溼。
[282] 浪浪：流個不停的樣子。

【延伸】

第八部分，詩人雖然得不到重用，但是心中依舊難以放下朝堂大事。他反覆思考歷史上的國家興亡，得到一個結論。君主能夠潔身自好、克制自己，對百姓行仁義，天下就能長久，比如大禹、成湯、周文王、周武王等開創者；不修自己的德行，暴虐、貪婪、放縱欲望，就會導致滅亡，比如太康、后羿、寒浞、夏桀、殷紂王等。從以上所舉的例子來看，詩人熟讀歷史，這個歷史的範疇是整個華夏範圍內的歷史，而不局限於楚國的地域歷史，可見詩人是將自己王國的歷史放置在整個天下範圍內來衡量的。詩人無處陳述內心的苦楚，想像自己到了上古先王舜帝面前，向他講述這個道理。這種曲折的表達方式，將詩人內心深處的無望與無奈，以及對故國的哀愁，表達的淋漓盡致。

> 跪敷[283]（ㄈㄨ）衽[284]（ㄖㄣˋ）以陳辭[285]兮，耿[286]吾既得此中正[287]。

---

[283] 敷：鋪開。
[284] 衽：衣服前面的衣襟。
[285] 陳辭：陳說。
[286] 耿：耿介。
[287] 此中正：此中之正道。

駟[288]（ㄙˋ）玉虬[289]（ㄑㄧㄡˊ）以椉[290]（ㄔㄥˊ）鷖[291]（ㄧ）兮，溘[292]埃[293]風余上征[294]。

【譯詩】

跪著鋪開衣襟陳說心曲，我得到正道而心中明亮。

我駕馭著玉龍鳳車，在風的助力下扶搖直上天空。

朝[295]發軔[296]（ㄖㄣˋ）於蒼梧[297]兮，夕[298]余至[299]乎縣圃[300]（ㄒㄧㄢˋ ㄆㄨˇ）。

欲少留此靈瑣[301]兮，日忽忽其將暮。

【譯詩】

早晨從南方的蒼梧出發，晚上就到了萬里之遙的玄圃。

我想在仙府門前稍留片刻，可是天色昏暗快天黑了。

---

[288] 駟：四匹馬拉著一輛車，稱為駟。

[289] 玉虬：玉龍。虬，傳說中沒有角的龍。

[290] 椉：乘。

[291] 鷖：傳說中的神鳥，屬鳳凰類，羽毛五彩。

[292] 溘：忽然。

[293] 埃：細小的塵土。

[294] 征：向天上飛。

[295] 朝：早晨。

[296] 發軔：啟程。軔，阻止車輪轉動的楔形小木頭，墊在車輪下，防止車輪滾動。拿掉軔，即為啟程。

[297] 蒼梧：又名九嶷，在今湖南省寧遠縣東南，舜帝即葬於此境內。詩人在這裡拜謁了重華，故而說從這裡啟程。

[298] 夕：晚上。

[299] 至：到達。

[300] 縣圃：又作懸圃、玄圃，傳說中崑崙山頂上的神仙居所。

[301] 靈瑣：進入玄圃的門。

吾令羲和[302]（ㄒㄧ　ㄏㄜˊ）弭節[303]（ㄇㄧˇ　ㄐㄧㄝˊ）兮，望崦嵫[304]（ㄧㄢ　ㄗ）而勿迫[305]。

路曼曼[306]其修遠[307]兮，吾將上下而求索。

【譯詩】

我命令太陽神羲和停鞭慢行，莫讓太陽靠近崦嵫山。

前面的道路漫長而無期，我將不停的追求理想。

飲余馬於咸池[308]（ㄒㄧㄢˊ　ㄔˊ）兮，總[309]余轡[310]（ㄆㄟˋ）乎扶桑[311]。

折若木[312]以拂日兮，聊逍遙以相羊[313]。

【譯詩】

在太陽沐浴的神池飲馬，把韁繩拴在太陽棲息的扶桑樹下。

折取若木擋住太陽的光芒，我暫時從容自在地徜徉。

---

[302]　羲和：傳說中的太陽神。
[303]　弭節：緩慢的行駛。
[304]　崦嵫：傳說中太陽落下的山。另有山名，在今甘肅省天水境內。
[305]　迫：靠近。
[306]　曼曼：漫漫，形容遠，是時間上的，也是空間上的。
[307]　修遠：長遠。
[308]　咸池：神話傳說中太陽沐浴的湖。
[309]　總：繫，打結。
[310]　轡：馬韁繩。
[311]　扶桑：神話中的神木，太陽從扶桑樹升起，也說扶桑樹是太陽棲息之地。
[312]　若木：神樹名，在崑崙山極西。
[313]　相羊：徜徉。與「逍遙」都是聯綿詞，形式不同。

前望舒[314]使先驅[315]兮，後飛廉[316]使奔屬[317]（ㄓㄨˇ）。

鸞皇[318]為余先戒兮，雷師[319]告余以未具[320]。

【譯詩】

月亮之神望舒為我的前導，風神飛廉緊隨在隊伍之後。

青鸞和鳳凰為我肅清道路，雷神告訴我車駕還沒有準備好。

吾令鳳鳥[321]飛騰兮，繼之以日夜。

飄風[322]屯[323]其相離[324]兮，帥[325]雲霓[326]而來御。

【譯詩】

鳳凰翱翔於長天，晝夜不息的兼程。

旋風聚集於我的車駕周圍，率領雲霓前來迎接。

---

[314] 望舒：月神。
[315] 先驅：軍隊的前鋒，此處指隊伍的前導。
[316] 飛廉：風神。
[317] 奔屬：奔跑而緊隨其後。
[318] 鸞皇：鸞和凰，都是神話傳說中的神鳥。
[319] 雷師：神話中的雷神。
[320] 未具：沒有準備好。
[321] 鳳鳥：鳳凰。
[322] 飄風：旋風。
[323] 屯：聚集。
[324] 離：附麗。
[325] 帥：同「率」。
[326] 霓：虹的一種。

> 紛總總[327]其離合兮，斑[328]陸離[329]其上下。
>
> 吾令帝閽[330]（ㄏㄨㄣ）開關兮，倚閶闔[331]（ㄔㄤ ㄏㄜ／）而望予。

【譯詩】

雲霓忽聚忽散，上下瞬息萬變色彩斑斕。

我命令天帝的守門人開門，他卻倚靠著門框視而不見。

> 時曖（ㄞ丶）曖[332]其將罷[333]兮，結[334]幽蘭而延佇[335]。
>
> 世溷（ㄏㄨㄣ丶）濁[336]而不分兮，好蔽美[337]而嫉妒。

【譯詩】

日光昏暗一天將要結束，我懷抱蘭花久久站立。

世間汙濁無法區分，總遮蔽美德而嫉妒賢能。

---

[327] 總總：聚集在一起的樣子。
[328] 斑：光彩斑斕。
[329] 陸離：璀璨的樣子。
[330] 帝閽：天帝的守門人。閽，守門人，引申為天將。
[331] 閶闔：神話中的天門。
[332] 曖曖：昏暗的樣子
[333] 將罷：將盡，指一天快要結束。
[334] 結：結交。
[335] 延佇：站立很久。
[336] 溷濁：混亂、汙濁。
[337] 蔽美：遮蔽美德。

【延伸】

第九部分，這是〈離騷〉中最具有想像力，也最能展現其浪漫主義表達手法的部分。這是一個神話中的世界，同時也是一個超越肉身存在、無拘無束的精神世界。詩中的「靈均」乘著玉龍鳳車，高天四野、蒼梧崑崙，無所不至，他求索的路十分漫長，擔心光陰流逝的太快，要日神減緩太陽的速度。日神羲和、月神望舒、風神飛廉、雷師這些神仙都願為他所驅使，他悠遊於四海八荒，最後飛到了天庭，要天門的守門人開門，守門人卻靠著門邊，視而不見。

詩中的意象非常密集，詩人往往把不同的事物安放在一處，如咸池、扶桑、若木，本不在一地，但為了渲染碧落黃泉，任我遨遊的境界，進行了詩意的處理。詩歌語言達到漢語描寫的巔峰，給人一種意境悠遠、飄渺無極的美。可以說，從這一部分的語言中，已經可以看出後世唐詩、宋詞的語言軌跡，換一種說法，後世的詩人們從這些詩句中汲取了大量營養。如唐代詩人李白〈贈饒陽張司戶燧〉詩中的「朝飲蒼梧泉，夕棲碧海煙。寧知鸞鳳意，遠託椅桐前」，宋人曹勛〈遊仙詩〉中的「須臾羲御崦嵫沒，相呼拍手騎龍歸」，清代詩人康有為的〈出都留別諸公〉中的「天龍作騎萬靈從，獨立飛來飄渺峰。懷抱芳馨蘭一握，縱橫宙合霧千重」，不論是意象，還是句式結構，都受到屈原的影響。對〈離騷〉中的這 32 句詩，只要稍微改變一下詞彙和句式結構，就有近體詩的味道了。我們不妨試一下：

錦毯鋪地來相訴，內懷冰心意非殊。
駕車遊龍伴靈鳥，一剎便入天津渡。
清曉乘風發蒼梧，夕雲收盡至懸圃。
欲留靈藪須臾時，青冥昏昏日將暮。
吾令羲和莫揮鞭，停車光陰居白屋。
長路漫漫其修遠，上下求索無覓處。
飲龍咸池聞謠歌，總轡扶桑見神木。
折木拂日群山立，信馬逍遙到蓬壺。
望舒大步為先驅，飛廉相隨影徐徐。
青鸞開道鳳凰舞，雷師傳旗疾擊鼓。
鳳鳥飛騰不一息，繼以日夜是良圖。
飄風萬里歸故人，雲霓千重宇宙浮。
紛合瑞氣窺鶴影，陸離煙色蔽雲路。
我令天將開閶闔，倚門相望若無睹。
一塵暖暖空際盡，懷抱幽蘭佇天都。
天上人間無濁清，蔽美嫉妒良人逐。

可以說，〈離騷〉中的這部分內容，是浪漫主義詩歌的總源頭，盛唐之李白、晚清之康有為，在詩歌寫作方面，都得惠於此。

> 朝吾將濟[338]於白水[339]兮，登閬風[340]（ㄌㄤˊ　ㄈㄥ）而緤[341]（ㄒㄧㄝˋ）馬。
>
> 忽反顧[342]以流涕兮，哀高丘[343]之無女。

【譯詩】

早晨我將渡過白水河，登上閬風仙山把馬拴在那裡。

回過頭來禁不住淚涕橫流，哀傷於仙山也沒有我心儀的人。

> 溘[344]吾遊此春宮[345]兮，折瓊枝[346]以繼佩。
>
> 及榮華[347]之未落兮，相[348]下女之可詒[349]（ㄧˊ）。

【譯詩】

忽然遊歷了青帝的宮殿，折一枝仙界的花作為配飾。

趁著年華尚未逝去，我要看看有無美人相贈。

---

[338]　濟：渡河。
[339]　白水：神話傳說中發源於崑崙山的河流，飲後可以不死。
[340]　閬風：傳說中的仙山，在崑崙之巔。
[341]　緤：繫馬韁繩。
[342]　反顧：回過頭來看。
[343]　高丘：神話中的山名，或說是楚國境內的山。
[344]　溘：忽然。
[345]　春宮：傳說中東方青帝居住的宮殿。
[346]　瓊枝：神話中的玉樹。
[347]　榮華：本為草木茂盛，比喻美好年華。
[348]　相：視、看。
[349]　詒：通「貽」，饋贈。

吾令豐隆[350]乘雲兮，求宓（ㄈㄨˊ）妃[351]之所在。

解佩纕[352]（ㄒㄧㄤ）以結言[353]兮，吾令蹇修[354]（ㄐㄧㄢˇ ㄒㄧㄡ）以為理[355]。

【譯詩】

我差遣雲神豐隆駕雲，去尋找洛水女神的住所。

我解下配飾去訂約，請蹇修當我的媒人。

紛總總[356]其離合兮，忽緯繣[357]（ㄏㄨㄚˋ）其難遷。

夕歸次[358]於窮石[359]兮，朝濯髮[360]乎洧[361]（ㄨㄟˇ）盤。

【譯詩】

使者不絕於道態度難明，忽然間情意不投難以遷就。

晚上住在窮石的宮闕，早上到洧盤河洗頭髮。

[350] 豐隆：神話中的雲神。
[351] 宓妃：神話中的洛水女神。
[352] 纕：配飾。
[353] 結言：口頭訂約。
[354] 蹇修：神話中伏羲的大臣，是有賢德的人。
[355] 理：使者、媒人。
[356] 紛總總：形容往來人多，使者絡繹不絕。
[357] 緯繣：乖戾、不合。
[358] 次：住宿。
[359] 窮石：神話中的地名，東夷有窮氏君主后羿的居住之地。
[360] 濯髮：洗頭髮。
[361] 洧盤：神話中的河，發源於崦嵫山。

> 保[362]厥[363]美以驕傲兮，日康娛以淫遊。
> 雖信美而無禮兮，來[364]違棄[365]而改求。

【譯詩】

洛水女神自恃貌美而驕傲，整天遊樂放縱而無度。
雖然美麗但卻不守禮法，我還是放棄她而追求其他。

> 覽相觀[366]於四極[367]兮，周流乎天余乃下。
> 望瑤臺[368]之偃蹇[369]（ㄧㄢˇ ㄐㄧㄢˇ）兮，見有娀[370]（ㄙㄨㄥ）之佚女[371]（ㄧˋ ㄋㄩˇ）。

【譯詩】

馳目騁懷遊覽四極無盡頭，周遊了所有地方才降落。
遙望高聳在雲中的瑤臺，看到有娀氏的美人簡狄。

> 吾令鴆[372]（ㄓㄣˋ）為媒[373]兮，鴆告余以不好。

---

[362] 保：依靠。
[363] 厥：其，指洛水女神。
[364] 來：回來，指喚回雲神豐隆。
[365] 違棄：放棄、丟棄。
[366] 覽相觀：三個字同義，都是看的意思。
[367] 四極：泛指四方很遠的地方。
[368] 瑤臺：神話中的神仙居所。
[369] 偃蹇：高高聳立。
[370] 有娀：古國名，殷商始祖契的母親簡狄即為有娀之女。
[371] 佚女：美女。
[372] 鴆：傳說中有毒的鳥，牠的毛浸入酒中，即成為毒酒。「飲鴆止渴」說的就是這種鳥毛浸泡的毒酒。
[373] 媒：媒介、媒人。

雄鴂之鳴逝兮，余猶惡[374]其佻（ㄊㄧㄠ）巧[375]。

【譯詩】

我請鴆鳥前去為我做媒，鴆鳥卻說那個美女不好。

雄鳩大聲叫著飛走，我又嫌牠輕佻奸巧。

心猶豫而狐疑[376]兮，欲自適[377]而不可。

鳳皇既受詒[378]兮，恐高辛4[379]之先我。

【譯詩】

我心中猶豫而疑惑不定，想自己去又覺得不合禮儀。

鳳凰已經接受聘禮，我擔心帝嚳會先我一步娶到簡狄。

欲遠集[380]而無所止兮，聊浮游以逍遙。

及少康[381]之未家兮，留有虞（ㄩˊ）之二姚[382]。

---

[374] 惡：憎恨、憎惡。

[375] 佻巧：輕佻。

[376] 狐疑：與「猶豫」同，都是憂而不能決斷。

[377] 適：往。

[378] 詒：同「貽」，饋贈，此處指聘禮。

[379] 高辛：五帝之一的帝嚳，號高辛氏。

[380] 集：就。

[381] 少康：夏朝的中興之主，太康之弟仲康的孫子。前面寫過「太康失國」，夏啟的兒子——夏朝的第三任君主太康，他沉迷於遊獵，有窮國的君主后羿趁機攻占夏朝都城，之後后羿又被其臣子寒浞所殺。寒浞竊取了夏朝的大權後，讓自己的兒子過澆殺夏朝的王族，包括少康的父親相。少康不得已，逃亡到有虞國，並娶有虞國君主的兩個女兒。之後少康復國，消滅了過澆，使夏王朝再度強大。

[382] 二姚：有虞國君主的兩個女兒。有虞國為姚姓。

【譯詩】

我想去遠方但卻怕無人投靠，只好在附近徘徊遊蕩。

趁著少康還未成家，虞國的兩位美嬌娘可以追求。

> 理弱而媒拙兮，恐導[383]言之不固[384]。
>
> 世溷（ㄏㄨㄣˋ）濁而嫉賢兮，好蔽美而稱惡。

【譯詩】

擔心媒人言辭笨拙，恐怕傳達言語不當。

世道昏暗而嫉妒賢才，遮蔽美德而宣揚其缺點。

> 閨[385]中既以邃[386]（ㄙㄨㄟˋ）遠兮，哲王[387]又不寤[388]（ㄨˋ）。
>
> 懷朕情而不發兮，余焉能忍而與此終古？

【譯詩】

宮殿的門幽深，君王又始終不覺醒。

滿腔忠貞無法當面陳說，我怎能就此了卻一生？

---

[383] 導：傳遞。
[384] 不固：不成。
[385] 閨：宮殿的小門。
[386] 邃：幽深。
[387] 哲王：明智、聰敏的君主，指詩中所說的靈脩。
[388] 寤：醒來，比喻覺醒。

【延伸】

第十部分，為了找到心中的最愛，詩中的主角「靈均」渡過白水河，到達崑崙山的神仙居所，儘管仙姝不少，但是並無他心儀之人。他又到青帝的宮殿，這裡瓊花滿枝，美人成群，卻依舊沒有他喜歡的人。他看中了洛水女神，但女神心有所屬，未能投洽。他望了一眼雲端上的美人簡狄，一下子愛上了她。又念及有虞氏的兩個女兒，賢達聰慧，是良配。

這段以追求愛情來譬喻追求理想，以男女之情比喻君臣之義。詩中引入很多神話中的山水、宮闕和人物，與之前的寫作手法一樣，詩人善於打破時空限制，把不同的人物納入同一個文字結構，讓他們都匯聚在「靈均」的世界裡。詩中的洛水女神宓妃、帝嚳之妃簡狄、有虞氏二女並非同一時代的人物，但詩人將她們放在同一語境裡。宓妃美麗而放縱，與后羿、河伯之間是三角關係，故與詩人性情、志趣不投，追求未成。簡狄、有虞氏二女端莊而有德，唯恐追求不成。詩人虛構了一個美人未嫁的狀態，但並未言明是否追求成功。詩章最終落到了靈脩，也就是楚國君王的身上，他希望君主覺醒，能聽取自己的衷腸。

整段詩篇如同大風吹雲，忽散忽合，好像說的很清楚，但卻令讀者無從掌握。它不像敘事詩，文辭清楚，而更常用象徵手法，鋪陳很多神話，意象間充滿了跳躍，在亦真亦幻之間，最終落到現實上。前面的虛與後面的實，形成強烈的反差，猶如從雲端墜落，最終為現實所驚醒，詩人依舊無法忘懷故國。

> 索藑(ㄑㄩㄥˊ)茅[389]以筳篿[390](ㄊㄧㄥˊ　ㄓㄨㄢ)兮，命靈氛[391]為余占[392]之。
>
> 曰：「兩美其[393]必合兮，孰信[394]修而慕[395]之？

【譯詩】

索取占卜的靈草和細竹片，請求巫師靈氛為我占卜。

說:「郎才女貌必能好合，哪個有美德的人不令人思慕呢？

> 思九州[396]之博大兮，豈唯是其有女？」
>
> 曰：「勉[397]遠逝而無狐疑兮，孰求美而釋[398]女[399](ㄖㄨˇ)?

【譯詩】

想想天下如此廣闊，難道只有這裡才有貞淑的美人？」

說：「勸你到遠方去不要再猶豫，哪有熱愛美德之人會把你捨棄？

---

[389]　藑茅：用於占卜的草。
[390]　筳篿：竹片，楚人用來算卦。
[391]　靈氛：掌管卜卦的巫師的名字。
[392]　占：占卜。
[393]　其：表肯定的語氣助詞。
[394]　信：的確。
[395]　慕：思、念。
[396]　九州：傳說大禹將天下劃分為九州，後來九州便成為天下的代稱。
[397]　勉：勸勉。
[398]　釋：放棄。
[399]　女：同「汝」，你。

何所獨無芳草兮，爾何懷乎故宇[400]？」

世[401]幽昧（一ㄡ　ㄇㄟˋ）以眩曜（ㄒㄩㄢˋ　一ㄠˋ）兮，孰云[402]察余之善惡？

【譯詩】

天涯何處無芳草，你何必懷戀故土？」

世道黑暗昏昧令人迷亂，誰又能真正了解我們？

民[403]好惡其不同兮，惟[404]此黨人其獨異。

戶[405]服艾[406]以盈要[407]兮，謂幽蘭其不可佩。

【譯詩】

人們的愛憎本來就不相同，只是這裡朋比為奸的人與眾不同。

他們都把閒花野草掛在腰間，卻說蘭花不可佩戴。

覽察草木其猶未得兮，豈珵[408]（ㄔㄥˊ）美之能當？

蘇[409]糞壤以充幃兮，謂申椒其不芳。

---

[400]　故宇：舊宅、老宅。宇為「宅」字之誤。
[401]　世：時。
[402]　云：語助詞。
[403]　民：人。
[404]　惟：唯。
[405]　戶：音同「扈」，披著。
[406]　艾：普通的香草。
[407]　要：即「腰」字。
[408]　珵：美玉。
[409]　蘇：借作「叔」，撿、拾取。

【譯詩】

他們對草木尚且辨識不清，又怎麼能鑑定玉器呢？
撿拾糞土塞滿香囊，卻說申椒沒有香味。

> 欲從靈氛之吉占兮，心猶豫而狐疑。
> 巫咸[410]將夕降兮，懷[411]椒糈[412]（ㄒㄩˇ）而要之。

【譯詩】

想聽從靈氛占卜的好卦，心裡卻又猶豫不能決斷。
巫咸今晚將要降神，我準備好拌有香味的精米飯恭候祂。

> 百神翳[413]其備[414]降兮，九疑[415]繽其並迎。
> 皇[416]剡剡[417]其揚靈[418]兮，告余以吉故。

【譯詩】

諸神遮天蔽日一起降臨，九嶷山的仙子紛紛迎接。
巫咸光芒閃耀，告訴我吉利的原因。

---

[410] 巫咸：人名，巫師的名字。《尚書》、《呂氏春秋》、《莊子》、《山海經》等古典著作中都曾出現這個名字。但此處並非寫實，如同前面引簡狄、宓妃等人名，僅為借作藝術形象。
[411] 懷：藏、準備。
[412] 椒糈：拌香料的米飯。糈，精米。
[413] 翳：遮蔽。
[414] 備：全部都。
[415] 九疑：九嶷山上的神靈。
[416] 皇：義同後世之「煌」字，輝煌。
[417] 剡剡：發亮的樣子。
[418] 靈：神。

> 曰：「勉升降以上下兮，求榘（ㄐㄩ ˇ）矱[419]（ㄏㄨㄛ ˋ）之所同[420]。
>
> 湯禹嚴而求合兮，摯[421]（ㄓ ˋ）咎繇[422]（ㄍㄠ 一ㄠ ˊ）而能調。

【譯詩】

說：「要能浮能沉、進而可以處於高位也能在卑位，按照尺度尋求同行者。

商湯和大禹莊重尋求賢士，得到了伊尹和皋陶的協助。

> 苟中情其好修兮，又何必用夫行媒[423]？
>
> 說[424]（ㄩㄝ ˋ）操築[425]於傅巖[426]兮，武丁用而不疑。

【譯詩】

只要衷心熱愛美好的品德，又何必要用媒人往來說合？

傅說拿檮杌在傅巖間築牆，商王武丁毫不猶豫的重用了他。

---

[419] 榘矱：兩種工具名。榘，同「矩」，度量方形；矱，度量長度。
[420] 同：清代學者孫詒讓認為是「周」字，義為「合」。
[421] 摯：伊尹，商湯的國相。
[422] 咎繇：即皋陶，傳說中舜帝的大臣，善於擬定法令，且執法嚴明。
[423] 媒：通「聘問的人」，指使者。
[424] 說：傅說，商王武丁的國相，因被武丁發現於傅巖，故稱「傅說」。
[425] 操築：築牆。操，操作；築，木杵。
[426] 傅巖：地名，在今山西平陸縣以東。

> 呂望[427]之鼓刀[428]兮，遭周文[429]而得舉。
>
> 甯戚[430]之謳歌兮，齊桓[431]聞以該[432]輔。

【譯詩】

姜太公曾在朝歌的街邊敲打著刀攬客，遇到周文王而從此被舉薦。

甯戚拉車餵牛時高歌，齊桓公聽到後任命為自己的輔臣。

> 及年歲之未晏[433]兮，時亦猶其未央。
>
> 恐鵜鴃[434]（ㄊㄧˊ　ㄐㄩㄝˊ）之先鳴兮，使夫百草為之不芳。」

【譯詩】

趁著年紀還不太老，時光還沒有流失殆盡。

擔憂的是伯勞叫得太早，使得百草因此而失去芳香。」

---

[427] 呂望：又稱呂尚，世稱姜太公。姜姓，名尚，字子牙，因先代封於呂，因而以呂為氏。輔佐周文王治理周部族，後被周武王尊為「尚父」，完成滅商興周的大業。

[428] 鼓刀：敲打刀發出聲音。指姜太公微賤時曾為屠夫，在街邊招攬顧客。

[429] 周文：周文王，姬姓，名昌。

[430] 甯戚：齊桓公時期的齊國大夫。

[431] 齊桓：齊桓公，姜姓，呂氏，名小白，春秋五霸之一。

[432] 該：預備。

[433] 晏：晚。

[434] 鵜鴃：鳥名，即伯勞。

何瓊佩[435]之偃蹇[436]兮，眾薆（ㄞˋ）然[437]而蔽之？
唯此黨人之不諒兮，恐嫉妒而折之。

【譯詩】

為何我的配飾高卓美好，小人卻遮蔽它而使之黯然失色？
唯恐這些小人們不值得信賴，因嫉妒而將美玉摧毀。

時繽紛[438]其變易兮，又何可以淹留？
蘭芷變而不芳兮，荃蕙化而為茅[439]。

【譯詩】

世道紛亂而事態變化無常，我又豈能在此久留？
蘭、芷變質而失去了芳香，荃、蕙兩種香草也都化作普通的茅草。

何昔日之芳草兮，今直[440]為此蕭艾[441]也？
豈其有他故兮，莫好修之害也！

[435] 瓊佩：美玉所製成的配飾。或說即前文神話中的「瓊枝」所做的玉佩。
[436] 偃蹇：高聳的樣子，有高卓之意。
[437] 薆然：因遮蔽而黯然。
[438] 繽紛：形容世道紛亂。
[439] 茅：茅草，此處指小人。
[440] 直：竟然。
[441] 蕭艾：代指普通的草，指奸佞小人。

【譯詩】

為何從前的香草，如今都成了庸俗草木？

莫非還有其他原因，這都是不愛好修潔才造成的！

> 余以蘭為可恃兮，羌無實[442]而容長[443]。
>
> 委厥美以從俗[444]兮，苟得列乎眾芳。

【譯詩】

我以為蘭草可以信賴，誰知它華而不實、虛有其表。

蘭草竟然放棄美質而屈從於世俗，苟且偷生只為與香草同列。

> 椒[445]專佞以慢慆[446]（ㄊㄠ）兮，榝[447]（ㄕㄚ）又欲充夫佩幃。
>
> 既干（ㄍㄢ）進[448]而務入[449]兮，又何芳之能祗[450]？

【譯詩】

椒專事諂媚而好逸樂，茱萸又一心想進入宮廷的上層。

---

[442] 無實：徒有表面，缺乏內在。
[443] 容長：容貌美好碩實
[444] 從俗：與庸俗合流。
[445] 椒：一說指楚國大夫子椒，另說指變節之人。
[446] 慢慆：怠惰、沉迷逸樂。
[447] 榝：草名，形似茱萸而小，色赤。
[448] 干進：汲汲於晉升，追逐權力。
[449] 務入：務必進入官僚貴族上層。
[450] 祇：尊敬。

他們汲汲於鑽營以獲得晉升，又怎會對有品格的人保有尊敬呢？

> 固時俗之流從[451]兮，又孰能無變化？
> 覽椒蘭其若茲兮，又況揭車與江離[452]？

【譯詩】

世俗本就是隨波逐流，誰又能保證不發生變易？
且看「椒」和「蘭」尚且如此改變，更何況揭車與江離呢？

> 唯茲佩之可貴兮，委[453]厥美而歷茲[454]。
> 芳菲菲而難虧[455]兮，芬至今猶未沫[456]（ㄇㄟˋ）。

【譯詩】

念及我的配飾最為可貴，卻遭人嫌棄到這步田地。
濃郁的香氣很久難以減弱，直到如今香氣還未消散。

---

[451] 流從：像水一樣流而往下，比喻不辨是非，盲目從俗。
[452] 揭車與江離：兩種香草，此處指變節的人。
[453] 委：丟棄，此處指被拋棄。
[454] 歷茲：到了這步田地。
[455] 虧：虧損。
[456] 沫：香氣消散之意。

和調(ㄉㄧㄠˋ)度[457]以自娛兮，聊浮游而求女。
及余飾[458]之方壯[459]兮，周流觀乎上下。

【譯詩】

調整內心以求自娛，姑且漫遊尋求理想的知音。
趁著我尚健壯時，我要周遊天下、觀覽四方。

【延伸】

第十一部分，占卜在古人的生活中有重大意義，當事無法決斷時，往往透過占卜來下決定，或作為一件事情的判斷。詩人問卜，當然不是為了趨吉避凶，而是請求神明為自己指路，怎樣才能達到明君賢臣的理想政治道路。對古代知識分子而言，明君、賢臣是保障政治清明、天下安定、人民和諧的唯一道路。詩人在詩中歷述明君、賢臣的歷史，尤其是伊尹、傅說、姜太公和甯戚四人，堪稱是君主「禮賢下士」的經典，被歷史文字一遍又一遍的提及。伊尹出身於廚房的奴隸，商王成湯不因為他身分低微而輕視他，發掘了他的才能，任命為宰輔，最終滅夏而成為新的天下共主，建立商王朝；傅說是在傅巖修築城牆的奴隸，殷高宗武丁發現他的才能，提拔為自己的大臣，讓他充分施展能，實現了商王朝的中興；姜太公垂老之時還一事無成，在磻溪垂釣，周文王和他一席話，認為他有王

[457] 調度：格調和法度。
[458] 飾：配飾，此處指年歲。
[459] 方壯：正健壯。

佐之才，立刻請他上車，一起回到宮廷，他協助周文王治理周國，後來又輔佐周武王滅商王朝，是西周王朝的元勛；甯戚出身微賤，以輓車餵牛維生，齊桓公重用他，為齊國的稱霸制定了策略，是與管仲、鮑叔牙齊名的賢臣。然而，現實是無情的，楚懷王也好，楚頃襄王也罷，不但不是齊桓公，更不是殷高宗、周文王，詩人不被重用，而且一再遭到罷黜。現實中無所著力，詩人便寄情於精神世界。

> 靈氛既告余以吉占兮，歷吉日乎吾將行。
>
> 折瓊枝以為羞[460]（ㄒㄧㄡ）兮，精[461]瓊爢[462]（ㄇㄧˊ）以為粻[463]（ㄓㄤ）。

【譯詩】

靈氛已告訴我卜的是吉卦，要我選個好日子啟程。

折下玉樹的枝葉作為菜餚，碾碎美玉作為乾糧。

> 為余駕飛龍兮，雜瑤象[464]以為車。
>
> 何離心之可同兮？吾將遠逝以自疏[465]。

---

[460] 羞：同「饈」，美味的食物，或說肉乾。
[461] 精：去除雜質，提取精純。
[462] 瓊爢：玉的細屑。
[463] 粻：糧。
[464] 瑤象：珠玉象牙。
[465] 自疏：自我疏離。

【譯詩】

為我的車套上飛龍，用美玉和象牙裝飾車子。

和心志不同的人豈能湊合在一起？我將主動離他們遠去。

> 邅[466]（ㄓㄢ）吾道夫崑崙兮，路修遠以周流。
>
> 揚雲霓之晻藹[467]（ㄢˇ　ㄞˇ）兮，鳴玉鸞[468]之啾啾[469]。

【譯詩】

我把行程轉到崑崙山下，路途遙遠我將周遊天下。

飛揚的雲旗遮蔽了日光，車鈴聲啾啾鳴響悅耳動聽。

> 朝發軔於天津[470]兮，夕余至乎西極[471]。
>
> 鳳皇翼[472]其承旂[473]兮，高翱翔之翼翼。

【譯詩】

清晨從天河渡口出發，晚上到達西方的盡頭。

鳳凰展開的羽翼上托著旗幟，翱翔在天上平穩而自由。

---

[466] 邅：轉。
[467] 晻藹：雲旗蔽日的樣子。
[468] 鳴玉鸞：鳴響車鈴鐺。鸞，同「鑾」，玉鸞，形容車鈴鐺之珍貴。
[469] 啾啾：本為鳥鳴聲，此處指車鈴聲。
[470] 天津：天河的渡口，傳說在北方七宿中的女宿之北。
[471] 西極：遼遠的西方，傳說中的日落之處，此處形容遠。
[472] 翼：展翅。
[473] 承旂：龍旗和鳳旗交相輝映。旂，旗竿竿頭有鈴鐺，旗幟上繪雙龍圖案的旗子。

忽吾行此流沙[474]兮，遵[475]赤水[476]而容與[477]。

麾[478]（ㄏㄨㄟ）蛟龍[479]使梁津[480]兮，詔[481]西皇[482]使涉予。

【譯詩】

忽然來到西邊最遠的流沙，沿著赤水河從容的前進。

指揮蛟龍在渡口架起橋梁，傳令西方之神幫我渡過去。

路修遠以多艱兮，騰[483]眾車使徑待[484]。

路不周[485]以左轉兮，指西海[486]以為期。

【譯詩】

路途遙遠而又艱難，我傳令眾車在路邊隨侍。

路過不周山向左轉，把西海當作此行的目的地。

---

[474] 流沙：傳說中極西的沙漠。

[475] 遵：遵循。

[476] 赤水：神話中的河流，源出於崑崙。

[477] 容與：從容的樣子。

[478] 麾：指揮。

[479] 蛟龍：龍的一種。

[480] 梁津：渡口搭建浮橋。

[481] 詔：下詔、命令。

[482] 西皇：西方之神，白帝少昊，或說為神的使者蓐（ㄖㄨˋ）收。

[483] 騰：轉告。

[484] 徑待：在路邊隨侍。

[485] 不周：不周山，神話傳說中的山，在崑崙山西北。傳說共工與顓頊爭奪帝位，怒而觸不周山，撞斷了天柱，導致天傾西北，地不滿東南，造成東方大陸西北高、東南低的局面，一江春水向東流。

[486] 西海：神話中西部的一個大湖。

屯余車其千乘[487]兮，齊玉軑[488]（ㄉㄞˋ）而並馳。

駕八龍之婉婉[489]兮，載雲旗之委蛇[490]（ㄨㄟ　一ˊ）。

【譯詩】

聚集跟隨我的有上千車駕，玉輪轟鳴並駕齊驅。

駕車的八條龍蜿蜒前進，車上的雲旗隨風飄動。

抑志[491]而弭節兮，神高馳之邈（ㄇ一ㄠˇ）邈[492]。

奏〈九歌〉而舞〈韶〉[493]兮，聊假（ㄐ一ㄚˇ）日[494]以媮（ㄩˊ）樂。

【譯詩】

我抑制情緒而放慢速度，我的神思卻飛得更高更遠。

演奏〈九歌〉跳起〈九韶〉，且尋求剎那間的歡娛。

---

[487]　千乘：四匹馬駕一車，稱為一乘。千乘，形容隊伍龐大。
[488]　玉軑：玉做的車輪。
[489]　婉婉：蜿蜒曲折的樣子。
[490]　委蛇：即逶迤，蜿蜒曲折的樣子。
[491]　抑志：抑制自己的情志。
[492]　邈邈：渺遠的樣子。
[493]　韶：即〈九韶〉，傳說為舜帝時的樂曲名。
[494]　假日：利用時日。

陟升[495]（ㄓˋ　ㄕㄥ）皇[496]之赫戲[497]（ㄏㄜˋ　ㄒㄧˋ）兮，忽臨睨[498]（ㄋㄧˋ）夫舊鄉[499]。

僕夫[500]悲余馬懷[501]兮，蜷局[502]顧而不行。

【譯詩】

我剛登上光芒四射的天國，不經意間又看到了我的故鄉。

我的僕從悲傷，連馬也眷戀不已，弓身退縮不肯向前。

亂[503]曰：已矣哉！

國無人莫我知兮，又何懷乎故都？

既莫足與為美政[504]兮，吾將從彭咸之所居。

【譯詩】

尾聲：算了吧！

國內已無人了解我，我又何必懷念故都？

既然沒人和我一起實現理想政治，我將追隨先賢彭咸而去。

---

[495]　陟升：登上、上升。
[496]　皇：皇天。
[497]　赫戲：光明的樣子。
[498]　睨：斜著眼睛看。
[499]　舊鄉：故鄉、故土。
[500]　僕夫：僕從。
[501]　懷：眷戀、思戀。
[502]　蜷局：彎曲不能伸展。
[503]　亂：古代樂曲裡的一個名目，相當於尾聲。
[504]　美政：理想的政治。

【延伸】

第十二部分：彷彿是為了對應前一章「明君賢臣」美好政治理想的破滅，詩人再度踏上「周遊世界」之路。這個世界並非純粹私人的精神空間，而是一個突破了時空局限，留給後人的世界。儘管時間已過去兩千多年，但我們仍然能感受到文字間的那種張力，過去時光中的讀者，那些已經作古的古人，應該也有過與我們相同的感受。

詩人駕駛著飛龍牽引的瑤車，取道崑崙山，曾到過流沙、赤水、西海這些世界上最遠的地方。所到之處，雲蒸霞蔚、天神相迎、仙樂飄飄。他是一個自帶光環、自帶氣場，甚至自帶音樂的人。然而，無論走得多遠，走得多久，只須一回首，就能看到故園。家國之思，是他永遠的精神核心。

〈九歌〉

【作者及作品】

〈九歌〉的作者是屈原。此詩歷來被奉為屈原作品中最精緻、最富有魅力的詩篇，它展現了屈原的最高藝術成就。〈九歌〉以山川神祇和自然風物為內容，淋漓盡致的抒發了詩人放逐沅、湘期間忠君愛國、憂世愁苦的心情。全篇詩歌「寓情草木，託意男女」、「吟詠情性，以風其上」，反映出屈原嫻熟建構藝術體系的能力。

從古代人類宗教思想的淵源來考察，祭祀的神靈和生產鬥爭、生存競爭有密切關係。所祭的神與靈可分為三類：天神、地神、靈魂。其中屬於天神的是東皇太一、雲中君、大司命、少司命、東君；屬於地神的是湘君、湘夫人、山鬼；屬於靈魂的是陣亡的將士之魂。有人認為，在上述的神靈中，除了首篇「東皇太一」和篇末的「將士之魂」是單獨的，其他六神都可以按照性別配對。即東君（男）與雲中君（女），大司命（男）與少司命（女），湘君（男）與湘夫人（女），河伯（男）與山鬼（女）。其中除了〈湘君〉、〈湘夫人〉篇有明顯的配偶關係外，其他的都較為牽強，故不被大多數學者認可。

從〈九歌〉的形式來看，似乎當時楚國的祭神活動已經具備賽神歌舞劇的特徵。〈九歌〉中的「賓、主、彼、我之辭」甚多，稱謂如余、吾、君、女（汝）、佳人、公子等，都是表演中的稱謂。而且有明顯的主唱角色：一是扮神的巫覡，男巫扮陽神，女巫扮陰神；二是接神的巫覡，男巫迎陰神，女巫迎陽神；三是助祭的巫覡。其中，許多地方呈現出男巫與女巫互相唱和的情景。清代學者陳本禮在其著作《屈辭精義》中說「〈九歌〉之樂，有男巫歌者，有女巫歌者；有巫覡並舞而歌者；有一巫倡而眾巫和者。」這在祭神儀式中出現了表演世間男女戀愛的劇目。所有這些情愫，都可以藉助人與神的關係來描寫。這不禁讓人意識到，在所有愛的對象中，都是把愛的對象視為「神」的。

宋代理學家朱熹在《楚辭辯證》中說：「〈九歌〉比其類，則宜為三〈頌〉之屬；而論其辭，則反為〈國風〉再變之〈鄭〉、〈衛〉矣。」同樣包含男女之情，〈九歌〉和《詩經》中的「鄭」、「衛」之風，大不相同。應該說《詩經》中的〈鄭〉、〈衛〉之風，更表現出中原文化的特徵；而〈九歌〉則呈現出江漢一帶楚國文化的深邃、幽隱、曲折與婉麗。

〈九歌〉之名含義深廣，來源古老。《尚書》和《左傳》中都有關於〈九歌〉的記載，它是一種上古音樂的名稱。傳說〈九歌〉本是天樂。趙簡子夢中升天曾經聽到過。另外，還有夏啟從天界盜〈九歌〉到人間的說法，據說因夏啟盜天樂，還造成了五子之亂，以至於夏人亡國。聞一多先生則認為〈九歌〉可以視為一齣大型歌舞劇，這對考證〈九歌〉的戲劇色彩很有助益。不過，〈九歌〉雖然有一定的娛樂色彩，但仍以祭神為主，本質上並未脫離其宗教因素。雖然有的篇章可構成情節，但各個篇章之間卻並非有機的整體。巫師們時而扮神、時而媚神，其目的還是為了迎請神靈降臨於祭壇、獲得神靈的福佑，而不是單純的表演，因此還不能將〈九歌〉視為完整的歌舞劇。

作為中國古代祭神的傑作，在舞蹈、戲劇、詩歌的發展里程上，〈九歌〉都有極為重要的意義，對研究古代南方的社會文化也有很大的幫助。

〈東皇太一〉

> 吉日[505]兮辰良[506]，穆[507]（ㄇㄨˋ）將愉兮上皇[508]。
>
> 撫長劍兮玉珥[509]（ㄦˇ），璆鏘[510]（ㄑㄧㄡˊ　ㄑㄧㄤ）鳴兮琳瑯[511]（ㄌㄧㄣˊ　ㄌㄤˊ）。

【譯詩】

良辰吉日，恭敬的祭祀東皇。

手扶長劍的玉柄，腰間的佩玉響叮噹。

---

[505]　吉日：好日子。
[506]　辰良：「良辰」的倒文，以便諧韻。
[507]　穆：敬。
[508]　上皇：對太一神的尊稱。
[509]　玉珥：劍鼻，此處代指劍柄。
[510]　璆鏘：形容佩玉撞擊的聲音。
[511]　琳瑯：美玉的名字。

瑤席[512]兮玉瑱[513]（ㄓㄣˋ），盍[514]（ㄏㄜˊ）將把兮瓊芳[515]。

蕙餚[516]（ㄏㄨㄟˋ　ㄧㄠˊ）蒸[517]兮蘭藉[518]，奠[519]（ㄉㄧㄢˋ）桂酒兮椒漿[520]（ㄐㄧㄠ　ㄐㄧㄤ）。

揚枹[521]（ㄈㄨˊ）兮拊（ㄈㄨˇ）鼓[522]，疏緩節[523]兮安歌，陳[524]竽瑟兮浩倡[525]。

【譯詩】

精美的席子上壓著玉鎮，擺設好祭品鮮花獻給你。

蕙草燻的肉放在蘭葉上，桂花酒和椒製的美酒一起獻上。

舉起鼓槌敲鼓，隨著舒緩的節奏輕歌，伴奏著竽和瑟高歌。

---

[512]　瑤席：質地精美的席子。

[513]　玉瑱：玉質的席鎮。古人席地而坐，為了防止席子捲起來，四角會用席鎮壓住。此處指神位前的席鎮。

[514]　盍：發語詞。

[515]　瓊芳：鮮花。

[516]　蕙餚：蕙草燻的肉。

[517]　蒸：祭祀用的肉。

[518]　蘭藉：用蘭花襯墊。

[519]　奠：獻供。

[520]　椒漿：以椒浸製的酒漿。

[521]　枹：鼓槌。

[522]　拊鼓：擊鼓。

[523]　緩節：輕緩的節奏。

[524]　陳：列。

[525]　浩倡：大聲唱。

靈[526]偃蹇[527]（ㄧㄢˇ ㄐㄧㄢˇ）兮姣服[528]，芳菲菲兮滿堂。

五音[529]紛兮繁會，君[530]欣欣兮樂康。

【譯詩】

東皇穿著華美的衣裳起舞，滿堂陣陣香氣襲人。

音樂聲紛繁而優美，東皇愉悅而安樂。

【延伸】

「東皇太一」在神話中是什麼地位的神祇？各種文獻並無統一的說法。東漢史學家班固所著《漢書．郊祀志》記載：「天神，貴者太一。太一佐曰五帝。古者天子以春秋祭太一東南郊。」《漢書．天文志》記載：「中宮天極星，其一明者，太一常居也。」劉安《淮南子》記載：「太微者，太一之庭。紫宮者，太一之居。」《天文大象賦》注：「天皇大帝一星在紫微宮內，勾陳口中。其神曰曜魄寶，主御群靈，秉萬機神圖也。」清代學者戴震注《史記．封禪書》：「東皇太一三章，古未有祀太一者，以太一為神名，殆起於周末，漢武帝因方士之言，立其祀長安東南郊。唐宋祀之猶重。蓋自戰國時奉為祈福神，其祀最隆，故屈原就當時祀典賦之，非祠神所歌也。」

---

[526] 靈：指神。〈九歌〉中凡「靈」字皆指所祭祀的神。

[527] 偃蹇：委曲婉轉的樣子，指舞蹈。

[528] 姣服：美麗的衣裳。

[529] 五音：宮、商、角、徵、羽，是中國古代音樂的音階。

[530] 君：指東皇太一。

從以上內容來看，東皇太一在上古神系中具有很高的地位，同為楚辭大家的宋玉在〈高唐賦〉中說：「醮諸神，禮太一」，可見「東皇太一」在祭祀中的地位。

開篇寫祭祀神的供奉，極盡莊嚴，祭神者腰懸長劍，佩戴美玉環珮，手持瓊玉之芳，姿態恭順肅穆，顯示出一派典雅和高貴的風範。祭神的用品有蕙、蘭、桂、椒四種香草，這四種香草是被屈原賦予高貴內涵的，由此可見其聖潔無倫的象徵意義。

在敘述祭神的場景時，則說「揚枹兮拊鼓，疏緩節兮安歌，陳竽瑟兮浩倡。靈偃蹇兮姣服，芳菲菲兮滿堂。」場面莊敬，歌舞雖鋪陳，但是毫不豔俗；音樂雖繁雜，但並不浮靡。音樂和舞蹈都是嚴肅的祭祀樂舞，平和莊重，氣息廓大。

詩篇中描繪「東皇太一」附體降臨於巫師之身，這種祭祀風俗，至今部分地區仍然存在。擔任巫師一職的人被稱為「神腳」，從這個名稱來看，頗有「神的代步者」的意味。且不論這種活動在現代社會的意義，單純從學術的角度來說，也印證了屈原時代楚地人的祭祀方式。

〈雲中君〉

浴[531]蘭湯[532]兮沐[533]芳，華采衣兮若英[534]。

靈[535]連蜷[536]兮既留，爛昭昭[537]兮未央[538]。

【譯詩】

在香氣四溢的熱水中沐浴，穿上華麗的如花般的衣裳。

雲神迴環起舞降臨祭壇，光輝燦爛沒有止境。

蹇[539]（ㄐㄧㄢˇ）將憺[540]（ㄉㄢˋ）兮壽宮[541]，與日月兮齊光。

龍駕[542]兮帝服，聊[543]翱遊（ㄠˊ ㄧㄡˊ）兮周章[544]。

【譯詩】

雲間宮闕安詳自然，和日月一起放射光芒。

駕著龍車且穿著華服，在天宇間翱翔周遊。

---

[531] 浴：洗澡。
[532] 蘭湯：添加了蘭花的洗澡水，此處泛指香氣四溢的水。
[533] 沐：洗頭。
[534] 若英：如同花一樣。
[535] 靈：指雲中君。
[536] 連蜷：長而婉轉曲折。
[537] 爛昭昭：光華燦爛。
[538] 未央：未盡。
[539] 蹇：發語詞，無實義。
[540] 憺：安。
[541] 壽宮：雲神的宮闕。
[542] 龍駕：龍拉的車。
[543] 聊：暫且。
[544] 周章：周遊往來。

靈皇[545]皇兮既降[546]，猋[547]（ㄅㄧㄠ）遠舉兮雲中。
覽[548]冀州兮有餘，橫[549]四海兮焉窮[550]。
思[551]夫君兮太息[552]，極勞心兮忡（ㄔㄨㄥ）忡[553]。

【譯詩】

從天而降光焰四射，忽又疾飛雲端。
俯瞰遠超冀州之外，橫越四海而無窮盡。
思念神君長長的嘆息，憂心忡忡且黯然神傷。

【延伸】

雲中君是什麼神？眾說紛紜。主要有兩種說法，一說即雲神豐隆，另外則有水神說、月神說、電神說、洛神說等，均為一家之言。馬茂元《楚辭注釋》說：「『豐隆』、『屏翳』一神而異名。『豐隆』是雲在天空堆集的形象，『屏翳』則是雲兼雨的形象。」此說較為中肯，故為多數研究者所認可。

此詩為迎神之作，其中前兩句，沐浴、更衣，是巫師迎神前的一系列準備工作。接下來是巫師迎神、禮神。頌神後，神安樂愉悅，光華煥發。「與日月兮齊光」六字，準確道出雲的

[545] 皇：通「煌」，光華、閃爍。
[546] 降：從天上降臨地面。
[547] 猋：原義為風從上往下吹。此處指雲神剛來又走了。
[548] 覽：看。
[549] 橫：橫奔。
[550] 窮：盡頭。
[551] 思：思念。
[552] 太息：嘆息。
[553] 忡忡：憂慮的樣子。

特徵，就天空而言，能與日、月並列的唯有星和雲，但星、月只有夜晚才能看見。唯有雲，是借日光而生輝，朝霞映光，晚霞成綺，可謂與日、月同輝矣。

〈湘君〉

> 君[554]不行兮夷猶[555]（ㄧˊ　ㄧㄡˊ），蹇[556]（ㄐㄧㄢˇ）誰留兮中洲？
>
> 美要眇[557]（ㄧㄠ　ㄇㄧㄠˇ）兮宜修[558]，沛[559]（ㄆㄟˋ）吾乘兮桂舟。

【譯詩】

郎君你猶豫不前，為誰停留在沙洲？

我為你修飾容顏，在急流中駕起一葉桂舟。

> 令沅湘[560]（ㄩㄢˊ　ㄒㄧㄤ）兮無波，使江水兮安流。
>
> 望夫君兮未來，吹[561]參差[562]兮誰思？

---

[554]　君：指湘君。
[555]　夷猶：猶豫。
[556]　蹇：發語詞，無實義。
[557]　要眇：美好的樣子。
[558]　宜修：修飾得當。
[559]　沛：水流充足，此處指行舟快。
[560]　沅湘：沅水和湘水，均在今湖南境內。
[561]　吹：指湘君吹。
[562]　參差：不整齊，此處指排簫。

【譯詩】

我命令沅湘二水波瀾不興，還讓江水緩緩流動。

望眼欲穿你卻不來，你吹著簫為誰情思悠悠？

駕飛龍[563]兮北征[564]，邅[565]（ㄓㄢ）吾道兮洞庭。

> 薜荔[566]（ㄅㄧˋ ㄌㄧˋ）柏兮蕙綢[567]（ㄏㄨㄟˋ ㄔㄡˊ），蓀橈[568]（ㄙㄨㄣ ㄋㄠˊ）兮蘭旌[569]（ㄐㄧㄥ）。

【譯詩】

我駕著龍船向北航行，轉道趕赴美麗的洞庭。

用薜荔花和蕙草作帷幕，拿香蓀飾槳木蘭做旗。

望涔（ㄘㄣˊ）陽[570]兮極浦[571]（ㄆㄨˇ），橫大江兮揚靈。

> 揚靈兮未極，女[572]嬋媛[573]（ㄔㄢˊ ㄩㄢˊ）兮為余太息。

---

[563] 飛龍：繪製有飛龍的船。
[564] 北征：向北行。
[565] 邅：轉彎。
[566] 薜荔：即木蓮。
[567] 蕙綢：熏草帳子。
[568] 蓀橈：以蓀草為飾的船槳。
[569] 蘭旌：蘭草做的旌旗。
[570] 涔陽：地名，在涔水北岸。
[571] 極浦：遙遠的水邊。
[572] 女：侍女。
[573] 嬋媛：關心而顯得痛心的樣子。

【譯詩】

極目眺望遙遠的涔水北岸，我的靈魂已橫渡大江。

神往而未及，侍女也為我傷心嘆息。

橫流涕兮潺湲[574]（ㄔㄢˊ ㄩㄢˊ），隱思君兮陫側[575]（ㄈㄟˇ ㄘㄜˋ）。

> 桂棹[576]（ㄓㄠˋ）兮蘭枻[577]（ㄒㄧㄝˋ），斫[578]（ㄓㄨㄛˊ）冰兮積雪。

【譯詩】

淚水緩緩從臉上流下，暗自思念你傷心斷腸。

桂木長槳、蘭木船舷，劈開航道上的冰層與積雪。

> 採薜荔兮水中，搴[579]（ㄑㄧㄢ）芙蓉[580]（ㄈㄨˊ ㄖㄨㄥˊ）兮木末[581]。
>
> 心不同兮媒勞[582]，恩不甚兮輕絕。

---

[574] 潺湲：緩緩流淌。

[575] 陫側：同「悱惻」，內心憂傷。

[576] 棹：長船槳。

[577] 枻：船舷。

[578] 斫：劈開。

[579] 搴：採集。

[580] 芙蓉：蓮花。

[581] 木末：樹梢。

[582] 勞：徒勞。

【譯詩】

就像在水中摘薜荔，又像在樹梢摘荷花。

兩人不同心，媒人也徒勞，愛戀不深，輕易就拋棄。

石瀨[583]（ㄌㄞˋ）兮淺淺，飛龍兮翩翩。

交不忠兮怨長，期[584]不信兮告余以不閒。

【譯詩】

水在淺灘上流淌，龍舟輕盈的掠過水面。

不忠誠的感情使怨恨增加，未按期赴約卻說沒有空閒。

朝[585]騁騖[586]（ㄔㄥˇ ㄨˋ）兮江皋[587]（ㄍㄠ），夕[588]弭[589]（ㄇㄧˇ）節兮北渚[590]（ㄓㄨˇ）。

鳥次[591]兮屋上，水周[592]兮堂下。

【譯詩】

早晨在江邊高地疾行，傍晚把車停在北岸。

[583] 石瀨：淺灘上的流水。
[584] 期：約期，約會的時間。
[585] 朝：早上。
[586] 騁騖：奔走。
[587] 江皋：江邊的高地。
[588] 夕：晚上。
[589] 弭：停下。
[590] 渚：水中的小塊陸地。
[591] 次：停息。
[592] 周：環繞。

飛鳥安歇在屋簷，流水縈洄在堂前。

> 捐[593]余玦[594]兮江中，遺[595]余佩兮澧浦[596]（ㄌㄧˇ ㄆㄨˇ）。
>
> 採芳洲兮杜若，將以遺兮下女。
>
> 時不可兮再得，聊逍遙兮容與[597]。

【譯詩】

（祭祀者）把玉玦拋向江中，把玉珮丟進澧水邊。

在芳洲上採集杜若，準備餽贈給下女。

流失的時光不復再來，暫且放慢腳步逍遙盤桓。

【延伸】

〈湘君〉和後面的〈湘夫人〉是姐妹篇，或者說一體兩面，是屈原作品中最富浪漫主義色彩的作品。

詩中所寫的湘君、湘夫人，是屈原家鄉楚地的神靈，所以這是兩首祭司神的歌曲，寫的固然是神的愛情，但何嘗不是關於人的隱喻。

神仙眷侶，是愛情的最高理想。

湘君出門去見湘夫人，但卻猶疑不定，停駐於水中的小

---

[593] 捐：丟棄。

[594] 玦：佩玉的一種。

[595] 遺：義同捐，丟棄。

[596] 澧浦：在今浙江金華市境內。

[597] 容與：安閒自得的樣子。

島，在這裡修飾容顏，這才乘上桂舟，趕往約會地點。

（君不行兮夷猶，蹇誰留兮中洲？美要眇兮宜修，沛吾乘兮桂舟。）

這一切，很像第一次約會的少年。儘管青春的容顏光彩奪目、淵渟岳峙、玉樹臨風，但依舊對自己沒自信，誰叫要見的是心上人呢？

他輕輕揮動衣袖，平復了湘水湧動的波濤，流水也為他動情。然而，他望眼欲穿，期待的人卻未出現，只好將滿腔情思寄託於樂曲，吹起那悠悠的洞簫。戀愛，會讓人成為詩人，也會讓人成為歌者。

既然約會的人未曾來，那麼我就去找你。愛，需要主動。

湘君駕著裝飾著龍紋的桂舟一路向北，調轉路線趕赴洞庭湖，去尋找自己的愛人。詩中沒有直接描寫湘君是怎樣的大帥哥，而是透過寫桂舟的裝飾，側面寫他的審美觀，用一種極其幽微的方式，展現他的內在品格。艙門上掛著用香草薜荔編織的簾子，艙室內的帷帳用蕙草編織，划船用的木槳上纏繞著蓀草，就連船頭飄揚的旗幟，也裝飾著蘭花。這位品德高潔的男子，當然也有非同常人的決絕。他不懼風浪，從涔陽遙望遠處的水濱，橫渡大江，繼續尋找那消失的愛人。

忠臣未必是孝子，烈士卻定然是情種，大詩人屈原寫家國情懷，九死而未悔；寫愛情，驚豔而絢爛。湘君赴約、不遇、尋找，一波三折，這是外在的描寫；筆鋒一轉而向內，將男神痛徹心腑、淚水橫流的形象勾勒出來，尤其是身邊侍女那長長的嘆息，更是堪稱妙筆。古典文學，如同文人山水畫，重視的是意境。即便是愛情詩，也能在寫意中見神采。「桂棹兮蘭枻，斫冰兮積雪。採薜荔兮水中，搴芙蓉兮木末。」人物心中的哀傷，似乎賦形於自然山水，點綴於香草蘭舟，就連大自然也染上了玫瑰般的色彩。

戀愛中的人，就像坐雲霄飛車，情緒忽高忽低，即便是神，也無法倖免。湘君一會兒發出「心不同兮媒勞，恩不甚兮輕絕」的感嘆，一會兒又繼續在水路上飛馳；早上還在江邊的小土山邊，傍晚就又重回河流的北岸。行動之速，奔波之勞，都說明他始終沒有放棄。戀愛中的小兒女，嬌嗔賣乖，時做分手之語，以考驗那痴情的可憐人。然而下一步，他又在水邊的小島上採集一種名為杜若的香草，準備贈給心上人。詩中的「下女」，有學者認為應作「婢女」解（此解頗不通），有學者則認為，女通「汝」，也就是妳，指的依舊是湘夫人。

期待，終究無法化解憂愁。

美好的時光一去不返，孤獨的漫步使那多情人更顯得動人。

在這場約會中，為何湘夫人始終不曾出現？也許，在另一篇能找到答案。

〈湘夫人〉

帝子[598]降兮北渚[599]（ㄓㄨˇ），目眇（ㄇㄧㄠˇ）眇[600]兮愁予。

嫋（ㄋㄧㄠˇ）嫋[601]兮秋風，洞庭波兮木葉下。

【譯詩】

湘夫人降臨北岸沙渚上，望眼欲穿愁緒滿懷。

秋風蕭瑟，洞庭湖邊的樹木凋零。

登白薠[602]（ㄈㄢˊ）兮騁（ㄔㄥˇ）望[603]，與[604]佳期[605]兮夕[606]張[607]。

鳥何萃[608]兮蘋[609]中？罾[610]（ㄗㄥ）何為兮木上？

【譯詩】

在白薠叢中放眼四望，為晚暮的約會已準備好。

---

[598] 帝子：指湘夫人。「子」在古代男女皆可用。
[599] 渚：岸邊。
[600] 眇眇：望眼欲穿的樣子。
[601] 嫋嫋：即「裊裊」，風徐徐吹拂的樣子。
[602] 白薠：水草名。
[603] 騁望：放眼眺望。
[604] 與：為。
[605] 佳期：約會的好日子。
[606] 夕：晚暮。
[607] 張：布置。
[608] 萃：聚集、棲息。
[609] 蘋：多年生草本植物，長在淺水中。
[610] 罾：一種漁網。

鳥為什麼聚集水草上？魚網為什麼掛在樹梢？

沅[611]（ㄩㄢˊ）有茝[612]（ㄔㄞˇ）兮澧（ㄌㄧˇ）有蘭，思公子[613]兮未敢言。

荒忽[614]兮遠望，觀流水兮潺湲[615]（ㄔㄢˊ ㄩㄢˊ）。

【譯詩】

沅水岸邊生長白芷，澧水長滿蘭花，思念郎君而不敢開口。
神思恍惚的眺望遠方，只有江水緩緩流淌。

麋[616]（ㄇㄧˊ）何食兮庭中？蛟[617]何為兮水裔[618]（ㄧˋ）?

朝[619]馳余馬兮江皋[620]（ㄍㄠ），夕濟[621]兮西澨[622]（ㄕˋ）。

聞佳人[623]兮召予，將騰駕兮偕逝[624]。

---

[611] 沅：沅水，在今湖南省。
[612] 茝：白芷。
[613] 公子：指湘君。
[614] 荒忽：恍惚。
[615] 潺湲：水緩緩流動的樣子。
[616] 麋：哺乳動物，俗稱四不像。
[617] 蛟：傳說中會引發洪水的龍，此處泛指龍。
[618] 水裔：水濱。
[619] 朝：早上。
[620] 皋：水邊的高地。
[621] 濟：渡河。
[622] 澨：水邊。
[623] 佳人：指湘夫人。
[624] 逝：遠去。

【譯詩】

麋鹿為何在院子裡覓食？蛟龍為何在淺水活動？

早晨我騎馬在江邊的高地奔馳，傍晚我渡到江的西岸。

我聽到夫人在召喚我，我將駕車與她一同離去。

築[625]室兮水中，葺[626]（ㄑㄧˋ）之兮荷蓋[627]。

蓀（ㄙㄨㄣ）壁[628]兮紫[629]壇，匊[630]（ㄐㄩˊ）芳椒[631]（ㄐㄧㄠ）兮成堂。

【譯詩】

我把房屋建在水中，用荷葉做屋頂。

用蓀草裝飾牆壁，紫貝砌成庭院，椒香味充滿大廳。

桂棟[632]兮蘭橑[633]（ㄌㄠˇ），辛夷（ㄒㄧㄣ ㄧˊ）楣[634]（ㄇㄟˊ）兮藥房[635]。

---

[625] 築：建造。
[626] 葺：用茅草覆蓋屋頂，此處泛指蓋屋頂。
[627] 荷蓋：用荷葉做屋頂。
[628] 蓀壁：蓀草裝飾牆壁。
[629] 紫：紫貝。
[630] 匊：同「掬」，捧、握。
[631] 芳椒：植物名，香料。
[632] 桂棟：桂樹做的棟梁。
[633] 蘭橑：木蘭做的屋椽。
[634] 辛夷楣：辛夷木做成門楣。
[635] 藥房：香草裝飾的房屋。

罔[636]（ㄨㄤˇ）薜荔[637]（ㄅㄧˋ ㄌㄧˋ）兮為帷[638]（ㄨㄟˊ），擗[639]（ㄆㄧˋ）蕙櫋[640]（ㄇㄧㄢˊ）兮既張。

【譯詩】

桂木作棟梁，木蘭做屋椽，辛夷裝飾門楣，白芷點綴臥室。

編織薜荔做成帷帳，掰開蕙草做屋檐的橫板以安放。

白玉兮為鎮[641]，疏石蘭兮為芳。

芷葺（ㄑㄧˋ）兮荷屋[642]，繚[643]（ㄌㄧㄠˊ）之兮杜衡[644]（ㄉㄨˋ ㄏㄥˊ）。

【譯詩】

用白玉做席鎮，散放石蘭散布芳香。

用白芷整修荷葉屋，用杜衡環繞四周。

---

[636] 罔：同「網」，編、串綴。
[637] 薜荔：植物名，木蓮。
[638] 帷：帳子。
[639] 擗：分開、掰開。
[640] 蕙櫋：蕙草做的屋檐的橫板。
[641] 鎮：壓住席子的席鎮。
[642] 荷屋：荷葉做的屋，此處泛指雅室。
[643] 繚：環繞。
[644] 杜衡：香草名，即杜若。

合百草兮實[645]庭，建芳馨兮廡[646]（ㄨˇ）門。

九嶷[647]（ㄧˊ）繽兮並迎，靈[648]之來兮如雲。

【譯詩】

匯聚各種香草布滿庭院，用各種香花燻染門廊。

九嶷山的神靈紛紛來祝賀，眾神飛舞飄忽如雲。

捐[649]余袂[650]（ㄇㄟˋ）兮江中，遺[651]余褋[652]（ㄉㄧㄝˊ）兮澧浦[653]（ㄌㄧˇ ㄆㄨˇ）。

搴[654]（ㄑㄧㄢ）汀洲[655]（ㄊㄧㄥ ㄓㄡ）兮杜若[656]，將以遺兮遠者。

時不可兮驟（ㄗㄡˋ）得，聊[657]逍遙（ㄒㄧㄠ ㄧㄠˊ）兮容與[658]。

---

[645] 實：充滿。
[646] 廡門：堂下的走廊和正門。
[647] 九嶷：九嶷山，在今湖南省寧遠南部，此處指九嶷山的神仙。
[648] 靈：神靈。
[649] 捐：丟棄。
[650] 袂：衣袖
[651] 遺：留下。
[652] 褋：沒有裡子的衣服。
[653] 澧浦：澧水之濱。
[654] 搴：採摘。
[655] 汀洲：水裡的小島。
[656] 杜若：即前文所說的杜蘅（杜衡）。
[657] 聊：姑且。
[658] 容與：安閒自得的樣子。

【譯詩】

我把衣袖拋到江中，我把單衣留在澧水邊。

我在小島上採集杜若，贈給遠方的人。

美好的時光不可再得，我暫且放慢腳步逍遙盤桓。

【延伸】

湘夫人的出場，猶如影視劇中女主角的出現，自帶光環，而且伴隨音樂和氣氛。她的出現，堪比凌波仙子，輕輕飄落在江北岸的小洲上，一雙美目中充滿了憂愁，秋風嫋嫋，洞庭湖畔的草木落葉紛紛。她到了約會的地點，像所有約會的女子一樣，也精心修飾過，眉不畫而翠，脣不點而紅，只為了取悅心上人。可是，鳥聚集在水草上，漁網掛在樹幹上，根本沒有情人的影子。

這是什麼情況？湘君在約會地點沒見到湘夫人，同樣的，湘夫人也沒見到他，這一對為愛而奔赴的人並沒有失約，他們只是弄錯了地方。約會的小島，恐怕並不只有一座。

見不到女朋友的男神，一副失魂落魄的模樣，那見不到男朋友的女神，又是怎樣呢？

「沅有茝兮澧有蘭，思公子兮未敢言。」

這兩句實在太美了，筆者無法用白話文翻譯出更好的意境，但想到了另外兩句詩，那就是〈越人歌〉中的「山有木兮木有枝，心說君兮君不知。」這兩句詩的表達方式都是曲折的，句式結構也一樣，將女性那種含而不露，細膩、微妙的心情，刻劃的非常傳神。

似乎是為了尋求一種美學上的對稱，或者說在愛情觀上，男性與女性只是人的一體兩面，所以詩人在這裡採用了同樣的筆法——湘夫人的尋找之路。同樣，湘夫人也是朝夕不停，一旦得知愛人的消息，便馬不停蹄。與湘君有所不同的是，湘夫人不但有主動尋求的勇敢，也有堅持守候的力量。她在水中建造了一座房子，用荷葉做屋頂，用蓀草裝飾牆壁，紫貝砌成庭堂……芳椒、辛夷、薜荔、白玉、石蘭、杜衡……所有這些世間的美物，都在證明一件事，那就是她的高貴！哪裡有愛，哪裡就有家。水邊的房子，是湘夫人的守候。

這兩首詩篇充滿了藝術的感染力，鍊句爐火純青，如「嫋嫋兮秋風，洞庭波兮木葉下」，寄情於景，景中寓情，直接影響了唐代大詩人杜甫，寫出了「無邊落木蕭蕭下，不盡長江滾滾來」的名句。

「築室兮水中，葺之兮荷蓋」等句，寫的是屋宇的華美，也是造屋的過程與細節，這種一步一步層層疊加、不斷鋪陳的寫法，使感情色彩更加濃厚。甚至可以說，這種寫法一點都不像古人，充滿了現代主義詩歌的表達技巧。用一句話來說——傳統的，通常也是現代的。

兩首詩的末尾，都寫了將佩玉拋入水中，這是古人的祭祀方式，應該是楚人的巫師祭湘君和湘夫人的儀式。古人祭祀山神，通常將玉埋藏在高山上，而祭水神，則採用沉玉的方式。

這首詩是祭歌和愛情之曲的混合，充滿綺麗的浪漫色彩。

湘夫人的愛巢建造好了，就連九嶷山的眾神都來恭賀，兩個相愛的人在一起了嗎？詩人並沒有直接明寫，將答案留給了讀者。

〈大司命〉

> 廣開兮天門，紛吾[659]乘兮玄雲[660]。
>
> 令飄風[661]兮先驅[662]，使涷（ㄉㄨㄥˋ）雨[663]兮灑塵。

【譯詩】

敞開了天門，我駕著青雲。

命令旋風為我開路，要暴雨洗滌灰塵。

> 君[664]迴（ㄏㄨㄟˊ）翔[665]兮以下，逾（ㄩˊ）空桑[666]兮從女[667]（ㄖㄨˇ）。
>
> 紛總總兮九州[668]，何壽夭[669]（一ㄠ）兮在予。

---

[659] 吾：我，大司命的自稱。
[660] 玄雲：黑色的雲，或說青雲。
[661] 飄風：旋風、暴風。
[662] 先驅：先行者，前面開路的隊伍。
[663] 涷雨：暴雨。
[664] 君：指大司命。
[665] 迴翔：迴旋飛翔。
[666] 空桑：傳說中的山名。
[667] 女：同「汝」，第二人稱代詞，你。
[668] 九州：指中國。
[669] 壽夭：長壽或短命。

【譯詩】

大司命迴旋飛翔降臨，越過空桑山而我緊跟著你。

九州的子民紛紛擾擾，所有的生死都由我掌控。

> 高飛兮安翔，乘清氣兮御[670]陰陽[671]。
>
> 吾[672]與君[673]兮齊（ㄓㄞ）速[674]，導[675]帝[676]之兮九坑[677]。

【譯詩】

在長空悠然飛翔，乘著清和之氣掌控陰陽兩界。

我和你恭敬地迎接天帝，引導天帝降臨九州。

> 靈衣[678]兮被被[679]，玉珮兮陸離[680]（ㄌㄨˋ　ㄌㄧˊ）。
>
> 一[681]（一）陰兮一陽，眾莫知兮余所為。

---

[670]　御：主宰、掌控。

[671]　陰陽：古代的哲學概念，此處指生與死。

[672]　吾：主祭巫師的自稱。

[673]　君：指大司命。

[674]　齊速：齊，同「齋」，敬畏、虔誠。

[675]　導：引導。

[676]　帝：天帝。

[677]　九坑：九州的山。

[678]　靈衣：神靈的衣服。

[679]　被被：長長垂落的樣子。

[680]　陸離：光彩絢爛。

[681]　一：或。

【譯詩】

飄逸的霞衣垂落，腰間的玉珮令人目眩。

忽而生忽而死，終生不懂我的奧祕。

> 折疏麻[682]兮瑤華[683]，將以遺[684]兮離居[685]。
>
> 老冉冉兮既極，不浸[686]近兮愈疏。

【譯詩】

摘下神樹上的白玉花朵，贈給將要離別的人。

我感到衰老在慢慢逼近，若不親近神靈會更加疏遠。

> 乘龍兮轔轔[687]，高駝[688]（ㄔˊ）兮沖天。
>
> 結桂枝兮延佇[689]（ㄓㄨˋ），羌[690]（ㄑㄧㄤ）愈思兮愁人。

【譯詩】

大司命的龍車車聲轔轔，高高的沖上雲天。

拿著編好的桂樹枝站立很久了，愈是思念愈滿腹惆悵。

---

[682] 疏麻：傳說中的神麻，折以贈人，類似後世折柳。
[683] 瑤華：比喻花白如美玉。
[684] 遺：送。
[685] 離居：巫師將離開大司命。
[686] 浸：逐漸。
[687] 轔轔：馬車的聲音。
[688] 駝：同「馳」，飛奔。
[689] 延佇：長久的站著。
[690] 羌：發語詞，無實義。

> 愁人兮奈何，願若今兮無虧[691]。
> 固[692]人命兮有當[693]，孰（ㄕㄨˊ）離合兮可為？

【譯詩】

愁苦又有什麼用，寧願保持現今的樣子無損。
人的生死皆有定數，誰能主宰生離死別呢？

【延伸】

大司命是掌管人間生死壽夭的神。《周禮．大宗伯》記載：「以吉禮事邦國之鬼、神、祇；以禋祀祀昊天上帝，以實柴祀日月星辰，以槱燎祀司中、司命、風師、雨師；以血祭祭社稷、五祀、五嶽，以埋沉祭山林川澤，以疈辜祭四方百物。」由此可見，早在周代時期已經有了祭祀大司命的儀式。

詩篇以神與人對唱的形式，展現了神的威嚴及巫師迎神和送神時的變化。其中「老冉冉兮既極，不浸近兮愈疏」顯然參雜著詩人本身的情感，由此可見，詩篇中多次提到神與人的離合之情，很可能暗含著屈原自己與楚王之間的情愫。

---

[691] 無虧：沒有損失。
[692] 固：乃。
[693] 當：定數。

〈少司命〉

秋蘭兮蘼蕪[694]（ㄇㄧˊ ㄨˊ），羅生[695]兮堂下。

綠葉兮素枝，芳菲菲兮襲[696]予。

夫[697]人自有兮美子，蓀[698]（ㄙㄨㄣ）何以兮愁苦？

【譯詩】

秋蘭和蘼蕪齊開，並列生長在房前的院子裡。

綠葉和白枝襯映，縷縷香氣迎面襲來。

人各自有好兒女，你何必憂心忡忡？

秋蘭兮青青，綠葉兮紫莖[699]。

滿堂兮美人，忽獨與余[700]兮目成[701]。

【譯詩】

秋蘭枝葉青青，綠葉中開滿了紫花。

美人的光彩輝映滿堂，忽與我獨自眉目傳情。

---

[694] 蘼蕪：芎藭（ㄑㄩㄥ ㄑㄩㄥˊ）的幼苗。
[695] 羅生：生的繁密，如網一般。
[696] 襲：香氣撲鼻。
[697] 夫：發語詞，無實義。
[698] 蓀：香草名，此處指代少司命。
[699] 紫莖：紫色的莖，或說花。
[700] 余：我。
[701] 目成：眉目傳情。

> 入[702]不言兮出不辭[703]，乘迴風[704]兮載雲旗[705]。
> 悲莫[706]悲兮生別離，樂莫樂兮新相知。

【譯詩】

來時不說話，走時也不告別，駕起旋風、樹起雲旗。
悲哀莫過於生時離別，快樂莫過於新遇到知音。

> 荷衣兮蕙帶，儵（ㄕㄨˋ）而[707]來兮忽而逝[708]。
> 夕宿兮帝郊[709]，君誰須[710]兮雲之際？

【譯詩】

穿起荷衣，繫上蕙帶，匆匆前來又忽然離去。
晚上寄宿在天宮近郊，你與誰在雲間相邀？

> 與女沐兮咸池[711]，晞[712]（ㄒㄧ）女發兮陽之阿[713]。

---

[702] 入：進入、來。
[703] 辭：告辭、辭別。
[704] 迴風：也作「回風」，指旋風。
[705] 雲旗：車上插的旗子，此處指少司命車上的旗幟。
[706] 莫：莫若。
[707] 儵而：忽而，很快的樣子。
[708] 逝：遠去。
[709] 帝郊：天帝宮廷的附近。
[710] 須：等待。
[711] 咸池：神話傳說中太陽沐浴的地方。
[712] 晞：晒。
[713] 陽之阿：日出之山。

望美人兮未來，臨風怳[714]（ㄏㄨㄤˇ）兮浩歌[715]。

【譯詩】

和你一起在太陽沐浴的咸池洗梳長髮，在太陽經過的地方晾乾。

遠望美人仍然沒有來，迎著風憂鬱的高歌。

孔蓋[716]兮翠旍[717]（ㄐㄧㄥ），登[718]九天兮撫[719]彗星。

竦[720]（ㄙㄨㄥˇ）長劍兮擁幼艾[721]，蓀獨宜兮為民正[722]。

【譯詩】

大車蓋上插滿鳥羽裝飾的旗幟，飛上九天手持彗星。

挺著長劍、抱著嬰兒，只有你最宜為民主持公正。

【延伸】

少司命是主管什麼的神呢？船山先生《楚辭通釋》中道：「大司命通司人之生死，而少司命則司人子嗣之有無，皆楚俗

[714] 怳：失意的樣子。
[715] 浩歌：高聲唱歌。
[716] 孔蓋：大型的車蓋，此處形容車駕豪華。孔：大。
[717] 翠旍：翠鳥的翎毛。此處指鳥羽裝飾的旗幟。
[718] 登：飛升。
[719] 撫：手持。
[720] 竦：挺著。
[721] 幼艾：漂亮的小孩。
[722] 民正：為民的主宰。

為之名而祀之。」〈少司命〉云：「夫人自有兮美子，蓀何以兮愁苦？」此司人之子嗣有無。由此可見，少司命是主管人子嗣的神。

《楚辭》中的〈九歌〉是一組祭神用的樂章。主要由男、女巫師當主祭人來進行祭祀，在所有的巫師中，有一個是主巫，他代表著受祭的神，且以神的身分在儀式中歌唱、舞蹈。其餘的巫師們，則以集體的歌舞相配合，舉行迎神、送神、頌神、娛神等儀式。〈九歌〉的不少篇章含有愛情的內容，比如〈湘君〉和〈湘夫人〉，這是神與神之愛，同時也包含著神與人的戀情。在楚地祭祀中，女巫和神之間有一種模糊的戀情關係，但這種關係並非明確的愛情，而是一種懷著崇高的獻祭情結的愛。「夕宿兮帝郊，君誰須兮雲之際」一句，便是寫主祭的女巫懷著對神無法捉摸的情緒，在思考少司命為何來去匆匆，難道還和誰在雲間約會嗎？同時也反映了主巫內心對離別的傷感。〈九歌〉中多寫到離合之情，都暗含著作者的情愫。從某種意義上來說，所有的詩人寫作都有一個指向，不論這個指向是否明確，但都具有一致性，那就是從自己心靈深處散發出來的指向，或指向明確的愛戀者，或指向模糊的愛戀者。這首詩的後半部分，真切的反映了這個情感。

〈東君〉

> 暾[723]（ㄊㄨㄣ）將出兮東方，照吾檻[724]（ㄎㄢˇ）兮扶桑[725]。
>
> 撫余[726]馬兮安驅，夜皎皎兮既明[727]。

【譯詩】

太陽徐徐升上東方，從扶桑樹灑下的光照在我的欄杆上。

輕拍著馬慢慢前行，夜色漸退露出曙光。

> 駕龍輈[728]（ㄓㄡ）兮乘雷，載雲旗兮委蛇[729]（ㄨㄟ 一ˊ）。
>
> 長太息[730]兮將上，心低佪[731]（ㄏㄨㄟˊ）兮顧[732]懷。

【譯詩】

龍車如雷橫絕長空，雲旗逶迤飄揚。

長嘆一聲飛到雲上，徘徊不前滿心惆悵。

---

[723] 暾：太陽。
[724] 檻：欄杆。
[725] 扶桑：傳說中的東方神樹，太陽棲息其上。
[726] 余：我，第一人稱單詞。
[727] 明：天亮。
[728] 輈：車轅，此處代指車。
[729] 委蛇：逶迤，彎曲回旋的樣子。
[730] 太息：嘆息。
[731] 低佪：徘徊不前。
[732] 顧：回頭。

羌[733]聲色兮娛[734]（ㄩˊ）人，觀者憺[735]（ㄉㄢˋ）兮忘歸。

絙（ㄍㄥ）瑟[736]兮交鼓，簫鐘兮瑤簴[737]（ㄐㄩˋ）。

【譯詩】

車聲旗色令人眼目迷幻，觀者安然忘歸。

繃緊的琴弦伴著疾鼓，簫聲和鐘聲清越響亮。

鳴篪[738]（ㄔˊ）兮吹竽，思靈保兮賢姱[739]（ㄎㄨㄚ）。

翾[740]（ㄒㄩㄢ）飛兮翠曾[741]，展詩[742]兮會舞。

【譯詩】

橫吹篪輕吹竽，思念神靈賢明且盛美。

翠鳥輕靈盤旋飛翔，眾人起身吟詩舞蹈。

應律[743]兮合節[744]，靈[745]之來兮蔽日。

---

[733] 羌：發語詞。
[734] 娛：娛樂。
[735] 憺：安樂。
[736] 絙瑟：繃緊琴弦。
[737] 瑤簴：玉質的掛鐘的架子，此處形容精美。
[738] 篪：竹製的吹奏樂器。
[739] 賢姱：賢且美。
[740] 翾：飛翔。
[741] 翠曾：迅速高飛。翠：翠鳥。
[742] 展詩：吟唱詩歌的集會。
[743] 律：音律。
[744] 合節：合著節拍。
[745] 靈：神靈。

青雲衣兮白霓裳（ㄋㄧˊ　ㄔㄤˊ），舉長矢[746]（ㄕˇ）兮射天狼[747]。

【譯詩】

按照音律合著節拍，眾神遮天蔽日的降臨。

身穿青雲衣白霓裳，高舉長箭射落天狼。

操[748]余弧（ㄏㄨˊ）兮反[749]淪降[750]，援[751]北斗[752]兮酌[753]（ㄓㄨㄛˊ）桂漿。

撰[754]（ㄓㄨㄢˋ）余轡[755]（ㄆㄟˋ）兮高駝翔，杳（ㄧㄠˇ）冥（ㄇㄧㄥˊ）冥[756]兮以東行。

【譯詩】

手執長弓返回降臨，拿起北斗大杯斟滿桂花酒。

抓住天馬的轡繩高高飛馳，幽幽夜色中向東行。

---

[746] 矢：弓箭。
[747] 天狼：天狼星，大犬座最亮的星星。或用來比喻秦國。
[748] 操：手持。
[749] 反：同「返」。
[750] 淪降：墜落，此處指落日。
[751] 援：舉。
[752] 北斗：北斗七星，此處象徵酒杯。
[753] 酌：倒酒。
[754] 撰：持著。
[755] 轡：馬轡繩。
[756] 冥冥：昏暗的樣子。

【延伸】

此詩的祭祀對象是「東君」，東君是什麼神呢？古代文獻多認為是日神，也就是太陽神。宋代學者洪興祖《楚辭補注》中說：「《博雅》曰：『朱明、耀靈、東君、日也。』」朱熹《楚辭集注》云：「此日神也。」當然，也有一些學者不認同此說，比如王闓運。筆者認同日神說，此詩是祭祀太陽神的篇目，充滿了對光明的熱愛與崇拜，萬物之生離不開太陽，歌頌太陽神是古今中外的永恆主題。

東君從東方駕著龍車，載著五彩祥雲，趕走黑夜，帶來光明。之所以拍著馬鞍緩緩徐行，是要離開扶桑，完成日神的職責，但心中眷戀大地，而徘徊嘆息。這裡日神（東君）還沒有降臨，這是主祭東君的主巫唱的。眾巫迎神的描寫，展現了琴瑟鐘鼓齊鳴的熱烈祭祀場面，也達到了詩歌的第一個高潮。

日神在娛神的熱烈場面中，接受了祭祀者的祈求，手持天弓、引利箭，射殺天狼，展現出英氣逼人的形象，和希臘神話中的太陽神阿波羅頗為類似。希臘神話中的太陽神阿波羅是一個引弓操琴的美少年，可謂不謀而合。清代學者戴震認為天狼星在秦之分野，故「舉長矢兮射天狼」有「報秦之心」，反映出對秦國的「手刃」之心。連結戰國時期秦、楚之間的恩怨，此說可備為一說。「射天狼」讓詩歌達到第二個高潮，將日神飄逸的神武之姿刻劃的活靈活現。在後世的詩歌傳統中，「射天狼」被賦予了擊破賊寇、收復河山的新含義。如蘇軾〈江城子·密州出獵〉:「會挽雕弓如滿月,西北望,射天狼。」陸放翁〈曉出遇獵徒有作〉:「狐兔草間何足問,合留長箭射天狼。」李夢陽〈秋望〉:「客子過壕追野馬,將軍弢箭射天狼。」所用皆為此典故。

此詩手法嫻熟,意象密集,辭藻華美,已經有後世近體詩的意味,略改動便可成為一首合乎格律的近體詩,試譯之:「金烏出暘谷,朱輝下扶桑。驅馬緩緩行,皎夜露輝光。駕龍聲如雷,載雲旗飛揚。太息九重上,低徊心惆悵。鼓瑟且擊鼓,簫鳴鐘聲長。管絃如急雨,諸靈煥馨香。疾飛低迴旋,唱詩幾酣暢。盛舞合韶歌,靈來何煊皇。青袍白霓裳,長箭射天狼。操弓一夕降,大斗酌瓊漿。天馬雲間馳,幽夜歸東方。」

〈河伯〉

與女[757](ㄖㄨˇ)遊兮九河[758],衝風起兮橫波。

乘水車[759]兮荷蓋[760],駕兩龍[761]兮驂螭[762](ㄘㄢ ㄔ)。

---

[757] 女:同「汝」,你,第二人稱代詞。

[758] 九河:古代黃河下游支流的總稱,古黃河在河南北部孟津縣周圍,向東北分成徒駭河、太史河、馬頰河、覆釜河、胡蘇河、簡河、絜河、鉤盤河、鬲津河九道河流,最後合流入海。

[759] 水車:指水神河伯的車。

[760] 荷蓋:荷葉做的車蓋,形容雅致。

[761] 兩龍:拉車的兩條龍。

[762] 驂螭:駕車的無角的龍。驂,古代用四匹馬拉車,車轅內的兩匹馬稱為「服」,轅外的兩匹馬稱為驂。

【譯詩】

與你一起遊九河，狂風掀起數重波。
與你同乘荷葉車，兩龍飛騰雲變色。

> 登崑崙[763]兮四望，心飛揚[764]兮浩蕩。
> 日將暮兮悵[765]（ㄉㄢˋ）忘歸，惟[766]極浦[767]（ㄆㄨˇ）兮寤（ㄨˋ）懷[768]。

【譯詩】

登上崑崙四野望，心隨流水逐煙波。
日薄西山樂忘歸，河水洋洋人落寞。

> 魚鱗屋[769]兮龍堂[770]，紫貝闕[771]（ㄑㄩㄝˋ）兮硃（ㄓㄨ）宮[772]。
> 靈[773]何為兮水中？乘白黿[774]（ㄩㄢˊ）兮逐文魚[775]。

---

[763] 崑崙：傳說中神仙居住的山。
[764] 飛揚：心情愉悅，思緒飛揚。
[765] 悵：學者姜亮夫認為是「憺」字之訛，意為安樂。
[766] 惟：思念。
[767] 極浦：遠處的水岸邊。
[768] 寤懷：醒來思念。
[769] 魚鱗屋：魚鱗所造的房屋，形容其華美。
[770] 龍堂：龍紋裝飾的大廳，指水下宮殿。
[771] 紫貝闕：紫貝裝飾的宮闕。
[772] 硃宮：紅色的宮殿。或說為「珠宮」，與「貝闕」對應。
[773] 靈：指河伯。
[774] 白黿：白色的大鱉。
[775] 文魚：有花紋的大魚。

【譯詩】

魚鱗屋宇龍紋堂，紫貝宮闕硃砂牆。

君為何深水中央？乘黿逐魚多歡暢。

與女遊兮河之渚[776]（ㄓㄨˇ），流澌[777]（ㄙ）紛[778]兮將來下。

子[779]交手[780]兮東行，送美人兮南浦。

波滔滔兮來迎，魚隣（ㄌㄧㄣˊ）隣[781]兮媵[782]（ㄧㄥˋ）予[783]。

【譯詩】

與你同遊河渚上，融冰激流聲琅琅。

揖手話別向東方，相送美人南浦旁。

滔滔流水來相迎，為我護駕魚成行。

【延伸】

河伯是中國神話體系中最古老的神之一，傳說本名馮夷，因渡河落水而死，後成為水神。不過屈原詩中的河伯，可能並

[776] 渚：水中的小塊陸地。
[777] 澌：解凍的冰。
[778] 紛：水流大。
[779] 子：河伯。
[780] 交手：作揖。
[781] 隣隣：通「粼粼」，形容相連、眾多。
[782] 媵：送別。
[783] 予：我。

非馮夷的化身，而是更加古老的水神。此外，在上古神話中，河伯曾多次出現，還曾被英雄后羿射傷，並被后羿搶走了妻子。河伯與古希臘中的神一樣，雖然具有神力，但經常遭到人類的挑戰，甚至被打敗。這一點，是早期神話的共同特徵。

詩歌從巫師的思緒出發，想像與河伯暢遊九河，西遊崑崙，到了河流的盡頭，最終從懷思中覺醒，望著黃昏的日落，彷彿身臨其境。詩歌寫水下世界，雖然僅寥寥幾筆，但已建構出一個豐富而具體的「水晶宮」，為後世的小說描寫提供了典範。最後，巫師們與河伯告別，這幾句寫的纏綿婉轉，令人想起南朝江淹〈別賦〉中「黯然銷魂者，唯別而已矣」之句。

〈山鬼〉

若有人兮山之阿[784]，被[785]薜荔[786]（ㄅㄧˋ ㄌㄧˋ）兮帶[787]女蘿[788]。

既含睇[789]（ㄉㄧˋ）兮又宜笑，子[790]慕[791]予[792]兮善窈窕[793]（ㄧㄠˇ ㄊㄧㄠˇ）。

---

[784] 阿：山的彎曲之處。
[785] 被：同「披」。
[786] 薜荔：植物名，香草。
[787] 帶：腰帶。
[788] 女蘿：松蘿。
[789] 睇：微微斜視，含情的看。
[790] 子：山鬼對戀慕之人的稱謂。
[791] 慕：愛慕。
[792] 予：我，第一人稱代詞，山鬼的自稱。
[793] 窈窕：心靈美且身段好。

【譯詩】

恍若有人從山坡上走過，鮮花為衣，松蘿為帶。

含情脈脈且嘴角帶笑，你愛慕我溫柔且身姿美好。

> 乘赤豹[794]兮從文貍[795]，辛夷（一ˊ）車[796]兮結[797]桂旗[798]。
>
> 被石蘭兮帶杜衡（ㄏㄥˊ），折芳馨兮遺[799]所思。

【譯詩】

騎著巨豹還有貍貓追隨，辛夷飾木桂葉繫旗幟。

身披石蘭腰束杜衡，折一枝花贈予寄託思念。

> 余[800]處幽篁[801]（ㄏㄨㄤ ˊ）兮終不見天，路險難兮獨後來。
>
> 表[802]獨立兮山之上，雲容容[803]兮而在下。

---

[794] 赤豹：毛呈赤色，有黑色斑點的豹。
[795] 文貍：有花紋的貍貓。
[796] 辛夷車：用香草裝飾的車。
[797] 結：編織。
[798] 桂旗：繫上桂花的旗子。
[799] 遺：贈予，留給。
[800] 余：我，第一人稱代詞。
[801] 幽篁：幽深的竹林。
[802] 表：特出。
[803] 容容：形容雲氣飛揚的樣子。

【譯詩】

我身居幽深的竹林裡不見天日，道路艱險使我來遲了。

獨立高山之巔，飛揚流動的雲彩在腳下。

> 杳（ㄧㄠˇ）冥（ㄇㄧㄥˊ）冥[804]兮羌[805]（ㄑㄧㄤ）晝晦[806]（ㄏㄨㄟˋ），東風飄兮神靈雨[807]。
>
> 留靈脩[808]兮憺[809]（ㄉㄢˋ）忘歸，歲既晏[810]（ㄧㄢˋ）兮孰（ㄕㄨˊ）華[811]予？

【譯詩】

忽明忽暗白日如同夜晚，東風迴旋帶著雨點。

痴心等待不思回歸，紅顏老去豈能面如花？

> 採三秀[812]兮於山間，石磊磊[813]兮葛[814]曼曼[815]。
>
> 怨[816]公子兮悵[817]忘歸，君思我兮不得閒[818]。

---

[804] 冥冥：形容陰暗。
[805] 羌：發語詞。
[806] 晦：光線昏暗。
[807] 神靈雨：神靈所賜予的雨水。
[808] 靈脩：對所愛之人的尊稱。
[809] 憺：安樂。
[810] 晏：遲到、晚了。
[811] 華：同「花」，作動詞，使開花。
[812] 三秀：靈芝。靈芝一年開三次花，故而得名。
[813] 磊磊：形容石頭堆積的樣子。
[814] 葛：多年生草本植物，葛藤。
[815] 曼曼：形容葛藤蔓延的樣子。
[816] 怨：怨恨。
[817] 悵：失望。
[818] 閒：閒暇。

【譯詩】

採集靈芝在山間，層疊的怪石爬滿藤蔓。

埋怨公子悵恨忘歸，你也思念我還是不得閒。

> 山中人[819]兮芳杜若，飲石泉兮蔭[820]（ㄧㄣˋ）松柏。
>
> 君思我兮然疑[821]作。

【譯詩】

山中的人如同杜若，飲石泉之水在松柏下休息。

你思念我嗎？信疑參半。

> 雷填填[822]兮雨冥冥[823]，猨[824]（ㄩㄢˊ）啾啾[825]兮又夜鳴。
>
> 風颯（ㄙㄚˋ）颯兮木蕭蕭，思公子兮徒離憂[826]。

【譯詩】

雷聲隆隆雨勢濛濛，猿啼聲穿透沉沉夜幕。

蕭蕭冷風穿過樹木，想念你徒增煩惱。

---

[819] 山中人：山鬼的自稱。
[820] 蔭：遮蔽、庇護。
[821] 疑：疑惑、不信。
[822] 填填：形容雷聲很大。
[823] 冥冥：形容陰雨。
[824] 猨：同「猿」，指猴子。
[825] 啾啾：鳥獸的叫聲。
[826] 離憂：遭受憂愁。離，通「罹」，遭遇。

【延伸】

「山鬼」的形象為中國神話體系中所僅見，堪與希臘神話中的山澤女神 Echo 相比，她是中國神話中的山澤女神。從名稱上來說，「山鬼」二字還保有原始時代神話的一些特徵，具有原始的純潔性。她以半裸的姿態出現，在山林中奔跑、跳躍，她身上散發著女神與女巫的雙重氣息。

詩歌開頭從主祭的女巫獨唱寫起，塑造一個神采動人的女神，或者說精靈形象，她以山花為衣，藤蘿為帶。騎著猛獸，以貍貓為隨從。在她面前，這些凶猛的動物都像溫順的僕人，供其驅策。坐在赤豹背上的她，身形窈窕，美目流盼。這大自然的女兒，宛若天地精氣所凝注，正沉浸在青春與期待之中。她一會兒站在豹的背上，長髮飄揚；一會兒又跳下座駕，去採集盛開的野花，以便獻給即將見面的人。

接著寫女神到了約會的地點，卻不見情人的身影。她以為自己遲到了，自我解釋說她住在抬頭不見天的幽深竹海之中，道路遙遠又艱難，所以遲到了。她登上高高的山峰，腳下雲海翻騰，風吹起她黑亮的長髮，她等到天色由明轉暗，昏暗如夜，也還不見情人的影子。她嘆息道：「痴心等你，你可知人是在等待中老去的？」

情人終究沒有來，山鬼決定離去，她在歸途採集靈草，自我安慰。一邊攀岩越嶺，一邊遐想。可是這種遐想，還是無法轉移內心的惆悵，面對淒風苦雨，猿啼風嘯，內心的傷感再度湧起。

「山鬼」能夠驅使虎豹，把一切猛獸當作自己的僕人。但她並非如後世神話中那些具有絕對超能力的神，而是具有隱居世外人的色彩，準確來說，像生活在鄉野，沒有被禮教束縛的山民之女。她深居遮天蔽日的竹林之中，渴了飲巨石上湧動的清泉，睏了在傘蓋般的松柏下棲息。她居無定所，整個山林就是她的家；她沒有親友，虎豹猛獸就是她的朋友，她是女版的「猿人泰山」，就像山林中的風，自由而無拘無束。

不過，她也有愛。她愛上了一個人，這個人是誰？沒有交代。一個能和「山鬼」來往的人，必非俗人。山鬼懷著湧動的情愫，像初戀的少女一樣，或者說，她比人世間那些初戀的女子還要純粹，她像一株山花，沒有任何文飾。她完全從屬自己的心，不受任何俗世道德的約束。這一點和金庸先生筆下的小龍女頗為相似，從未沾染塵世的任何氣息。所以，我常常懷疑，金氏筆下的小龍女參照了「山鬼」的形象，因為她世界的一切，包括睡眠方式，都是出塵脫俗的，只有山鬼才具備這種可能。

山鬼的超塵脫俗，讓她的失戀更加痛切。因為她不了解人類的俗情，她原本所曾適應的一切，在失戀的情況下，全然變色。雲霧飛揚，天色晦明，猿嘯鳥鳴，風吹葉落……所有的一切，讓她那麼悽楚。你能想像她是明豔剔透的、光彩照人的、飛山渡水如履平地的女神嗎？她突然之間變憂鬱了，變恍惚了。曾經的她在風清月白之夜，騎著赤豹，穿梭在山林之中；

在雷電交加的夜晚，在洞穴的深處，一手端著竹筒飲果酒，一手逗弄她最喜歡的那隻小老虎，在旭日初升的早晨，登上最高的山峰，望雲捲雲舒，聽風吹松濤；在細雨霏霏的下午，爬上最茂密的大樹，坐在粗壯的枝椏上，晃動著赤裸而白皙的秀足……可是，現在這一切都消失了。在這風雨交加的夜晚，她的淚水一串串從清澈的眸子裡滑落。虎豹在她身邊走來走去，發出一陣陣嘶鳴；密林深處的白猿，跳躍著採集花果，送到她的面前，她都無動於衷，這種憂傷的情緒，令草木為之失色，百獸為之哀鳴。這就是愛情。

此時的她不再是神，而是一個真實、純粹的人，她終於明白了一個道理——當你不懂愛情時，你是神；當你陷入情網後，你就成了一個凡人。

〈國殤〉

操[827]吳戈[828]兮被犀（ㄒㄧ）甲[829]，車錯轂[830]（ㄍㄨˇ）兮短兵接。

旌[831]（ㄐㄧㄥ）蔽日兮敵若雲，矢[832]（ㄕˇ）交墜兮士爭先。

---

[827] 操：手持。
[828] 吳戈：吳國產的戈，以鋒利著稱。此處泛指作戰兵器。
[829] 犀甲：犀牛皮做的鎧甲。
[830] 轂：車輪的中心部位，周圍與車輻相連，中間插車軸。
[831] 旌：軍旗。
[832] 矢：箭矢。

【譯詩】

手執鋒利的吳戈，身披犀皮鎧甲，戰車交錯，短兵相接。
旌旗蔽日，敵軍如雲，箭矢交墜而勇士們奮勇衝殺。

凌[833]余陣兮躐[834]（ㄌㄧㄝˋ）余行[835]，左驂[836]（ㄘㄢ）殪[837]（ㄧˋ）兮右刃傷。

霾[838]（ㄇㄞˊ）兩輪兮縶[839]（ㄓˊ）四馬，援[840]（ㄩㄢˊ）玉枹[841]（ㄈㄨˊ）兮擊鳴鼓。

【譯詩】

敵軍衝擊我們的軍陣，我戰車的馬或死或傷。
埋掉車輪，拴住戰馬，拿起鼓槌繼續擂響戰鼓。

天時墜[842]兮威靈[843]怒，嚴殺盡兮棄原野。

出不入兮往不反[844]，平原忽兮路超遠。

---

[833] 凌：欺侮、侵犯。
[834] 躐：踐踏。
[835] 行：戰場列陣的行列。
[836] 左驂：古代用四匹馬拉戰車，車轅內的兩匹馬稱作「服」，車轅外的稱為「驂」，左邊的為左驂，右邊的為右驂。
[837] 殪：死亡。
[838] 霾：同「埋」，掩埋。
[839] 縶：拴住馬足。
[840] 援：拿起。
[841] 玉枹：擊鼓用的鼓槌。古人作戰的號令，擊鼓為進軍，鳴金則收兵。
[842] 墜：淪喪。
[843] 威靈：神靈發威。
[844] 反：同「返」，返回。

【譯詩】

戰氛肅殺宛若蒼天含怒，將士們的屍骨布滿荒野。

出征時沒想過返回，家鄉的路愈來愈遠。

> 帶長劍兮挾秦弓[845]，首身[846]離兮心不懲[847]（ㄔㄥˊ）。
>
> 誠既勇兮又以武，終剛強兮不可凌[848]。
>
> 身既死兮神[849]以靈，魂魄（ㄏㄨㄣˊ ㄆㄛˋ）毅[850]兮為鬼雄。

【譯詩】

腰懸長劍挾著強弓，身首分離也無怨。

內心懷著勇志和必勝之心，永遠剛強不可侵犯。

即使戰死英靈也不滅，魂魄成為鬼中的豪雄。

【延伸】

這是一首為戰死的將士而唱的歌。以電影重播般的筆觸描寫戰況，披堅執銳的將士們冒著箭雨，與敵人短兵相接。蜂擁而上的敵人像烏雲一般，敵軍猛烈的攻擊，亂了我們的陣勢，並踐踏我們的士卒。就連主帥戰車上的左右兩匹馬，也一死

---

[845] 秦弓：秦國產的良弓，此處泛指弓。

[846] 首身：頭顱和身體。

[847] 懲：悔恨。

[848] 凌：欺侮、侵犯。

[849] 神：英魂。

[850] 毅：剛毅。

一傷，但主帥毫不慌亂，他下車埋掉車輪、拴住戰馬，讓自己的「指揮部」穩固下來。並親自登上戰車擂鼓，鼓勵將士們殺敵。慘烈的戰況震撼天地，風雲為之變色，神靈似乎也為之震怒。

詩中的「鬼雄」意象對後世影響很大，多位詩人都曾運用這個意象。南宋女詞人李清照〈夏日絕句〉中「生當為人傑，死亦為鬼雄」之句；清代詩人趙翼〈題褒忠錄〉中「想見強魄如鬼雄，不屑人間淚如雨」之句，都是對「鬼雄」一語文化內涵的發揚。

所有的戰爭都是慘烈的，也是殘酷的。戰爭結束了，但那些為國而死的勇士們再也回不來了。他們的屍骨流落荒野，只有血色的夕陽把一絲溫暖的光灑落。

主祭的巫師以悲壯的情緒祭奠他們，認為真正的勇士是不會被消滅的，即便他們戰死了，英魂也不會消散，而是成為鬼中之雄。這首詩筆力強勁，意象開闊，悲壯的戰場描寫、渲染著視死如歸的英雄氣概。

〈禮魂〉

成禮[851]兮會鼓[852]，傳芭[853]（ㄅㄚ）兮代舞[854]。
姱（ㄎㄨㄚ）女[855]倡[856]兮容與[857]。
春蘭兮秋菊，長無絕兮終古。

【譯詩】

祭祀完畢一起敲響大鼓，傳遞手中的花交替起舞。
美人領唱閒適從容。
獻上春天的蘭花、秋天的菊花，長久的紀念永無盡頭。

【延伸】

〈禮魂〉是〈九歌〉的結尾，也是最短的一篇。宋人洪興祖認為「『禮魂』，謂之以禮善終也。」明朝汪瑗認為「蓋此篇乃前十篇之亂辭，故總以『禮魂』題之。」從〈禮魂〉的內容來看，大抵如此。「成禮」是禮成之意，成禮之後，人們歌舞歡慶。〈禮魂〉相當於〈離騷〉中「亂曰」的內容，是祭祀結束後的結尾曲。長無絕兮終古，用今天的話來說，就是「永垂不朽」。

---

[851] 成禮：行禮完畢。
[852] 會鼓：鼓點集中，快擊急打。
[853] 傳芭：跳舞的人手拿香草，進行傳遞。
[854] 代舞：更迭起舞。
[855] 姱女：美女。
[856] 倡：領唱
[857] 容與：儀態閒適。

〈天問〉

【作者及作品】

〈天問〉的作者是屈原。其創作緣由有三說：

東漢學者王逸在《楚辭章句》中提出了「何（呵）壁問天」說，他認為楚國的先王廟和公卿祠堂的牆壁上，有天地山川神靈和古聖賢怪物的圖畫（可能是壁畫），詩人休息其下，仰見畫圖。何（呵）而問之。為何不說「問天」，而是說「天問」，王逸給出的解釋是：「天尊不可問，故而曰『天問』也。」

宋代學者洪興祖《楚辭補注》中提出了「自解說」，他認為古來之事很多，不可勝窮，是人的智識、思慮無力窮究的。楚國的興衰，究竟是天意還是人的原因，因為當時沒有人能理解詩人（指屈原）內心這種深重的苦痛，因此只能託之於天，用來自解。

現代學者姜亮夫把〈天問〉視為詩人對歷史、神話、自然提出的一個系統的疑問，也就是所謂「考問」之說。

〈天問〉全篇 374 句，提出了 172 個問題，涉及天文知識、歷史故事和傳說，展現出屈原廣博的知識和深邃的思考，尤其是其提出的天文問題，在古代有獨特的意義。文辭瑰麗，氣勢磅礴，有非常高的文學價值。

曰[858]：遂古[859]之初[860]，誰傳道[861]之？
上下[862]未形[863]，何由[864]考[865]之？

【譯詩】

試問：遠古初始的情形，是誰流傳下來的呢？
天地未形成之前的事，根據什麼探究得知呢？

冥[866]昭[867]瞢暗[868]，誰能極[869]之？
馮翼[870]唯象[871]，何以識[872]之？

【譯詩】

天地混沌晦暗，誰能窮究它的奧祕？
元氣充盈而無形，誰能辨認出來？

---

[858] 曰：問。
[859] 遂古：遠古。
[860] 初：初始、開始。
[861] 傳道：流傳訴說。
[862] 上下：指天地。
[863] 未形：未形成固定形態。
[864] 何由：即「由何」，憑藉什麼。
[865] 考：探究、探索。
[866] 冥：昏暗。
[867] 昭：明亮。
[868] 瞢暗：晦暗不明。
[869] 極：窮究。
[870] 馮翼：學者姜亮夫認為「馮翼」為「豐融」的轉音，義為豐盈。
[871] 象：無形之象，義同《道德經》中「大象無形」之義。
[872] 識：認知。

明明暗暗，唯[873]時何為？

陰陽[874]三合[875]，何本[876]何化[877]？

【譯詩】

晝與夜明暗交替，為什麼是這樣？

陰陽二氣交融會合，哪個是本源哪個是化生？

圜[878]則九重[879]，孰[880]營[881]度[882]之？

唯茲[883]何功[884]？孰初作[885]之？

【譯詩】

蒼穹有九層，是誰度量建造的呢？

如此浩大的工程，最初又是誰作業的呢？

---

[873] 唯：發語詞，無實義。

[874] 陰陽：中國古代哲學概念，陰陽又稱「兩儀」，是萬物誕生的基礎。

[875] 三合：交融，「三」同「參」。

[876] 本：本源。

[877] 化：化生。

[878] 圜：同「圓」，古代認知中的天，蒼穹。

[879] 九重：九層，此處指九重天。

[880] 孰：誰。

[881] 營：營建、建造。

[882] 度：測量。

[883] 茲：此，指代九重天。

[884] 功：工程。

[885] 作：工作、作業。

> 斡[886]維[887]焉繫？天極[888]焉加[889]？
> 八柱[890]何當[891]？東南[892]何虧[893]？

【譯詩】

天穹運轉的軸繩繫在哪裡？天軸的頂端安放在何處？
八根柱子怎麼支撐天空？大地的東南為何比較低？

> 九天[894]之際[895]，安放安屬[896]？
> 隅[897]（ㄩˊ）隈[898]（ㄨㄟ）多有，誰知其數？
> 【譯詩】

九層天之間的邊，怎樣安置和銜接？
曲折的角落很多，誰知它的準確數字？

---

[886] 斡：天體運行的樞紐，古代天文學認為，天體圍繞一個軸轉動。
[887] 維：繫在軸上的繩索。
[888] 天極：天體軸心的頂端。
[889] 加：安放。
[890] 八柱：古人認為，天穹就像一個巨大的屋頂，有八根巨大的柱子。
[891] 當：支撐。
[892] 東南：大地的東南方。古人的世界觀建立在九州之內，中華大地西北高、東南低，古代傳說天神共工與天帝爭帝位，憤怒地撞向不周山，撞倒了天柱，導致天空的西北角垮塌，大地的西南塌陷（天傾西北、地陷東南），從而形成一江川水向東流的局面。
[893] 虧：虧缺。
[894] 九天：形容天最高處，古人認為天有九層。
[895] 際：邊。
[896] 屬：依附。
[897] 隅：角落。
[898] 隈：彎曲處。

天何所沓[899]（ㄊㄚˋ）？十二[900]焉分？
日月安屬？列星[901]安陳[902]？

【譯詩】

天宇中的一切如何會合？黃道十二時辰如何劃分？
日月怎麼安置？星辰怎麼排列？

出自湯谷[903]，次[904]於蒙汜[905]（ㄙˋ）；
自明[906]及晦[907]，所行幾里？

【譯詩】

太陽從湯谷出發，到蒙河邊棲息；
從微明到薄暮，走了多少里路？

---

[899] 沓：會合。
[900] 十二：指十二時辰，或說指十二星次。
[901] 列星：天上的群星。
[902] 陳：陳列。
[903] 湯谷：即暘谷，傳說太陽在這裡沐浴。
[904] 次：止息。
[905] 蒙汜：傳說中太陽降落處。
[906] 明：早晨天亮。
[907] 晦：夜晚。

夜光[908]何德[909]，死[910]則又育？

厥[911]利[912]維何？而顧菟[913]（ㄊㄨ丶）在腹？

【譯詩】

月亮有何種盛德，每個月都能死而復生？

究竟有何種好處啊？腹中竟有隻蟾蜍？

女歧[914]無合[915]，夫焉取[916]九子？

伯強[917]何處？惠氣[918]安在？

【譯詩】

神女歧無夫婚配，為何有九個孩子？

風神伯強住在哪裡？祥瑞之風從哪裡吹來？

何闔[919]（ㄏㄜˊ）而晦？何開而明？

---

[908] 夜光：指月亮。
[909] 德：德性；另說通「得」，得以。
[910] 死：指月缺。
[911] 厥：其，代指月亮。
[912] 利：借為「黧」，月亮中的黑印。
[913] 顧菟：傳說中的月中玉兔，聞一多考證為蟾蜍。
[914] 女歧：傳說中的神女。
[915] 合：匹配。
[916] 取：生。
[917] 伯強：風神，另說是疫鬼。
[918] 惠氣：祥瑞之氣。
[919] 闔：關閉。

角宿[920]（ㄒㄧㄡˋ）未旦[921]，曜靈[922]安藏？

【譯詩】

為何天門一關就是夜晚？天門一開就是白天？

天門未亮之前，太陽的光藏在哪裡？

【延伸】

以上內容是〈天問〉的第一部分，從宇宙混沌未開，到陰陽二氣交融，蒼穹的形成，日月星辰的排列，一直問到晝夜交替，風的來源等。均涉及天文和天象。可以說，這是〈天問〉開篇最令人感到震撼的部分。在這裡，屈原不止是一個詩人，同時也是一個思想家，他以詩化的思維，追尋天地萬物的形成，且一開始就提出最根本的問題：宇宙是如何形成的？他在發問中融入神話，營造出一種神祕瑰麗、絢麗斑斕的氛圍，充滿了詩意的想像。

[920] 角宿：二十八宿之一，東方蒼龍七宿的第一宿，代表東方，由兩顆星組成，傳說兩星之間是天門。

[921] 旦：天亮。

[922] 曜靈：指太陽。

不任[923]汩[924]（ㄍㄨ ˇ）鴻[925]，師[926]何以尚[927]之？
僉[928]（ㄑㄧㄢ）曰何憂，何不課[929]而行[930]之？

【譯詩】

鯀無法勝任治水，眾人為何還推崇他？
眾人說有何擔憂，何不讓他試試再實行？

鴟（ㄔ）龜曳銜[931]，鯀[932]（ㄍㄨㄣ ˇ）何聽焉？
順欲[933]成功，帝[934]何刑[935]焉？

【譯詩】

鴟鳥和大龜牽引相銜，鯀為何聽從牠們？
照鯀的方式治水可以成功，大帝為何又懲罰他？

---

[923] 任：勝任。
[924] 汩：治。
[925] 鴻：通「洪」，洪水。
[926] 師：眾人。
[927] 尚：推薦。
[928] 僉：全、都。
[929] 課：試。
[930] 行：用。
[931] 鴟龜曳銜：傳說鯀治水時鴟鳥銜火，神龜負土。曳，牽引。銜，本義為馬口鐵，此處指神鳥銜著火炬。
[932] 鯀：神話人物，大禹的父親。
[933] 順欲：合乎要求。
[934] 帝：指舜帝。
[935] 刑：刑罰。

永遏[936]在羽山[937]，夫何三年不施[938]？
伯禹[939]愎（ㄅㄧˋ）鯀，夫何以變化？

【譯詩】

長久被流放幽閉在羽山，為何三年多了不釋放他？
大禹從父親鯀的腹中化育，為何會有這種變化？

纂[940]就[941]前緒[942]，遂成考[943]功。
何續初繼業[944]，而厥謀不同？

【譯詩】

（大禹）繼承其父的事業，代其父獲得成功。
為何做的是相同之事，而採用的方法不同？

---

[936] 遏：禁閉。
[937] 羽山：傳說中的山名。
[938] 施：通「弛」，釋放。
[939] 伯禹：即大禹。
[940] 纂：繼承、續就。
[941] 就：跟從。
[942] 緒：事業。
[943] 考：指父親。既可指亡故的父親，如先考；也可指在世的父親。
[944] 續初繼業：繼承父親的志業。

洪泉[945]極深，何以窴[946]（ㄊㄧㄢˊ）之？
地方[947]九則[948]，何以墳[949]之？

【譯詩】

洪水之淵非常深，（大禹）用什麼將它填塞？
大地分為九州，用什麼來劃分？

河海應龍[950]？何盡何歷？
鯀何所營[951]？禹何所成？

【譯詩】

應龍通過哪些地方？河流怎樣流入大海？
鯀怎麼規劃治水？大禹為何能夠成功？

【延伸】

以上內容是〈天問〉的第二部分，總共提出了 13 個問題，針對的主要是上古時期發生的一場「大洪水」。傳說在堯帝時期，發生一場大洪水，天下洪水滔滔，村莊和城市都成了水鄉澤國，很多人被淹死，劫中求生的人們，不得不搬到高山上去

[945] 洪泉：指洪水之源。
[946] 窴：通「填」，填塞。
[947] 方：比。
[948] 九則：九州，或說九條標準。
[949] 墳：劃分。
[950] 應龍：有兩翼的龍。傳說大禹治水，應龍曾予以協助。
[951] 營：經營、規劃。

住，一些巨大的猛禽、巨蛇、野獸也出來襲擊人類，人們苦不堪言。堯帝任命鯀為治水官，帶領人們去治水，鯀採用「堵」的方法，建造很多堤壩，將洪水堵住。開始時，這個方法很有效，但後來堤壩垮塌，又淹沒了很多地方。堯帝大怒，將鯀流放到羽山，並將他誅殺、丟棄在荒野。過了三年，鯀的屍體並未腐爛，且肚子像鼓一樣，愈來愈大。堯帝生疑，命大臣祝融帶著一柄名為吳鉤的寶劍去解決。祝融用吳鉤劍劃開鯀的腹部，一個男孩像風一樣跑了出來，且一邊跑一邊長大，很快長成了一個大人，他就是大禹。而鯀的屍體則化為一隻三足、類似龍的動物，一轉身躍入深淵，很快消失在水中。祝融帶大禹到堯帝的宮廷，堯帝便命大禹繼承其父的職位，繼續治水。大禹一改其父「堵」的方法，而用疏導的方式，開鑿擋住洪水的高山，疏導壅塞的河道。最終，百川歸海，九州太平。

「大洪水」的傳說是人類共同的記憶，比較著名的如《聖經．創世紀》中「諾亞方舟」的故事。上帝為了懲戒人類的罪，決定用大洪水淹沒世界，但他事先將這一切告訴先知諾亞。諾亞便建造了一個巨大的方舟，帶領自己的家人們搬進去，同時還將世界上的所有動物，大到大象，小到一隻蚊子，都成雙成對的安置到方舟上。大洪水退卻後，他派出一隻烏鴉去探聽消息，烏鴉卻一去不回；他又派出一隻鴿子，鴿子銜著一支綠色的樹枝回來了。諾亞知道天下太平了，便帶著家人和動物們重新回到大地生活。鴿子也成了和平的象徵。

「大洪水」的傳說還出現在兩河流域、印度傳說、希臘神話和北美印第安人的神話中。一些學者認為，這可能和幾萬年前氣候轉暖、冰川融化、海平面上升，淹沒了部分低地有關，人類被迫向高地遷徙，從而留下了那些無法磨滅的記憶傷痕。人們將這些悲劇編成故事，用來治癒記憶創傷。由於不斷遷徙，這些故事在流傳過程中被不斷加工，便出現了各式各樣的版本。

> 康回[952]馮怒[953]，墬[954]（ㄉㄧˋ）何故以東南傾[955]？
> 九州[956]安錯[957]？川谷何洿[958]（ㄨ）？

【譯詩】

共工怒髮衝冠，為何使大地向東南傾斜？
九州是怎麼設置的？大河的水為何那麼深？

> 東流[959]不溢[960]，孰知其故？
> 東西南北，其修孰多？

---

[952] 康回：指共工，神話人物。
[953] 馮怒：大怒。
[954] 墬：古「地」字。
[955] 東南傾：向東南傾斜。
[956] 九州：傳說大禹劃分了九州。
[957] 錯：通「措」，設置。
[958] 洿：深。
[959] 東流：向東流的河。
[960] 溢：滿。

【譯詩】

流向東方的水為何永遠不滿，誰知道原因？
東西南北四方，那一方的邊際更長？

> 南北順橢[961]，其衍[962]幾何？
> 崑崙縣圃[963]，其凥[964]（ㄐㄩ）安在？

【譯詩】

南北距離狹長，比東西間距離長多少？
崑崙山的懸圃，它位於何處？

> 增城[965]九重[966]，其高幾里？
> 四方之門[967]，其誰從[968]焉？

【譯詩】

傳說中的增城有九重，它高達多少里？
崑崙山四面的門，誰從那裡出入？

---

[961] 順橢：順和橢同義，狹長。
[962] 衍：餘。
[963] 縣圃：神話中崑崙山的花園，與天相通。
[964] 凥：同「居」字。另說為「尻」的替代字，尾部。
[965] 增城：神話中神仙所居之地，在崑崙山上。
[966] 九重：九層。
[967] 四方之門：崑崙山朝向四面的門。
[968] 從：由，出入。

西北辟啟[969]，何氣通焉？
日安不到？燭龍[970]何照？

【譯詩】

西北的門常敞開，什麼風流通順暢？
什麼地方太陽照不到？神物燭龍如何照耀？

羲和[971]之未揚[972]，若華[973]何光？
何所[974]冬暖？何所夏寒？

【譯詩】

太陽尚未升起，若木的花為何能照亮大地？
哪裡的冬天是溫暖的？哪裡的夏天是寒冷的？

焉有石林？何獸能言？
焉有虯（ㄑㄧㄡˊ）龍[975]，負[976]熊以遊？

---

[969] 辟啟：開啟。
[970] 燭龍：神話中的巨龍。見於《山海經．大荒北經》：「西北海之外，赤水之北，有章尾山，有神，人面蛇身而赤，其瞑乃晦，其視乃明，是燭九陰，是為燭龍。」
[971] 羲和：太陽女神。
[972] 揚：揚鞭。
[973] 若華：若木的花，傳說生長在太陽落山的地方。
[974] 所：處。
[975] 虯龍：一種無角的龍。
[976] 負：背著。

【譯詩】

哪裡石能成林？哪裡的野獸會說話？

哪裡有虯龍，背著黃熊遊樂？

> 雄虺[977]（ㄏㄨㄟˇ）九首[978]，倏（ㄕㄨˋ）忽[979]焉在？
>
> 何所不死[980]？長人[981]何守？

【譯詩】

九頭大毒蛇，行動迅疾去了哪裡？

什麼地方的人長生而不死？巨人守護的是何方？

> 靡蓱[982]（ㄆㄧㄥˊ）九衢[983]，枲華[984]（ㄒㄧˇ）安居？
>
> 一蛇吞象[985]，厥大何如？

【譯詩】

浮萍有九個枝，如麻一樣的花開在哪裡？

一條巨蛇吞下大象，牠大到什麼程度？

---

[977] 虺：毒蛇。

[978] 九首：九個頭。

[979] 倏忽：往來飄忽，如同電光一樣，形容速度快。

[980] 不死：指能長生。見於《山海經．海外南經》：「不死民在其東，其為人黑色，壽，不死。」

[981] 長人：指巨人。

[982] 靡蓱：萍草。蓱，同「萍」。

[983] 衢：「欋」的借字，形容樹根盤錯，此處指水草。

[984] 枲華：大麻的花。華，同「花」。

[985] 蛇吞象：見載於《山海經．海內南經》：「巴蛇食象，三歲而出其骨。」

> 黑水[986]玄趾[987]，三危[988]安在？
> 延年[989]不死，壽何所止？

【譯詩】

黑水、玄趾，還有三危在什麼地方？
延年益壽而不死，生命在何時終止？

> 鯥（ㄌㄧㄥˊ）魚[990]何所？鬿（ㄑㄧˊ）堆[991]焉處？
> 羿[992]焉彃[993]（ㄅㄧˋ）日？烏[994]焉解羽[995]？

【譯詩】

傳說中的鯥魚在哪裡？大雀又在何處？
后羿為何射日？太陽中的金烏為何會死？

【延伸】

以上是〈天問〉的第三部分，提出了 28 個問題。這些問題既有建立在神話基礎上的，也有關乎客觀地理內容的。問題從

---

[986] 黑水：古水名。
[987] 玄趾：地名。
[988] 三危：山名。見載於《尚書．禹貢》：「導黑水，至於三危，入於南海。」
[989] 延年：長壽。
[990] 鯥魚：神話中的魚。見載於《山海經．海內北經》：「陵魚人面手足魚身，在海中。」
[991] 鬿堆：傳說中的鳥。
[992] 羿：神話人物。
[993] 彃：射。
[994] 烏：烏鴉，此處指太陽中的三足金烏。
[995] 解羽：羽毛解散，代指金烏鳥死去。

「共工怒觸不周山」開始，傳說天神共工氏不滿天帝的統治，向天帝的權威發起挑戰，兩人從天上打到地下，憤怒的共工一頭撞向不周山，撞斷了支撐天穹的巨柱，導致大地開裂、洪水滔天。這個故事也為前面大禹治水提供了洪水的來源。

大洪水之後，又出現旱災，天上出現九個太陽，炙烤著大地。人類的英雄后羿出現了，他射掉九個太陽，留下一個太陽，為人類提供足夠的光與熱。

除此之外，詩中出現多個神話意象，層層推進，開啟中國詩歌的浪漫主義先河。如詩中出現的「懸圃」、「增城」、「燭龍」、「金烏」等意象，開啟了神話入詩的傳統，並成為一種「詩典」，被後世詩人們接受並繼承。如唐朝詩人劉禹錫〈思黯南墅賞牡丹〉詩云：「偶然相遇人間世，合在增城阿姥家」，南朝詩人謝靈運〈答中書詩〉云：「懸圃樹瑤，崑山挺玉」，謝眺〈雜詠〉云：「抽莖似仙掌，銜光似燭龍」，趙光義〈逍遙詠〉：「金烏飛絳闕，玉兔弄精神」……這些詩中所用的意象，均與〈天問〉不無關係。

> 禹之力[996]獻[997]功[998]，降省[999]下土四方。
> 焉得彼嵞（ㄊㄨˊ）山[1000]女，而通[1001]之於臺桑[1002]？

---

[996] 力：盡力。
[997] 獻：投入。
[998] 功：指治水。
[999] 降省：下來視察。
[1000] 嵞：即「塗」，塗山氏，古國名。
[1001] 通：通婚。
[1002] 臺桑：地名。

【譯詩】

大禹勤勉的治理水災，下到民間巡查各個地方。

怎麼會遇到塗山氏的女子，和她在臺桑相愛？

閔[1003]妃[1004]匹合[1005]，厥身是繼[1006]。

胡[1007]維[1008]嗜不同味，而快[1009]鼂（ㄔㄠˊ）飽[1010]？

【譯詩】

戀愛並且結婚，他因此有了繼承人。

為何他們習俗並不相同，但很快能彼此得到歡樂？

啟[1011]代益[1012]作后[1013]，卒[1014]然離[1015]蠥[1016]（ㄋㄧㄝˋ）。

[1003] 閔：憂。
[1004] 妃：配偶。
[1005] 匹合：婚配。
[1006] 繼：繼嗣。
[1007] 胡：為什麼。
[1008] 維：語助詞，一作「為」。
[1009] 快：快意。
[1010] 鼂飽：一朝飽食，形容一時之樂。鼂，即「朝」。
[1011] 啟：大禹的兒子。
[1012] 益：大禹治水的重要助手，曾選定為禪讓人選。
[1013] 作后：成為君主。聞一多先生《天問疏證》中指出，大禹死後，啟想奪取帝位，被伯益發覺，將他囚禁起來，但被啟逃脫了。啟反過來攻擊伯益，奪取了天下。
[1014] 卒：通「猝」。
[1015] 離，通「罹」，遭到。
[1016] 蠥：即「孽」，災禍、憂患。

何啟惟[1017]（ㄌㄧˊ）憂，而能拘是達[1018]？

【譯詩】

大禹的兒子啟取代伯益為帝，突然遭遇災禍。
為什麼啟遭遇危難，仍然能從拘禁中脫身？

皆歸射鞫[1019]（ㄐㄩ），而無害厥躬[1020]。
何後益[1021]作[1022]革[1023]，而禹播（ㄈㄢˊ）降[1024]？

【譯詩】

交戰時密集的箭雨射下，啟卻未受到傷害。
為何伯益的帝位被奪去，大禹的後代卻能繁榮昌隆？

啟棘[1025]（ㄐㄧˊ）賓[1026]商[1027]，〈九辯〉〈九歌〉[1028]。
何勤子屠[1029]母，而死[1030]分竟地？

[1017] 惟：通「罹」，遭受。
[1018] 達：通，此處指逃脫。
[1019] 射鞫：射出的箭，此處泛指武器。
[1020] 厥躬：指啟。躬，本身。
[1021] 後益：伯益，他繼承大禹擔任君主，故而稱後益。
[1022] 作：通「祚」，帝位。
[1023] 革：革除。
[1024] 播降：繁榮昌隆。播，通「蕃」。降，通「隆」。
[1025] 棘：急。
[1026] 賓：朝見。
[1027] 商：「帝」的訛字。
[1028] 〈九辯〉〈九歌〉：傳說中的樂曲名。
[1029] 屠：裂開。
[1030] 死：通「屍」。

【譯詩】

夏啟急切的祭祀天帝，得到了〈九辯〉和〈九歌〉這兩首天界的曲子。

為何賢良的兒子卻會導致母親遇難，使她的屍骨散落各地？

【延伸】

以上是〈天問〉的第四部分，提出了 5 個問題，講述大禹家族的故事。治水的大禹和塗山氏族中的女兒相愛，並結為夫妻。傳說大禹在工地工作時，妻子每天都為他送飯。他曾和妻子約定，到吃飯時間，他會擊鼓，聽到鼓聲便送飯來，否則不要出現在工地上，以免發生危險。有一次，開鑿河道的大禹被一座石山擋住了，他變成一隻巨大的熊，用鋒利的爪子開闢山石，順著山坡滾下去的碎石擊中了鼓，他的妻子誤以為是丈夫擊鼓，便帶著飯籃到工地上，忽然發現一隻巨熊，丟下飯籃就跑。大禹見到妻子轉身跑開，覺得十分奇怪，便追了上去，妻子卻跑的更快了。大禹忘記自己已化身為熊，奮力追趕。就這樣，一個人在前面跑，一個人在後面追，追趕了很久，妻子實在跑不動了，便坐在一塊石頭上，瞬間化成一尊石像。大禹望著石像，十分懊悔，想到妻子正懷孕，便大喊一聲「開」，石像碎裂，一個嬰兒呱呱墜地。他便為這個孩子取名為「啟」。一般認為，詩中的「何勤子屠母，而死分竟地」指的便是這個誕生的神話。不過，還有另外一種可能，即這兩句詩是寫實的，即夏啟之母的死，是啟本人造成的，她很可能死於夏啟鞏固自己統治的鬥爭中。

按照上古的君主傳承模式，大禹應該在晚年將權力交給輔佐他治水最有功勛的伯益，伯益也的確得到了很多人的支持，但是大禹的兒子啟不接受伯益擔任新君主，發動了戰爭，伯益和夏啟各自率領自己的部族攻擊對方，最後伯益失敗，啟登上了權力寶座，開啟了夏王朝。從詩中我們可以發現，大禹之後，伯益掌握了權力，成為新的統治者，否則不會被稱為「后益」，但後來史家為了彰顯大禹傳位給啟的連續性，抹掉了伯益曾登上帝位這個事實。

屈原〈天問〉中的故事，儘管是傳說，但保留了一些更加接近真實的材料。尤其是啟殺死伯益，徹底終結了禪讓制，開啟「家天下」，這與大禹「三過家門而不入」的聖賢形象並不相符。禹的形象，很可能是後世儒家重新塑造過的，啟能夠直接奪取權力，可能與大禹與遠方的部落聯姻，以加強自己家族的實力，進而著重培養自己的兒子有關。

> 帝[1031]降[1032]夷羿[1033]，革孽[1034]夏民。
>
> 胡（ㄏㄜˋ）夫河伯，而妻彼雒嬪[1035]（ㄌㄨㄛˋ ㄆㄧㄣˊ）?

[1031] 帝：天帝。
[1032] 降：下派。
[1033] 夷羿：后羿。
[1034] 革孽：革，變革；孽，禍害。此處指奪取夏王朝政權。
[1035] 雒嬪：洛水女神宓妃。

【譯詩】

天帝委派后羿降臨，讓他變亂夏王朝的國政。

他為何射中河伯，並娶了河伯之妻洛水女神？

馮[1036]（ㄆㄧㄥˊ）珧[1037]（ㄧㄠˊ）利決[1038]，封豨[1039]（ㄒㄧ）是（ㄕㄜˋ）。

何獻[1040]蒸[1041]肉之膏[1042]，而后帝[1043]不若[1044]？

【譯詩】

他憑藉手中的硬弓利箭，射殺大野豬。

為何他將肥美的肉獻祭給天帝，天帝卻不庇護他？

浞[1045]（ㄓㄨㄛˊ）娶純狐[1046]，眩[1047]妻爰[1048]謀。

何羿之（ㄕㄜˋ）革，而交[1049]吞[1050]揆之？

[1036] 馮：通「憑」，依據、依靠。
[1037] 珧：蚌蛤的殼，用來裝飾弓。代指弓。
[1038] 利決：善於射箭。
[1039] 封豨：大野豬。
[1040] 獻：祭祀。
[1041] 蒸：通「烝」，冬祭。
[1042] 膏：肥肉。
[1043] 后帝：天帝。
[1044] 若：順。
[1045] 浞：寒浞，后羿的國相。
[1046] 純狐：后羿之妻。
[1047] 眩：迷惑。
[1048] 爰：於是。
[1049] 交：合力。
[1050] 吞：消滅

【譯詩】

寒浞娶了后羿的妻子純狐，善於迷惑人的妻子與之同謀。

為何后羿能把皮革射穿，卻還是被他們合謀殺害了？

> 阻窮西征，巖何越焉？
>
> 化為黃熊，巫何活[1051]焉？

【譯詩】

阻斷鯀的西返之路，高大的山他怎能翻越？

屍身化為黃熊那樣的生物，巫師如何讓他復活？

> 咸播秬（ㄐㄩˋ）黍[1052]，莆[1053]（ㄆㄨˊ）雚[1054]（ㄏㄨㄢˊ）是營[1055]。
>
> 何由[1056]並投[1057]，而鯀疾[1058]修盈[1059]？

【譯詩】

都種了黑黍米，耕種長滿了水生植物的土地。

為何與有罪的人一起被放逐，難道鯀真的惡貫滿盈嗎？

[1051] 活：復生。指鯀復活，但這個神話不見載於典籍。
[1052] 秬黍：黑黍。
[1053] 莆：同「蒲」，水草。
[1054] 雚：通「萑」，蘆葦一類的植物。
[1055] 營：耕種；一說除草。
[1056] 由：原因。
[1057] 並投：一起放逐，傳說鯀是四大惡人之一，與共工、驩兜、三苗一起被放逐。
[1058] 疾：罪行。
[1059] 修盈：形容罪行多。

白蜺[1060]（ㄋㄧˊ）嬰[1061]茀[1062]（ㄈㄨˊ），胡為此堂？
安得夫良藥，不能固臧[1063]（ㄘㄤˊ）?

【譯詩】

白虹屈曲環繞，為什麼是這座高大的明堂？
怎麼得到神妙的藥，卻不能穩妥的收藏？

天式[1064]從橫[1065]，陽[1066]離爰死。
大鳥[1067]何鳴，夫焉喪厥體？

【譯詩】

自然大道有消長，陽氣離開就會死去。
天上的大鳥為何鳴叫，為何會喪失其生命？

蓱[1068]號起雨，何以興之？

[1060] 白蜺：白色的虹。蜺，同「霓」。
[1061] 嬰：纏繞。
[1062] 茀：曲折。
[1063] 臧：同「藏」。
[1064] 天式：自然的法則。
[1065] 從橫：即縱橫，陰陽消長之道。
[1066] 陽：陽氣。
[1067] 大鳥：指王子喬屍體變成的大鳥。王逸《章句》：「崔文子取王子喬之屍，置之室中，覆之以弊篚，須臾則化為大鳥而鳴，開而視之，翻飛而去，文子焉能亡子喬之身乎？言仙人不可殺也。」
[1068] 蓱：蓱翳，神話傳說中的雨神。

撰[1069]體協脅[1070]，鹿[1071]何膺[1072]之？

【譯詩】

雨神荓翳號令行雲布雨，為什麼雨就會下起來？

天撰十二神鹿兩體相連，風神為何響應？

鼇[1073]載[1074]山抃[1075]，何以安[1076]之？

釋舟陵行[1077]，何以遷之[1078]？

[1069] 撰：具有。另說柔順。

[1070] 協脅：脅骨長在一起，古人成為駢生。協，合。

[1071] 鹿：指風神飛廉，傳說為鳥頭鹿身。

[1072] 膺：通「應」。

[1073] 鼇：上古神話中的大海龜，力氣極大，背負大山。

[1074] 載：背負、馱著。

[1075] 抃：一說為拍手、鼓掌，即抃舞。另一說為浮游、游動。傳說在渤海的東方，有十五隻巨大的海龜，馱著五座仙山游動。

[1076] 安：安穩。

[1077] 釋舟陵行：放棄船在陸地上行走，或說「解開舟在陸地上行走」。陵，高山，此處引申為陸地。古代有陸地行舟的傳說，民間的跑旱船、遊船舞等民俗還保留了一些傳說的影子。北歐英雄傳說中也有完整的「陸地行船」傳說，來自北方的勇士拉格納·洛德布羅克率領他的船隊進入河流入海口，溯流而上，卻發現河岸上的堡壘早已有所準備，且封鎖了整個河面。由於逆流不利，敵人又封鎖了水上交通，使拉格納·洛德布羅克發動攻擊十分困難。但他並未放棄，而是率領同伴們開赴下游，找到一片適合登陸的河岸，並和北歐勇士們一起把他們輕便的平底船拖上岸。他要同伴們扛著船行走，且用絞繩把船吊上一座山，翻過山後，到了城堡的後方，也就是河流的上游。從上游順河而下，攻擊了城堡，如從天降的攻勢，嚇破了敵膽，很快便投降了。

[1078] 何以遷之：接上一句，指陸地行舟，是依靠什麼動力來前進的？或說，此處指神山遷移的傳說，龍伯國有一位巨人，將東方渤海中的大海龜一次抓走了六隻，導致大海龜背負的岱輿、員嶠兩座山失去了根基，漂移到北極去了。或說指的是傳說中的大力士澆，其力大能拖著船在陸地上行走，也能負山而遷。

【譯詩】

大海龜背著山鼓掌、舞蹈，為何山還那麼安穩？
在陸地上行舟，如何做到遷徙的？

> 唯澆[1079]在戶，何求於嫂[1080]？
> 何少康[1081]逐犬，而顛隕[1082]厥首？

【譯詩】

大力士澆在家中，有何事求助於嫂子？
為何少康驅逐他的獵犬，就能將澆的腦袋砍下來？

> 女歧縫裳，而館同[1083]爰止[1084]。
> 何顛易[1085]厥首，而親以逢殆[1086]？

【譯詩】

女艾為澆縫製衣裳，並與他同宿。
為何也被錯砍下腦袋，只是因為親密而遭殃嗎？

[1079] 澆：寒浞之子。
[1080] 嫂：指女歧。
[1081] 少康：夏朝國君。
[1082] 顛隕：墜落。
[1083] 館同：同房。
[1084] 止：息。
[1085] 顛易：砍斷。
[1086] 殆：危險。

> 湯[1087]謀易旅[1088]，何以厚[1089]之？
> 覆舟[1090]斟尋[1091]，何道[1092]取之？

【譯詩】

澆如何發明戰甲，為何能夠那麼強盛？
覆滅斟尋的戰船，採取了何種方法？

> 桀[1093]伐蒙山，何所得焉？
> 妹嬉[1094]（ㄇㄛˋ　ㄒㄧ）何肆，湯何殛[1095]（ㄐㄧˊ）焉？

【譯詩】

夏桀討伐蒙山氏，究竟得到了什麼？
妹嬉何曾恣肆，成湯為何還是殺了她？

【延伸】

以上是〈天問〉的第五部分，提出了 19 個問題。講述了大禹之後夏王朝的歷史。我們必須明白，遠古的歷史往往混雜大

[1087] 湯：指「澆」，是訛字。
[1088] 易旅：製作戰鬥用的衣甲。
[1089] 厚：強大。
[1090] 覆舟：船隻傾覆。
[1091] 斟尋：夏朝時的諸侯國，與夏王同姓。
[1092] 道：方法。
[1093] 桀：夏朝暴君，因殘暴而亡國。
[1094] 妹嬉：即「末喜」，夏桀的正妃。
[1095] 殛：殺死。

量傳說，有些傳說中的人物橫跨時空，出現在不同的時代，甚至把幾個不同人的故事，疊加在一個人的名字上，但這些傳說中隱藏著歷史的事實。前面我們提到，大洪水時代，曾出現一個英雄 —— 后羿。洪水發生後，一些原本生活在深山大澤中的毒蛇、猛獸也跑出來傷人，后羿發揮他善射的本領，射殺蟒蛇與猛獸，解除了人們的禍患。他還射瞎了水神河伯的一隻眼睛，並且娶了河伯的妻子。我們可以發現，在古老的英雄時代，人和神往往有角力的資本，而后羿顯然是一個半神式的人物。當然，這裡的河伯可能是一個生活在水上的部落酋長的名字。

在〈天問〉的語境中，神話中的后羿和史書中有窮氏君主后羿疊加在一起。啟死後，兒子太康成了新的君主。太康沉迷於打獵，經常離開宮廷很長時間而不歸。東夷部落的有窮氏君主后羿趁此機會，阻斷太康返程的道路，並射殺了他，奪取夏朝君主的權力。后羿和太康一樣，同樣沉迷於打獵，而將朝政事務交給自己的大臣寒浞。寒浞和后羿一樣是射箭高手，他愛上了后羿的妻子，當然更愛權力，他以其人之道還治其人之身，射殺了后羿，並娶了他的妻子。前文說過，后羿射中河伯，並娶了其妻，並說這個女子是洛水女神。但寒浞所娶的后羿之妻卻名為純狐。很可能二者為同一人，也可能是兩個人，畢竟在部落時代，部落君主可以娶多個妻子。后羿和寒浞相繼控制夏王朝的中樞，這段歷史，史書中稱為「太康失國」。

后羿奪取夏王朝的權力後，曾立太康的弟弟仲康當傀儡君主。仲康的兒子名叫相，逃到斟灌氏和斟鄩氏這兩個部族，寒浞追殺他，並一股腦兒滅了這兩個部族。相雖然死了，但懷孕的妻子后緡卻從一個牆洞裡逃跑了。后緡逃回自己母族的部落有仍氏，並生了一個男孩，即少康。少康被有仍氏的君主任命為管理牧業的官員，並允許他建立自己的軍隊。少康一面養精蓄銳，另一方面獲得了有虞氏部族君主的支持，有虞氏君主對他非常信任，不但把兩個族中的女子嫁給他，甚至讓他擔任宮廷的廚師長，負責自己的飲食。為了解寒浞的動向，少康派名叫女艾的美人充當間諜，打入寒浞的宮廷，打探消息。詩中的「女歧縫裳，而館同爰止」一語，寫的便是女艾臥底到澆的身邊，並充當其情人，以刺探情報的事。

少康的力量壯大後，率領軍隊一路打回去，很快消滅寒浞的勢力，重新掌握夏王朝的君權，史書上稱為「少康中興」。不過，少康很快就誅殺了為他立下大功的女艾。

夏朝的最後一位君主夏桀的正妃名叫末喜，原本是蒙山國的女子，夏桀征伐蒙山，蒙山將末喜獻給他。但後來夏桀拋棄了末喜，末喜便與商湯的大臣伊尹往來，充當其間諜，最終滅了夏桀。毫無疑問，末喜在商湯建國的過程中立了大功，但商湯後來還是處死了她。這是為什麼呢？詩人沒有告訴我們答案。但我們能自己找到答案。狡兔死，走狗烹，這是君主統治的特點。

關於夏朝的歷史，〈天問〉提供了很多數據，但這些數據更像一串神祕的密碼。詩人以一種獨特的方式，把歷史保留在問號中。某種程度上，大部分史料都經過後世文人的整合，而〈天問〉中的這些問號，則把史料撬開了一條縫隙。

> 舜閔在家[1096]，父[1097]何以鱞[1098]（ㄍㄨㄢ）？
> 堯不姚[1099]告，二女[1100]何親[1101]？

【譯詩】

舜在家中已成婚，為何卻被稱為鰥夫？
堯帝不向舜的父母通知，為何能將女兒嫁給他？

> 厥萌[1102]在初，何所億[1103]焉？
> 璜（ㄏㄨㄤˊ）臺[1104]十成[1105]，誰所極[1106]焉？

【譯詩】

壞的萌芽剛顯露，怎能預料到呢？
用美玉砌成十層樓臺，誰所完成的呢？

[1096] 家：成家。
[1097] 父：舜的父親瞽叟。
[1098] 鱞：即「鰥」，老而無妻或喪偶。
[1099] 姚：舜的姓，此處指舜的父親。
[1100] 二女：指娥皇、女英，都是堯帝的女兒。
[1101] 親：姻親，丈夫家。
[1102] 萌：萌芽。
[1103] 億：通「臆」，預料。
[1104] 璜臺：玉臺。
[1105] 成：層。
[1106] 極：建造。

> 登立[1107]為帝，孰道[1108]尚之？
> 女媧[1109]有體，孰制匠[1110]之？

【譯詩】

登基成為帝王，誰所引導的呢？
女媧的身體不斷變幻，又是誰造就了她？

> 舜服厥弟[1111]，終然為害。
> 何肆[1112]犬豕，而厥身不危敗？

【譯詩】

舜帝一再順從他的弟弟，終究釀成禍害。
為何像象這樣豬狗不如的人，最後卻身家沒有敗亡？

【延伸】

以上內容，是〈天問〉的第六部分，包含舜帝及其家族的故事。正統史書中記載：堯帝晚年，準備以「禪讓制」的方式繼續傳遞權力，他看中了舜，為了考察他，賞賜他很多物品，還將自己的兩個女兒娥皇和女英一併嫁給了他。舜是一個賢良且孝順的人，但他的家人卻糟糕的一塌糊塗。

[1107] 立：通「位」。
[1108] 道：導引。
[1109] 女媧：神話中的創世女神。
[1110] 匠：造。
[1111] 弟：指舜的弟弟象。
[1112] 肆：放肆。

舜的父親瞽叟不喜歡這位賢良的兒子，他的弟弟象則垂涎兩位嫂子，因此瞽叟和象合謀準備殺了舜。修補穀倉的時候，瞽叟哄騙舜爬上倉頂，象抽走梯子，並在下面縱火，企圖燒死舜，舜拿著兩個斗笠作翼，從穀倉頂上滑翔下來，倖免於難。

一計不成又生一計，瞽叟欺騙舜挖井，挖到很深的時候，在上面填土，想把舜活埋。舜帝早懷疑其父和弟弟象，所以事先在井壁上挖了一條隧道，從隧道逃跑，並躲了起來。瞽叟以為舜死了，便和象瓜分了舜的財物，且占據他的房屋。當舜回來時，象卻裝出很思念的樣子。後來舜當了君主，也沒有懲罰象。對此，〈天問〉中繼續發揮其質疑的本色，提供了與正統歷史截然不同的史料。詩中說，舜帝在娶堯帝的二女時，並非單身，而是有家室，也就是有妻子。且堯帝沒有告知舜的父母，就將兩個女兒嫁給了舜。按照上古氏族通婚傳統，兩族聯姻，首先是兩個部族的大事。從舜帝的姓氏來看，他恐怕並非普通人，而是出身於一個大的部族。總之，這是一段已經被歷史淹沒的撲朔迷離的故事。

吳獲[1113]迄古，南嶽[1114]是止[1115]。

孰期去[1116]斯[1117]，得兩男子[1118]？

[1113] 吳獲：即吳伯，指古公亶父的長子吳泰伯。
[1114] 南嶽：並非今之南嶽衡山，而是指霍山。
[1115] 止：居留。
[1116] 去：一作「夫」。
[1117] 斯：這裡。
[1118] 兩男子：指泰伯和弟弟仲雍。

【譯詩】

吳國獲得長久的國祚，疆域一直延伸到南嶽。

誰能料到這一切，僅僅因為泰伯和仲雍這兩個奇男子？

> 緣鵠[1119]（ㄏㄨˊ）飾玉[1120]，后帝[1121]是饗[1122]（ㄒㄧㄤˇ）。
>
> 何承謀夏桀，終以滅喪？

【譯詩】

用雕飾了大雁的玉器，祭祀天帝。

為什麼傳位到夏桀，最終王朝的承續就斷絕了？

> 帝[1123]乃降觀[1124]，下逢伊摯[1125]。
>
> 何條[1126]放致罰[1127]，而黎服[1128]大說[1129]？

[1119] 鵠：天鵝。
[1120] 飾玉：裝飾美玉。
[1121] 后帝：天帝。
[1122] 饗：請人享用。
[1123] 帝：指成湯。
[1124] 降觀：視察民情。
[1125] 伊摯：即伊尹，商代開國君主成湯的佐命大臣。
[1126] 條：鳴條，夏軍戰敗的地方。
[1127] 致罰：進行懲罰。
[1128] 服：「民」的訛字。
[1129] 說：通「悅」，喜悅。

【譯詩】

天帝降臨人間巡視，遇到伊尹祕授天機。

為何從鳴條放逐夏桀，百姓們都歡喜而臣服？

【延伸】

以上內容，是〈天問〉的第七部分，包含了兩個故事：吳國在南方立國；成湯顛覆夏王朝，成為新的天下共主。西周王朝建立前，周族出現了一個劃時代的重要人物，即周部族的首領古公亶父（周太王）。他有三個賢明的兒子：泰伯、仲雍、季歷。他最喜歡的是季歷，想讓季歷繼承部落首領之位，但不論按嫡長子繼承制，還是兄終弟及，都無法保證由季歷繼位。為此，周太王寢食不安。泰伯和仲雍知道了父親的心思，就逃往南方的蠻荒之地，並像當地的土著一樣斬斷頭髮，在身體上刺青，這就是所謂「斷髮紋身，示不可用」。「斷髮紋身」在當時的華夏族來看，是蠻族的習俗，一旦這樣做，就意味著放棄繼承權，故而季歷毫無懸念的成了繼承人。泰伯兄弟二人到南方後，他們高尚的人品和帶來的先進技術，吸引了一大批人，不久就成為當地的領袖，泰伯成了新的國家——吳國的開創者。泰伯死後無子，他的弟弟仲雍即位，成為新的領導者。武王滅商後，派人去尋找泰伯和仲雍的後裔，找到了仲雍的曾孫周章，他已經是吳國的第五代國君，周武王就承認吳國為諸侯國，納入周王朝的諸侯體系。另外，周武王又封周章的弟弟虞仲到成周的北面，即虞國，成為另一個諸侯國的君主。從泰伯立國，到春秋時期越王勾踐滅吳，吳國立國長達七百餘年。

夏王朝的末年，成湯在鳴條之戰中擊敗夏軍，顛覆了夏朝。在商王朝的建立中，大臣伊尹立了大功，但早期他可能是夏桀的臣子，他的這個身分背後可能還有別的身分，有可能他是成湯派到夏桀身邊的間諜。「何承謀夏桀，終以滅喪」一句中便包含這種懷疑。在古人的觀念中，輔佐成湯建立商王朝的伊尹、協助商高宗武丁安邦定國的傅說、幫助周文王、武王兩代君主的姜太公，被視為天選之人，也就是被上天祕授天機的人。他們身上擁有能超越自己低微身分的力量，故而能成就一番大業。

在這段，把先周時期的這個「推位讓國」的故事和成湯推翻夏桀，自己當君主的故事放在一起，是大有深意的。

> 簡狄[1130]在臺，嚳[1131]（ㄎㄨˋ）何宜？
> 玄鳥[1132]致貽，女何喜[1133]？

【譯詩】

簡狄居住在瑤臺，帝嚳怎麼知道來求愛？

玄鳥送給簡狄禮物，她為何懷了身孕？

[1130] 簡狄：有娀國之女，嫁給帝嚳為妃。
[1131] 嚳：帝嚳，五帝之一。
[1132] 玄鳥：黑色的燕子，一說是鳳凰。
[1133] 喜：指懷孕。

該[1134]秉季[1135]德，厥父是臧[1136]。
胡終弊[1137]於有扈[1138]（ㄏㄨˋ），牧夫牛羊？

【譯詩】

王亥繼承了父親的美德，並將父親視為典範。
為什麼後來被困在有易，他在哪裡替人放牧牛羊？

干[1139]協[1140]時舞[1141]，何以懷[1142]之？
平脅曼膚[1143]，何以肥[1144]之？

【譯詩】

王亥手持盾牌起舞，為何使姑娘思念？
身材飽滿而豐腴，為何會成為王亥的妻室？

有扈[1145]牧豎[1146]，云何而逢[1147]？

[1134] 該：契的六世孫王亥。商王朝被分為三個時期，先商、早商、晚商，王亥是先商時期的君主。
[1135] 季：指王亥的父親「冥」，因治水而死。
[1136] 臧：善。
[1137] 弊：通「斃」，死。
[1138] 有扈：即有易。
[1139] 干：盾牌。
[1140] 協：合。
[1141] 舞：指拿武器為道具的武舞。
[1142] 懷：誘惑。
[1143] 曼膚：肌膚潤澤。
[1144] 肥：借為「妃」，匹配。
[1145] 有扈：即前文所說的「有易」。
[1146] 牧豎：放牛的小子，指王亥。
[1147] 逢：相遇，指王亥和有易之女相見。

擊床先出[1148]，其命何從？

【譯詩】

身為有易氏身分低微的牧童，他如何與貴族女子相逢？
襲擊坐席有人先逃走，命令來自何方？

恆[1149]秉季德[1150]，焉得夫樸牛[1151]？
何往營[1152]班祿[1153]，不但[1154]還來？

【譯詩】

王恆繼承了父親的美德，怎麼得到駕車的大牛？
為何到班祿居住，不等天亮就往還？

昏微[1155]遵跡，有狄[1156]不寧。
何繁鳥[1157]萃棘[1158]，負子[1159]肆情？

[1148] 先出：事先跑掉。
[1149] 恆：王恆，王亥的弟弟。
[1150] 季德：其父親的德行。
[1151] 樸牛：服力役的牛。「樸」通「服」。
[1152] 營：居。
[1153] 班祿：地名。
[1154] 但：通「旦」，天亮。
[1155] 昏微：指先商時期的商朝君主上甲微，因其昏聵，故而稱之為「昏微」。
[1156] 有狄：即有易。
[1157] 繁鳥：眾多的鳥。
[1158] 萃棘：落在酸棗樹上。
[1159] 負子：即「負菑」，睡在草席上。

【譯詩】

上甲微沿襲祖輩之德，有易氏部落從此不得安寧。
為何鳥成群的停留在荊棘上，他竟辜負兒子而奪情？

眩弟[1160]並淫，危害厥兄。
何變化[1161]以作詐，後嗣[1162]而逢長[1163]？

【譯詩】

與善於迷惑人的弟弟一起放縱，最終危害了兄長。
為何詭計多端而奸詐的人，他的後代反而昌隆？

成湯[1164]東巡，有莘[1165]（ㄕㄣ）爰極。
何乞[1166]彼小臣[1167]，而吉妃[1168]是得？

【譯詩】

成湯到東方去巡視，到達有莘氏部族。
為何想得到對方的小臣，卻娶了對方的貴族女子為妻？

[1160] 眩弟：善於蠱惑人的弟弟。
[1161] 變化：多變。
[1162] 後嗣：後代。
[1163] 逢長：指子孫。逢，通「豐」。
[1164] 成湯：子姓，商的開國君主。
[1165] 有莘：古國名。
[1166] 乞：索取。
[1167] 小臣：指伊尹。
[1168] 吉妃：善妃，指有莘氏的貴族之女。

水濱之木，得彼小子[1169]。

夫何惡之，媵[1170]（一ㄥˋ）有莘之婦？

【譯詩】

在水邊的樹上，得到了一個嬰兒。

他為何被人厭惡，成了有莘氏姑娘的陪嫁奴隸？

湯出[1171]重泉，夫何罪尤[1172]？

不勝心伐帝[1173]，夫誰使挑之？

【譯詩】

商湯被囚禁在重泉，有何罪過？

沒有好勝心去挑戰夏桀，是誰激起了他滅夏的決心？

【延伸】

以上內容，是〈天問〉的第八部分。講述了商人的起源和商王朝的歷史。《詩經》中說「天命玄鳥，降而生商」，從側面印證了〈天問〉中的詩句。帝嚳的次妃簡狄多年未孕，有一次遊玄丘，在池水中沐浴，飛來一隻黑色的燕子，生下了一枚卵，調皮的簡狄撿起來放進自己嘴裡，卻不小心吞了下去，因

[1169] 小子：指伊尹。
[1170] 媵：陪嫁奴婢。
[1171] 出：釋放。
[1172] 罪尤：罪過。
[1173] 帝：指夏桀。

此有孕，破胸生子契。契善於用火和觀星，因而被任命為火正。堯帝時，契被任命為司徒。他也被商王室奉為始祖。

商族人自契之後，傳了七代，權杖交到部落首領王亥的手中，王亥善於馴養牛馬，並與其他部族進行貿易，很快讓商族富裕了起來。後世把做生意的人稱為「商人」，便與此有關。有一次王亥和弟弟王恆趕著牛羊，帶著財物到有易氏部落進行貿易。在迎接王亥兄弟的宴會上，二人激怒了有易氏的部落君長綿臣，綿臣派刺客殺害王亥，併吞了牛羊和財物，王恆則逃了回來。後來王恆之子（一說是王亥之子）上甲微繼承部落君長之位，率軍滅了有易氏，並殺了綿臣復仇。

但是在〈天問〉中，並未寫以上內容，而是寫王亥被困在有易氏部族，且淪落為「牧豎」，也就是牧童。在祭祀典禮上，他手執盾牌跳起祭祀的萬舞，英俊的外表和壯實的身體，吸引了這個部族的姑娘，從而引發嫉妒，遭到殺身之禍。史書《竹書紀年》中也記載了王亥引誘有易氏之女，被其君長所殺的內容。詩中所寫，與後世史書記載多不相符，很可能是基於別的文字內容。如詩中不寫王亥兄弟去貿易牛羊，卻寫「頒布爵祿」，就是一例。詩中的「眩弟並淫，危害厥兄」一句則透露，王亥很可能和弟弟王恆一起引誘了這位姑娘，也有學者認為，這是對應舜帝和他的弟弟象。學者姜亮夫則認為，「眩弟並淫」一句指的是上甲微，上甲微晚年十分昏聵，以致詩人稱他為「昏微」，他還奪取了兒子之妻，成為有名的昏君兼暴君。他弟弟靠欺詐獲得信任，並最終繼位，後世的商代君主，便是上甲微弟弟這一系。詩中發出「為何詭計多端上位，卻能使子孫後代興隆」的疑問，這也可以看出詩人歷史唯物主義的一面。

成湯是契的第十四代孫，也是商王朝的開國君主。在商王朝的立國中，伊尹功不可沒。伊尹原本是有莘氏部族管理御廚的小臣，以善於烹飪而知名。成湯看中他的才華，請求有莘氏部落君長將他賜給自己，但卻被拒絕。後來成湯娶有莘氏之女為妃，伊尹身為陪嫁奴隸，一下子成了商族，成湯立刻重用他。關於伊尹的身世，有一個和「啟」相似的誕生傳說。根據《水經注》的記載，伊尹的母親居於伊水，有天晚上做了一個夢，夢見神告訴她：「臼內如果出水，就一直向東走，千萬不要回頭。」第二天，她發現臼內水嘩嘩的往外流，她立刻告訴四鄰八舍，向東逃跑。村民們聽了她的忠告，紛紛向東出逃，而村子頃刻間化為汪洋大海。由於洩露了神的告誡，這位善良的女子被化為一株空桑。一個有莘氏的採桑女去採集桑樹的葉子，在空桑中發現了一個嬰兒，便帶回獻給部落首領，首領要廚奴養育這個孩子。因他生於伊水之濱，便以伊為姓。伊尹在建立商王朝的過程中建立大功，權勢顯赫，曾放逐商王朝的第二代君主太甲。太甲在桐宮思過，並表示要當一個勤勉的君主，才被接回來，並還政於他。由此可見伊尹在商朝初年地位之高。

成湯滅夏，是以臣子身分討伐主君，這不符合當時的道德。詩中說成湯是個沒有好勝心的人，即使建立大功，在祭祀天帝的時候，也從不表露。他被囚禁在重泉，可能是遭到猜忌，為了避免遇害，他不得不起兵討伐夏桀。這就像周文王曾被商紂王囚禁在羑里一樣，起兵是基於反抗暴君這種倫理。詩歌不止是一種藝術，同時還是歷史，它以極為相似的敘事模式，為部落君長反抗昏庸殘暴的主君找到了合理的倫理邏輯。

> 會朝[1174]爭盟，何踐[1175]吾[1176]期？
> 蒼鳥[1177]群飛，孰使萃之？

【譯詩】

甲子日諸侯聚在一起盟誓，為何都能如期到達？
好像雄鷹合群飛翔，是誰將他們團結在一起？

> 列[1178]擊紂躬[1179]，叔旦[1180]不嘉。
> 何親揆[1181]（ㄎㄨㄟˊ）發[1182]足，周之命[1183]以咨嗟[1184]？

[1174] 朝：指甲子日。
[1175] 踐：履行。
[1176] 吾：指周族。
[1177] 蒼鳥：鷹，此處用以比喻周族的軍隊。
[1178] 列：分解。
[1179] 紂躬：殷紂王的身體。
[1180] 叔旦：指周公旦。
[1181] 揆：謀劃。
[1182] 發：指周武王姬發。
[1183] 周之命：周族擁有的天命。
[1184] 咨嗟：嘆息。

【譯詩】

攻擊商紂王的屍體，周公旦並不贊成。

為何他親自為武王姬發出謀劃策，但卻又為周得到天命而嘆息？

> 授殷天下，其位安施？
>
> 反[1185]成乃亡，其罪伊[1186]何？

【譯詩】

上蒼把天下交給了殷人，國祚為何又被轉移？

等他們獲得成功又滅亡，是犯了何種罪過？

> 爭遣伐器[1187]，何以行之？
>
> 並驅[1188]擊翼，何以將[1189]之？

【譯詩】

爭先拿起討伐暴君的武器，怎樣調遣軍隊？

齊頭並進且攻擊兩翼，是誰親自率領？

[1185] 反：等到。
[1186] 伊：助詞，無實義。
[1187] 伐器：武器，此處指軍隊
[1188] 並驅：並駕齊驅。
[1189] 將：率領。

【延伸】

以上內容，是〈天問〉的第九部分。講述的是商紂王殘暴不仁，諸侯們在周武王的率領下，一起顛覆了他的王朝。根據歷史記載，在周武王的大軍攻入商王朝的都城朝歌前，驕傲的商紂王見大勢已去，不願受辱，就在著名的露臺縱火自焚而死了。按照上古時期的傳統，主君無德，可以被顛覆，但是不能被殺，也不能絕其祭祀。成湯流放夏桀，周滅商但是分封微子到宋，並允許其君主繼續祭祀商王，都是基於這種道義。某種意義上，先秦時期形成了一個「王不殺王」的傳統。既然不能殺主君，當然更不能侮辱其屍體，但是據《逸周書．克殷篇》和《史記．周本紀》記載，周武王攻克商都後，看到紂王的屍體，向屍體射了三箭，並用黃鉞（大斧）砍下了紂王的腦袋，懸掛在旗桿上。不過，身為周武王最得力的輔佐者之一，周公旦顯然並不贊成這種做法。詩中「列擊紂躬，叔旦不嘉」說的便是此事。相較於周武王這位開國者，他弟弟周公旦顯然更加具有懷柔手段，是一個更加成熟的政治家。

這部分寫商紂王殘暴，故而被上蒼拋棄，國祚轉移到周族人、也就是西周王朝的建立者姬發家族的手中，諸侯們都聽從他的號令，並一起翦滅了商王。歷史的新篇章從這裡開始了。

昭后[1190]成遊，南土[1191]爰底。

[1190] 昭后：周昭王，名瑕，周朝的第四任君主。
[1191] 南土：南方，指楚國。

厥利[1192]唯何，逢[1193]彼白雉[1194]？

【譯詩】

周昭王外出巡遊，到達南方的土地上不歸。

到底有何好處，難道是為了白色的野雞？

穆王[1195]巧梅[1196]，夫何為周流[1197]？

環理[1198]天下，夫何索求？

【譯詩】

周穆王善於駕車，為什麼四處周遊？

走遍天下，到底在追求什麼？

妖夫[1199]曳炫[1200]，何號[1201]於市？

周幽[1202]誰誅？焉得夫褒姒[1203]（ㄙㄟ）？

[1192] 利：貪求。
[1193] 逢：迎。
[1194] 白雉：野雞，用作貢品。
[1195] 穆王：指周穆王，名滿，西周第五任君主。
[1196] 巧梅：善駕車。梅，通「枚」，馬鞭。
[1197] 周流：周遊。
[1198] 環理：周行。理，通「履」，行。
[1199] 妖夫：妖人，統治者對威脅自己統治之人的蔑稱。
[1200] 炫：炫耀。
[1201] 號：呼喊，吆喝。
[1202] 周幽：周幽王，名宮湦，西周第十二任君主，也是亡國君主。
[1203] 褒姒：周幽王寵妃。

【譯詩】

妖人相引而行，為何呼號於街市？

周幽王究竟被誰所殺？他怎麼得到褒姒？

【延伸】

以上內容，是〈天問〉的第十部分。《詩經》中說：「殷鑑不遠，在夏后之世。」周王朝的統治者和商王朝一樣，絲毫未曾從前朝的滅亡中得到教訓。就像黑格爾（Hegel）說：「人類從歷史中唯一吸取的教訓，就是人類從不吸取教訓。」如杜牧在〈阿房宮賦〉中所言：「秦人不暇自哀，而後人哀之；後人哀之而不鑑之，亦使後人而復哀後人也。」《史記．周本紀》中記載，西周的第四代君主，也就是周武王的重孫周昭王不斷征伐，進行大規模的軍事活動，南征是渡漢江。造船的人厭惡他的統治，進獻的船隻是用膠黏的，沒有使用卯榫和釘子。周昭王和他的大臣、士兵們在這艘船到了漢江中流時，黏接的膠被水泡開，船解體了，周昭王和大臣蔡公都掉進水中淹死了。詩中的「昭后成遊」，說的便是此事。

周昭王之子，也就是西周的第五代君主周穆王，並未從父親那裡接受教訓，同樣喜好出遊，且變本加厲，《穆天子傳》中說他一直向西遊，遇到了神話中的西王母。

西周國祚傳了十二代，到了周幽王姬宮涅時代，統治更加昏聵，結果與諸侯離心離德，最後犬戎攻破都城，將他殺死，西周滅亡。據說周幽王的覆滅，和神祕的大美人褒姒有關。傳說在夏朝末期，有兩條龍停留在宮殿前不肯離去，夏王命令祭司占卜，占卜結果是殺掉龍、趕走龍、留下龍都不吉利，只有留下龍的唾液並儲藏起來，才會吉利。於是，商王命令祭司向龍進獻玉帛，並寫禱告文祝告，最後得到龍的唾液，並裝進木匣，放進宮廷的藏寶室。隨著夏王朝的滅亡，這個木匣幾乎被人遺忘。商滅夏後，繼承了夏王朝的一切，包括藏寶室裡的所有物品，周滅商後，同樣也繼承了這一切。到了西周王朝的第十代君主周厲王（這是一位非常殘暴的君主）時期，打開了這個匣子，龍涎流到宮廷的地板上，怎麼也無法除去。周厲王命令幾個婦女赤裸著身子，圍繞著龍的唾液呼喊、舞蹈，施行一種巫術，唾液變成了一隻黑色的黿（或說是蜥蜴），竄入了後宮，遇到一個未成年的小宮女，然後就消失了。

小宮女成年後，竟然無夫而孕，生下了一個女孩。小宮女害怕此事被人知道會遭到懲罰，便將女嬰拋棄在街邊。剛好有一對出售桑木弓箭的夫婦遭到追捕，從這裡逃跑，便抱起了嬰兒。當時是周厲王的兒子周宣王時期，宣王曾聽過一個謠言，即「檿弧箕服，實亡周國」（賣桑木弓箭的人，會滅亡周國），因此凡是在街市上出售桑木弓和箭的人，都會被視為妖人，逮捕處死。這對夫婦被追捕的緊急，抱著嬰兒逃到褒國，她長大後出落的如同天人，成為聞名的大美人，她就是褒姒。周宣王死後，兒子幽王即位。周幽王不但昏聵，而且好戰。他討伐褒國，褒國戰敗，便將褒姒獻給幽王。褒姒進入幽王的宮廷後，一直都不笑，有一次看到火炬竟然笑了。周幽王為了博取美人一笑，命令點燃驪山的烽火，諸侯們以為是外敵入侵，紛紛帶兵來勤王，結果卻發現是一個玩笑。多次點燃烽火，諸侯們多次遭到玩弄，便失去了對周幽王的信任。當犬戎大軍來犯，周幽王點燃烽火向諸侯求救時，諸侯們再也不來了，結果防線被攻破，幽王被殺。

這部分寫了西周王朝的三位君主，早期的周昭王、穆王和末代君主周幽王，雖然只有十二句，但資訊量很大，紀錄了非常廣闊且神祕的歷史。

> 天命反側[1204]，何罰何佑？
> 齊桓[1205]九合[1206]，卒然[1207]身殺[1208]。

【譯詩】

天命反覆無常，何謂懲罰何為庇佑？
齊桓公九次會合諸侯功業鼎盛，但卻忽然淒涼的死去。

> 彼王紂之躬，孰使亂惑[1209]？
> 何惡輔弼，讒諂[1210]是服？

[1204] 反側：反覆無常。
[1205] 齊桓：齊桓公，姜姓，呂氏，名小白，春秋五霸之一。
[1206] 九合：九次和諸侯會盟。
[1207] 卒然：終於。
[1208] 身殺：遭到殺身之禍。
[1209] 亂惑：混亂而迷惑。
[1210] 讒諂：讒言陷害，搬弄是非。

【譯詩】

商紂王這個獨夫，是誰使他昏庸糊塗？

為何厭惡忠良的輔佐，偏偏喜歡諂媚之人？

> 比干[1211]何逆，而抑沉[1212]之？
>
> 雷開[1213]何順，而賜封之？

【譯詩】

比干如何因諫言逆耳，遭到壓制和打擊？

雷開如何阿諛奉承，被賜予和封賞？

> 何聖人[1214]之一德[1215]，卒其異方[1216]？
>
> 梅伯[1217]受醢[1218]（ㄏㄞˇ），箕子[1219]詳狂[1220]。

【譯詩】

為何聖人的美德都一樣，他們的結局卻不同？

忠臣梅伯被紂王剁成肉醬，箕子則裝瘋佯狂躲過了劫難。

[1211] 比干：殷紂王的叔父，因為忠直而冒犯了紂王，被剖心而死。

[1212] 抑沉：壓制。

[1213] 雷開：殷紂王的大臣，以諂媚著稱。

[1214] 聖人：指殷商末期賢臣梅伯、箕子。

[1215] 一德：品德相同。

[1216] 異方：不同的結局。

[1217] 梅伯：紂王大臣，進諫觸怒紂王遇害。

[1218] 醢：肉醬，此處指古代把人剁成肉醬的刑罰。

[1219] 箕子：紂王的叔父。

[1220] 詳狂：假裝發瘋。詳，通「佯」。

【延伸】

以上內容，是〈天問〉的第十一部分，把齊桓公和殷紂王放在一起來寫。齊桓公是春秋五霸之一，尊王攘夷，九次會盟諸侯，得到了鮑叔牙、管仲、隰朋、甯戚等賢臣的輔佐，建立了無上的功勛，也累積巨大的人望。在周天子威望無存，諸侯們群龍無首的時代，他率領諸侯們抵禦戎狄入侵，救援被入侵的國家，保護農耕文明，是當之無愧的領袖人物。這樣一個得到歷史正面評價的人物，為何要和暴君殷紂王一起寫呢？

這是因為，齊桓公犯了和殷紂王一樣的錯誤 —— 不聽忠良之臣的諫言，偏偏聽信小人的話。事實上，殷紂王身邊並不缺乏賢臣，他有被稱為「聖人」的叔叔比干，像梅伯這樣耿直敢言的純臣，還有像箕子這樣誠心輔佐他的宗室大臣。然而，他剖開了叔叔比干的心，將梅伯剁成肉醬，逼箕子裝瘋。最後宗室貴族離散，諸侯離心，被周武王所替代。

齊桓公晚年，協助他建立功勛的賢臣們一一凋零。尤其是桓公四十一年（西元前 645 年），他最重要的大臣管仲去世了。管仲彌留之際，桓公曾詢問繼任的宰相人選，並列出易牙、開方、豎刁、常之巫四個人選，全被管仲否定了，並告誡桓公，萬不可重用這四人。這四人早先曾在齊桓公的宮廷，被管仲視為佞臣小人，俱都斥逐，趕到外地。管仲一死，齊桓公便忘了告誡，一口氣全部召了回來。

齊桓公四十三年（西元前 643），桓公病重，他的五個兒子

(公子無虧、公子昭、公子潘、公子元、公子商人)爭位，易牙、開方、豎刁為了各自的利益，支持不同的公子，並掌控了宮廷守衛，命令加高宮牆，封閉門戶，任何人不得出入，結果齊桓公被餓死在宮中。五位公子相互廝殺，最後公子無虧得到易牙、豎刁二人的支持，暫時獲勝、登上君位，入殮齊桓公的時候，桓公已經死去 67 天了，死狀極為悽慘。

齊桓公雖非商紂王那樣的人，但結局卻無太大差別。詩人之所以將紂王、桓公放在一起寫，將佞臣小人為禍之烈寫的如此深刻，與自身的遭遇不無關係，詩人本人便是遭到佞臣的排擠而遭流放的，楚國也是因佞人之害而滅國，可以說詩人是在歷史中寄託了自己的孤憤。

> 稷[1221]維元子[1222]，帝[1223]何竺[1224]之？
> 投之於冰上，鳥何燠[1225](ㄩˋ)之？

【譯詩】

后稷是帝嚳的長子，為何遭到其父的厭惡？
被扔到冰上，群鳥為何溫暖他？

[1221] 稷：后稷，周人始祖。
[1222] 元子：嫡妻所生的長子。
[1223] 帝：帝嚳。
[1224] 竺：通「毒」，憎惡。
[1225] 燠：溫暖。

> 何馮[1226]弓挾矢，殊能將[1227]之？
> 既驚帝[1228]切激，何逢長之？

【譯詩】

他怎麼帶著弓射箭，誰資以他擁有異能？

他的才能震驚和激怒天帝，為何還能受庇佑長大？

> 伯昌[1229]號[1230]衰，秉鞭[1231]作牧[1232]。
> 何令徹[1233]彼岐社[1234]，命有[1235]殷國？

【譯詩】

西伯侯姬昌年老了還能發號令，手持權杖成為西部的首領。

為何下令毀掉岐山的宗廟，仍承接天命得到殷商天下？

[1226] 馮：持。

[1227] 將：資。說他有異能，出生就會拉弓射箭。

[1228] 驚帝：讓天帝感到震驚。

[1229] 伯昌：即周文王，西周王朝的奠基人，周武王之父，姬姓，名昌，曾受封為西伯，故而有此稱。

[1230] 號：指八、九十歲。

[1231] 秉鞭：拿著鞭子，此處指拿著權杖。

[1232] 作牧：擔任諸侯之長。

[1233] 徹：毀。

[1234] 岐社：指周族人在岐山下的祭祀宗廟。

[1235] 命有：承有天命。

遷藏[1236]就岐，何能依[1237]？

殷有惑婦[1238]，何所譏[1239]？

【譯詩】

遷徙寶藏到岐山腳下，所依附的是什麼？

殷王室有惑亂的寵妃，招惹了什麼詬病？

受賜[1240]茲醢[1241]，西伯上告。

何親就上帝罰，殷之命以不救？

【譯詩】

領受兒子肉製作的肉醬，文王向上蒼控訴。

為何招致上天懲罰，殷商王朝的命運已無可挽救？

師望[1242]在肆[1243]，昌[1244]何識[1245]？

鼓刀揚聲[1246]，后[1247]何喜？

[1236] 藏：財物。
[1237] 依：依附。
[1238] 惑婦：指迷惑殷紂王的寵妃。
[1239] 譏：諫。
[1240] 受賜：周文王受到紂王的賞賜。
[1241] 茲醢：指紂王殺死周文王長子做成的肉醬。
[1242] 師望：指姜太公。
[1243] 肆：市集、店鋪。
[1244] 昌：指周文王。
[1245] 識：了解。
[1246] 揚聲：發出聲音。
[1247] 后：指周文王，三代時天子稱「后」。

【譯詩】

太公望在店鋪裡做生意，姬昌怎麼認識他？
敲擊著刀子叫賣，姬昌聽到為何歡喜？

> 武發[1248]殺殷[1249]，何所悒[1250]（一丶）？
> 載屍[1251]集戰[1252]，何所急？

【譯詩】

武王姬發討伐殷商，為何那麼憂鬱不安？
用車載著父親的木主號令士兵作戰，為何那樣著急？

> 伯林[1253]雉經[1254]，維其何故？
> 何感天抑地，夫誰畏懼？

【譯詩】

在伯林上吊而死，究竟是什麼原因？
他指著天頓足於地，究竟害怕什麼？

[1248] 武發：周武王，謚號「武」，姬姓，名發。
[1249] 殺殷：殺了紂王。此處的「殺」，指間接導致其死亡，並非直接殺死。
[1250] 悒：憂鬱不安。
[1251] 屍：此處指周文王的木主。
[1252] 集戰：會戰。
[1253] 伯林：地名。另說指晉太子申生。
[1254] 雉經：自縊而死。

> 皇天集命[1255]，唯何戒之？
> 受禮[1256]天下，又使至代之？

【譯詩】

上天將權力授予新君，怎樣示以告誡？
紂王既然得到天下擁戴，為何又被人取代？

【延伸】

以上內容，是〈天問〉的第十二部分，寫的仍然是周族的歷史，所不同的是上溯到了周族的始祖后稷。傳說帝嚳（黃帝的曾孫，五帝之一）的妻子姜嫄有一次在荒野中行走，在野外踩到了一個巨人的腳印，感而有孕。到了分娩時，生出來的竟然是一個「肉球」，她非常害怕，就扔到狹窄的巷子裡，沒想到路過的牛羊都繞開而走，不去踐踏。之後又抱起來，扔到了冰面上，鳥從天空飛下來，用羽翼裹住他，避免他著涼。種種神異的事情打動了他的母親，所以又將他抱回來撫養。《詩經．大雅．生民》中也記載此事，說后稷出生時「不坼不副」（胞衣未破裂）。與大部分上古英雄一樣，后稷也是一位「無父而生」的孩子。神話的背後往往有難以明言的歷史，儘管《詩經》中為后稷編造了一個誕生神話，但仍然無法掩蓋他不被父親喜歡的事實，他的出生可能另有隱情。這也是他雖然是元妃

[1255] 集命：降賜天命。
[1256] 受禮：得到擁戴。

所生的嫡子，但卻未能繼承帝位的原因。

中國神話裡類似的故事不止后稷一人，哪吒的出生也是如此，若認真計較，很可能是出生時羊膜囊未破，故被誤以為是肉球。這種現象在醫學上是非常罕見的，但並非沒有，曾有新聞報導過西班牙一例羊膜囊完整而出生的寶寶，給人一種「卵生」的即視感，據說機率僅為八萬分之一。古人不理解這種罕見的醫學現象，故而視為神異。

詩歌上溯后稷，下延及周文王、武王兩代君主，在姜太公的輔佐下，最終替代了殷紂王，而成為新的天下共主。之所以上溯至后稷，是為了說明從先周時期開始，到武王建國，周族的子民經過了十幾代的奮鬥，才最終使周族突破狹窄的生存空間，和中原部族建立密切關係，並最終成為一個強大的力量，開闢新的王朝。

> 初湯臣摯[1257]，後茲承輔。
> 何卒官湯[1258]，尊食宗緒[1259]？

【譯詩】

起先成湯重用伊尹，後來成為重要的輔臣。

死後如何配享成湯，並享受廟食祭祀？

[1257] 臣摯：指伊尹。
[1258] 官湯：在湯處為臣。
[1259] 宗緒：在宗廟接受血食。

勛闔[1260]夢[1261]生[1262]，少離散亡[1263]。

何壯武厲[1264]，能流[1265]厥嚴[1266]？

【譯詩】

闔閭是吳王壽夢的長孫，少年時卻離家流浪。

為何成年後勇猛非凡，成為威名遠揚的君主？

彭鏗[1267]斟雉[1268]，帝[1269]何饗[1270]？

受壽永多[1271]，夫何長？

【譯詩】

彭祖擅長烹飪野雞湯，天帝何以享用？

賜予的壽命那麼多，人的壽數為何會那麼長啊？

[1260] 闔：指吳王闔閭。
[1261] 夢：指吳王壽夢。
[1262] 生：通「姓」，孫。
[1263] 散亡：指吳王闔閭最初流亡在外。
[1264] 厲：奮發。
[1265] 流：傳布。
[1266] 嚴：原作「莊」，漢代避諱漢明帝劉莊諱，改為嚴。莊是吳王的謚號。
[1267] 彭鏗：即彭祖，傳說中的長壽之人。
[1268] 斟雉：野雞羹。
[1269] 帝：天帝。
[1270] 饗：享用。
[1271] 受壽：得到的壽數。

> 中央[1272]共牧[1273]，后[1274]何怒？
> 蜂蛾微命[1275]，力何固？

【譯詩】

周公和召公共同執政，周厲王為何憤怒？

蜜蜂和蛾雖是微小的生命，但是反抗的力量為何那麼不可阻擋？

> 驚女[1276]采薇[1277]，鹿何祐[1278]？
> 北至回水[1279]，萃[1280]何喜？

【譯詩】

女子警醒他們採食的也是周薇，野鹿為何提供庇護？

向北來到水流縈洄處，兄弟相聚因何歡喜？

> 兄[1281]有噬犬，弟[1282]何欲？

[1272] 中央：指周天子的中樞。
[1273] 共牧：共同執政。
[1274] 后：指周厲王。
[1275] 微命：指小生命。
[1276] 驚女：聞一多先生認為當作「女驚」，「驚」通「警」，即女子警言。
[1277] 采薇：伯夷、叔齊在商王朝滅國後，隱居在首陽山採集植物為食。
[1278] 祐：庇護。
[1279] 回水：首陽山下的河流轉彎處。
[1280] 萃：相聚。
[1281] 兄：指秦景公。
[1282] 弟：指秦景公的弟弟。

易之以百兩[1283]，卒無祿[1284]？

【譯詩】

兄長有一頭猛犬，弟弟為何想要？

用百輛車駕交換，為何被剝奪了爵位？

【延伸】

以上內容，是〈天問〉的第十三部分，既有歷史，也夾雜著傳說，講述商初期到春秋時期的故事。詩歌的跳躍性很強，從一段歷史到另一段歷史，跨越了長長的空間。且每個故事之間並不以時間為序，而是顛倒錯亂的，給人一種紛亂之感。其中「不食周粟」是中國文化一個非常有名的典故。商的屬國孤竹國國君有兩個兒子，長子伯夷和幼子叔齊，國君很喜歡幼子，希望幼子即位，但這與「嫡長子繼承制」的傳統不相符，伯夷為了讓父親的願望實現，便逃走了。後來國君亡故，叔齊不願違背傳統，決定尋找哥哥回來即位，也離開了王宮。兩人相遇後，決定放棄王位，不再回歸王室。

周武王討伐殷商，伯夷和叔齊兄弟倆認為這不符合道義，攔住了武王的大軍，並牽住武王的戰馬，希望停止軍事行動。士兵們非常生氣，準備殺了他們，姜太公認為二人是賢人，要士兵們不要傷害他們，只驅逐即可。

武王滅商後，伯夷、叔齊兄弟認為天下是周的天下，那

[1283] 兩：通「輛」，車駕。

[1284] 無祿：喪失祿位。

天下所產，也是周王朝所產，便不再吃糧食，而是隱居到首陽山，採薇而食。《史記．伯夷列傳》記載：「武王已平殷亂，天下宗周，而伯夷、叔齊恥之，義不食周粟，隱於首陽山，採薇而食之。」一個婦女提醒他們：「你們固然不吃周朝的糧食，但野菜也是周朝土地上長出來的啊！」兩人一聽，便絕食而死。據說，曾有野鹿用奶來餵養他們。伯夷、叔齊不贊同紂王，但也不認同武王伐紂，是因為他們不贊成「以暴虐替代暴虐」，希望倡導固有的貴族倫理，這是後世很難理解的，故而被視為「迂腐」和不知變通。

> 薄暮[1285]雷電，歸何憂？
> 厥嚴[1286]不奉[1287]，帝何求[1288]？

【譯詩】

黃昏時電閃雷鳴，回家為何憂慮？
國家的尊嚴不存，如何向上天祈求？

> 伏匿[1289]穴處[1290]，爰何云？

[1285] 薄暮：傍晚。
[1286] 厥嚴：楚國的威權。
[1287] 奉：保持。
[1288] 何求：有什麼請求。
[1289] 伏匿：隱藏。
[1290] 穴處：住在山洞裡。

荊[1291]勛作師[1292]，夫何長？

【譯詩】

藏匿在山洞裡，面對此種境況該說些什麼？
楚國不斷興兵，國運如何長久？

悟過改更[1293]，我又何言？
吳光[1294]爭國[1295]，久余[1296]是勝。

【譯詩】

(君王) 改過而自新，我又何必多說什麼？
吳國與楚國爭鋒，最終還是楚國獲勝。

何環穿自閭[1297]社[1298]丘陵，爰出子文[1299]？
吾告堵敖[1300]以不長。
何試[1301]上自予[1302]，忠名彌彰[1303]？

[1291] 荊：楚國。
[1292] 作師：興兵。
[1293] 改更：改變做法。
[1294] 吳光：吳公子光，即吳王闔閭。
[1295] 爭國：指吳、楚兩國的戰爭。
[1296] 余：指楚國。
[1297] 閭：閭門。
[1298] 社：里社。
[1299] 子文：楚國最高執政令尹子文。
[1300] 堵敖：指楚國國君熊艱。
[1301] 試：通「弑」，指臣子殺死君主。
[1302] 自予：指自立為王。
[1303] 彰：彰顯。

【譯詩】

為何繞過閭門到山丘的密林，生下了子文？

我說堵敖家族的命運不會長久。

為何成王弒兄自立，他忠誠的名聲卻更加彰顯了？

【延伸】

以上內容，是〈天問〉的第十四部分，寫楚國的歷史，並與詩人切身相關。詩人以薄暮雷電，來反襯自己內心的憂慮和徬徨。楚國雖然是春秋時期的大國，但長期與吳國征戰，並多次戰敗，甚至被吳國攻破都城，被迫遷都。楚國的貴族們爭權奪利，為了獲得執政權，經常發生內鬥。楚文王死後，其子熊艱（號堵敖）被立為國君。熊艱即位後，驕奢淫逸，整日飛鷹走馬，不理朝政，但當時楚國處於攀升期，在周邊的影響力仍然不斷擴大。楚文王的另一個兒子熊惲不滿哥哥的統治，遭到猜忌，因此出逃到鄰國隨國，在隨國人的支持下襲擊熊艱並殺了他，自立為王，是為楚成王。

這部分內容比較散亂，可能在流傳中佚失了部分詩句。詩人有感於當時楚國危如累卵，對本國的歷史同樣「發問」，作為詩歌的壓軸部分，充滿了反思精神。

〈九章〉

【作者及作品】

〈九章〉的作者是屈原，所謂「九章」，即九篇作品的合稱。這九首詩早先可能是單獨的篇目，連貫性的成為一個整體，當為後世人所整理。司馬遷《史記》中提到了〈懷沙〉、〈哀郢〉二篇，但卻沒有提及「九章」這個總名。《漢書》中提到了〈惜誦〉、〈懷沙〉這兩個篇名，也未提及「九章」這個名目。劉向首次提及「九章」之名，則至少在劉向整理《楚辭》前已經有了這個總稱。學者姜亮夫認為，可能是淮南王劉安的幕府文人們整理時所定下的名稱。

〈九章〉中的〈惜誦〉、〈思美人〉、〈惜往日〉、〈悲回風〉都以篇首二字或三字取名，這是沿襲《詩經》中常用的標題方式。其他篇目則以題旨為標題。

〈九章〉這種形式固定下來後，成為後世詩人模仿、向屈原致敬，或代屈原立言的一種詩歌文字正規化。王褒作〈九懷〉，劉向作〈九嘆〉，王逸作〈九思〉，王夫之作〈九昭〉，都是如此。

〈九章〉的很多內容可以補充〈離騷〉，作品風格更加成熟，也更加多樣化，彷彿是一部詩傳，對屈原的行蹤有更多紀錄，是探索屈原生平的重要數據。

〈惜誦〉

惜誦[1304]以致愍[1305]（ㄇㄧㄣˇ）兮，發憤以抒情。
所作忠而言之兮，指蒼天以為正。

【譯詩】

以痛惜的心情進諫表達傷痛，發洩憤懣以抒寫衷情。
發誓效忠陳說心意，以手指天為我作證。

令五帝[1306]以折中[1307]兮，戒[1308]六神[1309]與向服[1310]。
俾[1311]（ㄅㄧˋ）山川以備御[1312]（ㄩˋ）兮，命咎繇[1313]（ㄍㄠ ㄧㄠˊ）使聽直[1314]。

【譯詩】

請五方天帝來斷定對錯，讓六神判斷事實真相。

[1304] 惜誦：哀惜進諫。
[1305] 愍：憂傷。
[1306] 五帝：上古傳說中的五位天帝，東方青帝太昊，南方炎帝神農，西方白帝少昊，北方黑帝顓頊，中央黃帝軒轅。
[1307] 折中：按法律條文斷定對錯。
[1308] 戒：命令。
[1309] 六神：古代傳說中的六位神靈，有三種說法，一說為星、辰、風伯、雨師，司中、司命；一說為日、月、星辰、太山、河、海；另一說為四時、寒暑、日、月、星、水旱之神。
[1310] 向服：對證事實。
[1311] 俾：使。
[1312] 備御：準備侍御的人以陪審。
[1313] 咎繇：皋陶，傳說是舜帝時的司法官，以公正著稱。
[1314] 聽直：聽候訴訟，判斷曲直。

使山川諸神作為陪審，命皋陶斷定是非曲直。

> 竭忠誠以事君兮，反離群而贅疣[1315]（ㄓㄨㄟˋ ㄧㄡˊ）。
>
> 忘儇媚[1316]（ㄒㄩㄢ ㄇㄟˋ）以背眾[1317]兮，待明君其知之。

【譯詩】

竭盡忠心侍奉國君，反而被眾排斥成為多餘的人。
不會阿諛而背離了群小，期待明君了解我的衷心。

> 言與行其可跡[1318]兮，情與貌其不變。
>
> 故相臣[1319]莫若君兮，所以證[1320]之不遠。

【譯詩】

言行一致可根據實際考察，內心和外在始終如一。
所以審察臣子莫若君主，要求證不必去遠求。

> 吾誼先君而後身兮，羌[1321]（ㄑㄧㄤ）眾人之所仇。
>
> 專唯君而無他兮，又眾兆之所讎[1322]（ㄔㄡˊ）。

[1315] 贅疣：多餘的肉瘤，比喻多餘無用的事物。
[1316] 儇媚：狡黠。
[1317] 背眾：背離眾意。
[1318] 可跡：有痕跡可循。
[1319] 相臣：審察大臣。
[1320] 證：取證。
[1321] 羌：發語詞。
[1322] 讎：仇恨、怨恨。

【譯詩】

我先照顧君王再想到我自己，卻受到群小的仇視。
一心服侍國君而不顧及其他，又遭到眾人的怨恨。

一心[1323]而不豫[1324]兮，羌不可保也。
疾[1325]親君而無他兮，有招禍之道也。

【譯詩】

一心為國毫不遲疑，卻幾乎不能保全自己。
極力親近君主沒有其他想法，卻成為自招災禍的根由。

思君其莫我忠兮，忽忘身之賤貧。
事君而不貳[1326]（ㄦˋ）兮，迷不知寵之門[1327]。

【譯詩】

為君主著想沒人比我更忠心，忘記自己出身微賤。
侍奉君主沒有二心，但迷惑於不知取悅君主的門徑。

忠何罪以遇罰兮，亦非余心之所志[1328]。

[1323] 一心：一心一意。
[1324] 不豫：不猶豫。
[1325] 疾：急切、極力。
[1326] 不貳：專一、不懷二心。
[1327] 寵之門：得到君王寵信的門徑。
[1328] 志：通「知」。

行不群[1329]以巔越[1330]兮，又眾兆之所咍[1331]（ㄏㄞ）。

【譯詩】

忠誠有何罪卻要受到懲罰，這也不是我心裡所知道的。

行為不合群而跌倒，又遭到眾人的譏笑。

紛逢尤[1332]（一ㄡˊ）以離謗[1333]（ㄌㄧˊ ㄅㄤˋ）兮，謇[1334]（ㄐㄧㄢˇ）不可釋。

情沉抑而不達兮，又蔽而莫之白。

【譯詩】

紛亂的罪責且遭到誹謗，無法解釋清楚。

心情鬱悶而無法上達天聽，君主被矇蔽使我無法辯白。

心鬱邑[1335]（ㄩˋ 一ˋ）余侘傺[1336]（ㄔㄚˋ ㄔˋ）兮，又莫察[1337]余之中情。

固煩言不可結詒[1338]（一ˊ）兮，願陳志而無路。

[1329] 不群：不合群。
[1330] 巔越：跌倒。
[1331] 咍：嘲笑。
[1332] 逢尤：遭到罪責。
[1333] 離謗：被詆毀、誹謗。
[1334] 謇：發語詞，無實義。
[1335] 鬱邑：憂鬱愁悶。
[1336] 侘傺：失意而惆悵的樣子。
[1337] 察：體察、得知。
[1338] 詒：贈送、遺留、留傳。

【譯詩】

心情鬱悶而失意惆悵，沒人體察我的衷情。

本來言語煩雜無法表達清楚，想陳述內心卻不知途徑。

> 退靜默[1339]而莫余知兮，進號呼[1340]又莫吾聞。
>
> 申侘傺（ㄔㄚˋ　ㄔˋ）之煩惑[1341]（ㄈㄢˊ　ㄏㄨㄛˋ）兮，中悶瞀[1342]（ㄇㄠˋ）之忳（ㄊㄨㄣˊ）忳[1343]。

【譯詩】

退而隱居恐怕無人明白我的心意，進而奔走呼號又怕無人聽。

內心失意煩亂迷惑，內心紊亂憂心忡忡。

> 昔余夢登天[1344]兮，魂中道[1345]而無杭[1346]。
>
> 吾使厲神[1347]占[1348]之兮，曰：「有志極而無旁。」

[1339] 靜默：沉默。
[1340] 號呼：大聲叫喚。
[1341] 煩惑：心緒煩亂且迷惑。
[1342] 悶瞀：內心煩亂。
[1343] 忳忳：憂傷煩悶的樣子。
[1344] 登天：進入天界。
[1345] 中道：中途。
[1346] 杭：渡船。
[1347] 厲神：一說為主殺伐的神靈，另說為占卜師的名字。
[1348] 占：占卜。

【譯詩】

從前我曾夢見登天，靈魂到了中途卻沒有航船。

我請厲神為我占卜，他說：「你有大志但無同行的人。」

「終危獨[1349]以離異[1350]兮？」曰：「君可思而不可恃。

故眾口其鑠（ㄕㄨㄛˋ）金[1351]兮，初若是而逢殆[1352]（ㄉㄞˋ）。

【譯詩】

「最終會獨行而被眾人背棄嗎？」他說：「對君主可以眷戀但不可依靠。

故而眾人說壞話能熔化黃金，當初你就是這樣而遭遇危險。

懲於羹（ㄍㄥ）者而吹齏[1353]（ㄐㄧ）兮，何不變此志也？

欲釋階[1354]而登天兮，猶有曩[1355]（ㄋㄤˇ）之態也。

[1349] 危獨：處境危險、孤立無援。
[1350] 離異：因不同而各行其道，分道揚鑣。
[1351] 眾口其鑠金：眾口所毀，雖金石猶可銷。形容謠言的損害很大。
[1352] 逢殆：遭到危險。
[1353] 齏：細菜，此處指涼菜。
[1354] 釋階：撤掉梯子。
[1355] 曩：從前。

【譯詩】

被熱湯燙過的人遇到冷菜尚且吹一吹，你為什麼不改變自己的志向？

想丟掉梯子而登天，這種態度還像昔日一樣。

> 眾駭遽[1356]（ㄏㄞˋ　ㄐㄩˋ）以離心兮，又何以為此伴也？
>
> 同極而異路兮，又何以為此援[1357]（ㄩㄢˊ）也？

【譯詩】

眾人驚駭都離心離德，又怎麼能以他們為伴？

共同侍奉一君但道路卻不同，又怎能希望他們出手相助？

> 晉申生[1358]之孝子兮，父信讒而不好。
>
> 行婞[1359]（ㄒㄧㄥˋ）直而不豫[1360]兮，鯀（ㄍㄨㄣˇ）功用而不就。」

【譯詩】

晉國太子申生本是個孝子，父親卻聽信讒言不喜歡他。

行為耿直而不猶豫，鯀的事業就成功不了。」

[1356]　駭遽：驚惶、畏懼。
[1357]　援：攀援、救助。
[1358]　申生：春秋時晉獻公的太子，遭到讒言誣陷，被逼自殺。
[1359]　行婞：行為剛直。
[1360]　不豫：從容不迫、不猶豫。

吾聞作忠以造怨[1361]兮，忽謂之過言。

九折臂而成醫兮，吾至今而知其信然[1362]。

【譯詩】

我聽說忠誠會招致怨恨，我認為是胡言亂語。

多次折斷手臂會成為良醫，直到今天我才明白這個道理。

矰弋[1363]（ㄗㄥ　ㄧˋ）機而在上兮，罻（ㄨㄟˋ）羅[1364]張而在下。

設張辟[1365]以娛君兮，原側身而無所。

【譯詩】

弓弩設定好對準天上，羅網張開設置在地面。

為弓裝上弦以取悅君主，轉身躲避卻沒有地方。

欲儃佪[1366]（ㄔㄢˊ　ㄏㄨㄟˊ）以干傺[1367]（ㄔˋ）兮，恐重患[1368]而離尤。

欲高飛而遠集[1369]兮，君罔（ㄨㄤˇ）謂：「女何之？」

[1361] 造怨：招來仇怨。
[1362] 信然：的確如此。
[1363] 矰弋：射鳥用的短箭。
[1364] 罻羅：捕鳥用的網。
[1365] 張辟：捕捉鳥獸的工具。
[1366] 儃佪：徘徊不前。
[1367] 干傺：留住、停留。求做官，進入仕途。
[1368] 重患：增添災禍。
[1369] 遠集：遠去他方。

【譯詩】

徘徊不前想求得仕進，擔心重獲禍患而遭受罪過。

想高飛而去遠方尋覓，國君該不會說：「你要去什麼地方？」

> 欲橫奔而失路兮，堅志而不忍。
>
> 背膺牉[1370]（ㄆㄢˋ）以交痛兮，心鬱結而紆軫[1371]（ㄩ ㄓㄣˇ）。

【譯詩】

想狂奔亂走而不走正道，可又志向堅定不忍背離。

後背和前胸分裂而隱痛，內心糾結而憂鬱悲痛。

> 檮[1372]（ㄉㄠˇ）木蘭以矯[1373]蕙兮，糳[1374]（ㄗㄨㄛˋ）申椒（ㄐㄧㄠ）以為糧。
>
> 播江離與滋菊兮，原春日以為糗（ㄑㄧㄡˇ）芳[1375]。

【譯詩】

搗碎木蘭花混合蕙草，搗碎申椒做成食糧。

種下江蘺栽種菊花，希望春天到處都有芬芳。

[1370] 牉：分開。
[1371] 紆軫：委屈而隱痛。
[1372] 檮：通「搗」。
[1373] 矯：糅合、混合。
[1374] 糳：碾碎，此處指精米。
[1375] 糗芳：芳香的乾糧。

恐情質之不信兮，故重[1376]著以自明。

矯茲（ㄗ）媚[1377]以私處兮，願曾[1378]思而遠身。

【譯詩】

擔心真摯的情懷無人相信，因此反覆申述來明志。

帶上美好之物獨自持守，反覆思慮我將全身而退。

【延伸】

這首詩深刻反映了屈原內心的鬥爭，其猶豫徘徊、茫然失措無不盡顯。用一個「厲神」的形象，來規勸屈原依從世俗，選擇自己的人生。厲神特別指出，屈原雖有明確的目的，但在楚國目前的環境下，是無法實現的，眾口鑠金，讒言是可以殺人的，勸屈原改弦易轍，保持緘默，以保全自己。厲神還以歷史為借鏡，指出晉獻公的太子申生儘管賢明，但仍然無法避免殺身之禍；治水的鯀，儘管有治水之功，但仍然免不了處死。和小人在同一個朝廷，別說發揮自己的長處，連保全自己恐怕都不易，所以希望屈原對自己以後的人生有所考量。所謂厲神，不過是屈原內在的自己，他反思、困惑、堅定。

詩人告訴厲神，自己以前曾夢見登天，但靈魂到了半空中，卻沒有飛躍的航船。可說夢境是現實的反應，現實中沒有展現志趣的地方，夢中也難以到達天界。經過反覆思量，他最

[1376] 重：反覆。
[1377] 媚：美好的東西。
[1378] 曾：再三。

終還是否定了可以保全自身的三種策略：等待時機求仕、離開楚國去別國、改變氣節順從現實。他決定堅守美德，潔身自好。

〈涉江〉

> 余[1379]幼[1380]好此奇服[1381]兮，年既老而不衰[1382]。
>
> 帶長鋏[1383]（ㄐㄧㄚˊ）之陸離[1384]兮，冠[1385]切雲[1386]之崔嵬[1387]（ㄘㄨㄟ ㄨㄟˊ），被[1388]明月[1389]兮佩寶璐[1390]（ㄌㄨˋ）。

【譯詩】

我年少時喜歡穿奇特的服飾，年老了這種愛好還未減。

腰間懸著閃爍光華的長劍，頭上戴著高高的切雲冠，佩戴的明珠美玉璀璨。

[1379] 余：我，第一人稱代詞。
[1380] 幼：年幼，小時候。
[1381] 奇服：奇特的服飾。
[1382] 衰：衰退、懈怠。
[1383] 長鋏：長劍。
[1384] 陸離：形容佩戴的寶劍璀璨奪目。
[1385] 冠：名詞作動詞用，戴帽子。
[1386] 切雲：一種高高的帽子。
[1387] 崔嵬：形容高的樣子。
[1388] 被：同「披」。
[1389] 明月：夜間能發光的寶珠。
[1390] 寶璐：美玉。

世溷（ㄏㄨㄣˋ）濁[1391]而莫余知兮，吾方高馳[1392]而不顧。

駕青虬[1393]（ㄑㄧㄡˊ）兮驂[1394]（ㄘㄢ）白螭[1395]（ㄔ），吾與重華[1396]遊兮瑤之圃[1397]。

【譯詩】

世道混亂、汙濁無人理解我，我正要疾馳而不返回。

青龍和白龍駕著車，我與舜帝同遊懸圃。

登崑崙兮食玉英[1398]，與天地兮同壽，與日月兮齊光。

哀南夷[1399]（ㄧˊ）之莫吾知兮，旦[1400]余濟[1401]乎江湘。

【譯詩】

登上崑崙山食用玉樹花，擁有與天地一樣長的壽命，與日月一起閃爍光芒。

哀痛南方夷人不了解我，天亮了我就渡過湘水去江南的地方。

[1391] 溷濁：混亂、汙濁。
[1392] 高馳：高飛馳騁。
[1393] 青虬：青色的無角的龍，此處指青龍。
[1394] 驂：四匹馬駕車，車轅外的兩匹馬稱為「驂」。
[1395] 白螭：白色的無角的龍。
[1396] 重華：舜帝。
[1397] 瑤之圃：即「懸圃」，傳說中神仙居住的地方。
[1398] 玉英：玉的花朵。
[1399] 南夷：楚國南部的土著。
[1400] 旦：天亮。
[1401] 濟：渡河。

乘[1402]鄂渚[1403]（ㄜˋ　ㄓㄨˇ）而反[1404]顧[1405]兮，欸[1406]（ㄞˇ）秋冬之緒風[1407]。

步余馬兮山皋[1408]（ㄍㄠ），邸[1409]（ㄉㄧˇ）余車兮方林[1410]。

【譯詩】

登上鄂渚回頭望，對著秋冬的大風哀嘆。

騎馬緩步登上水邊高地，將車子停靠在大片林邊。

乘舲[1411]（ㄌㄧㄥˊ）船余上沅兮，齊吳榜[1412]以擊汰[1413]（ㄊㄞˋ）。

船容與[1414]而不進兮，淹[1415]回水而凝滯[1416]（ㄋㄧㄥˊ　ㄓˋ）。

[1402]　乘：登上。
[1403]　鄂渚：地名，在今湖北鄂州。
[1404]　反：同「返」。
[1405]　顧：回頭。
[1406]　欸：感嘆、嘆息。
[1407]　緒風：大風。
[1408]　山皋：水邊的高地。
[1409]　邸：停留。
[1410]　方林：地名。或說是面積廣大的樹林。
[1411]　舲：有窗牖的船。
[1412]　吳榜：船槳。
[1413]　擊汰：划開水波。
[1414]　容與：徘徊不前的樣子。
[1415]　淹：停留、滯留。
[1416]　凝滯：停滯。

【譯詩】

乘坐小船溯沅水而上，船夫們一起舉槳划開水波。

小船兜兜轉轉移動很慢，在漩渦中艱難前行。

朝發枉渚[1417]（ㄨㄤˇ ㄓㄨˇ）兮，夕宿辰陽[1418]。

苟[1419]余心其端直兮，雖僻遠之何傷？

【譯詩】

早上從枉渚出發，晚上留宿在辰陽。

如果我的操守端正無私，放逐到偏僻的地方有何憂傷？

入漵浦[1420]（ㄒㄩˋ ㄆㄨˇ）余儃佪[1421]（ㄔㄢˊ ㄏㄨㄟˊ）兮，迷不知吾所如。

深林杳（一ㄠˇ）以冥冥[1422]兮，乃猿狖[1423]（一ㄡˋ）之所居。

【譯詩】

進入漵浦我卻躊躇，內心迷亂不知去何方。

樹木幽深且陰暗，此乃猿猴棲息的地方。

[1417] 枉渚：地名，在沅水岸邊。
[1418] 辰陽：地名，漢代設有辰陽縣。
[1419] 苟：如果，假如。
[1420] 漵浦：地名，位於今湖南省。
[1421] 儃佪：徘徊不前。
[1422] 杳以冥冥：形容幽暗。
[1423] 猿狖：指猴子。

山峻高以蔽日兮，下幽晦[1424]以多雨。

霰（ㄒㄧㄢˋ）雪[1425]紛其無垠兮，雲霏霏而承宇[1426]。

【譯詩】

山峰險峻遮蔽陽光，山下陰晦雨水下個不停。

冰雹雪花紛飛沒有止息，雲霧瀰漫貼近屋簷。

哀吾生之無樂[1427]兮，幽獨處乎山中。

吾不能變心而從俗兮，固[1428]將愁苦而終窮。

【譯詩】

傷心我這一生沒有多少歡樂，孤獨的生活在山間。

我不能改變自己隨波逐流，理所當然的應愁苦一生。

接輿[1429]（ㄐㄧㄝ　ㄩˊ）髡（ㄎㄨㄣ）首[1430]兮，桑扈[1431]（ㄙㄤ　ㄏㄨˋ）臝（ㄌㄨㄛˇ）行[1432]。

忠不必用[1433]兮，賢不必以。

[1424]　幽晦：幽暗而陰晦。
[1425]　霰雪：雪珠和雪花。
[1426]　承宇：指雲氣瀰漫與房檐連接。
[1427]　無樂：沒有快樂。
[1428]　固：固然、本來。
[1429]　接輿：春秋時期楚國隱士，斷髮佯狂，後來也用作隱士的代稱。
[1430]　髡首：本義為把頭髮剪斷的刑罰，此處指剪髮。
[1431]　桑扈：即桑伯子，古代隱士。
[1432]　臝行：裸體而行。「臝」同「裸」。
[1433]　用：得到重用。

【譯詩】

接輿斷髮佯狂，桑扈裸體而行。

忠臣未必得到任用，賢士未必被舉薦。

伍子[1434]逢殃兮，比干[1435]菹醢[1436]。

與前世而皆然兮，吾又何怨乎今之人！

余將董道[1437]而不豫兮，固將重昏[1438]而終身。

【譯詩】

伍子胥遭遇殺身之禍，比干被剁成肉醬。

歷數前朝都是這樣的，我又何必怨恨現在的人！

我將依正道而不再猶豫，寧可在黑暗中度過一生。

亂曰：

鸞（ㄌㄨㄢˊ）鳥[1439]鳳皇[1440]，日以遠兮。

燕雀烏鵲，巢堂壇[1441]兮。

[1434] 伍子：指伍子胥，楚國大臣伍奢之子，遭到奸臣陷害，其父伍奢和兄長伍尚遇害，他逃離楚國。後來得到吳王闔閭重用，帶領吳國兵馬擊敗楚軍報仇。

[1435] 比干：商朝末代君主紂王的叔父，因進諫被殺。

[1436] 菹醢：肉醬，此處指剁成肉醬的刑罰。

[1437] 董道：正道。

[1438] 重昏：重重昏暗。

[1439] 鸞鳥：傳說中的神鳥，此處指賢良的人。

[1440] 鳳皇：即鳳凰，古代傳說中的吉鳥，是白鳥之王，出現意味著盛世。

[1441] 堂壇：廟堂和祭壇。

【譯詩】

尾聲：

鸞鳥和鳳凰，一天天遠去。

燕雀和烏鵲，在廳堂上築巢。

> 露申[1442]辛夷[1443]，死林薄[1444]兮。
>
> 腥臊[1445]並御[1446]，芳不得薄兮。

【譯詩】

露申和辛夷，在雜草中枯萎。

小人奸佞們得到重用，忠臣賢良卻到不了身邊。

> 陰陽[1447]易位[1448]，時不當兮。
>
> 懷信[1449]侘傺[1450]，忽乎吾將行兮。

【譯詩】

陰陽顛倒，生不逢時。

[1442] 露申：香草名，比喻賢良的人。
[1443] 辛夷：香草名，多次出現在屈原的詩中，比喻高潔的人。
[1444] 薄：草木叢生之地。
[1445] 腥臊：惡臭的氣味，此處比喻小人和奸佞。
[1446] 御：進用。
[1447] 陰陽：中國古代哲學概念，此處比喻倫理關係和社會秩序，君臣之間，君為陽，臣為陰；夫妻之間，夫為陽，妻為陰；天地對應，天為陽，地為陰……諸如此類。
[1448] 易位：顛倒位置。
[1449] 懷信：懷抱忠信。
[1450] 侘傺：惆悵失意之貌。

滿懷忠信卻失意惆悵，只好飄然遠行。

【延伸】

東漢學者王逸說「此章言己佩服殊異，抗志高遠，國無人知之者，徘徊江之上，嘆小人在位，而君子遇害也。」準確道出詩之大意。在《楚辭》的眾多篇目中，〈涉江〉是最具文學審美價值的作品之一。意象的提煉、辭藻的排布、結構性的創設，都具有後世詩歌的端倪。試用五言古體譯前面一部分，便有了近體詩的味道：「少小好奇服，年老意未減。腰懸秋水劍，頭戴切雲冠。身佩明月珠，袍帶玉燦爛。濁世無人識，此去意不返。駕有青白龍，我與重華見。崑崙食玉英，天地等量觀，日月齊光輝。」

「故國無人識，天明濟江南。登渚回首望，唯有迎風嘆。拍馬山澤間，停車方林邊。乘舟溯江上，擊水波蕩漾。緩慢不能進，洄流心惆悵。朝起清水灣，晚暮宿辰陽。我心始如一，偏僻又何妨。徘徊漵水濱，迷亂且憂傷。深林杳冥冥，哀猿啼不住。山高林蔽日，幽晦雨如湯。霰雪紛無垠，山氣雲莽莽。」

整首詩可視為〈離騷〉的後續篇，我們對作者的認知更加形象化，他長鋏陸離、切雲崔嵬、被明月、佩寶璐、駕青虯、驂白螭、登崑崙、遊瑤圃，風神卓爾不群，如閒雲野鶴，但現實卻是渾濁不堪的，他和當時的掌權派格格不入。這就導致了極端的孤獨，這種孤獨無處可傾訴，只能和想像中那個最信任的人，也最崇敬的人 —— 舜帝重華來訴說。屈原的詩中，多次出現「重華」這個意象，可見舜帝是屈原政治理想中的典範人物。

全詩意象開闊，想像力極為豐富。和〈離騷〉一樣，詩人再次描述御龍車飛天的想像情景，繪製出一幅神異之圖。或許，文人都有一種登仙的理想，不能在政治上展現自己的才華，就轉而尋找一種能夠「永恆」的事業。南北朝時的葛洪、唐代詩人李白，都有非常濃厚的神仙思想，前者直接參與煉丹，後者則尋仙訪道。屈原可算是文人這方面的鼻祖了。

尾聲開首便說「鳳凰鸞鳥」。在《楚辭》中 —— 尤其是屈原的作品中 —— 多次出現鳳凰和鸞鳥，鳳凰和鸞鳥是神話中的神鳥，也是楚文化中高潔的象徵。從某種意義上來說，楚文化是神鳥文化，是鳳凰文化，他和中原各國的「龍」文化是不同的。此外，詩人還寫了四個歷史上的人物：接輿、桑扈、伍子胥、比干，這四個人要麼忠直見殺，要麼不與統治者合作。屈原在兩者之間徘徊，最終選擇這條路：「余將董道而不豫兮，固將重昏而終身。」直道而行，寧可在灰暗中度過自己的一生。

〈哀郢〉

> 皇天[1451]之不純命[1452]兮，何百姓之震愆[1453]（ㄓㄣˋ ㄑㄧㄢ）？
>
> 民離散而相失兮，方仲春[1454]而東遷[1455]。

【譯詩】

天命變化無常，為何讓百姓震驚悽惶？

民眾流離失散，仲春二月遷徙東方。

> 去故鄉而就遠兮，遵[1456]江夏以流亡[1457]。
>
> 出國門而軫[1458]（ㄓㄣˇ）懷兮，甲[1459]之鼂[1460]（ㄔㄠˊ）吾以行。

【譯詩】

離別故土去向遠方，順著長江和夏水逃亡。

出了國度的城門痛苦難捨，甲日啟程踏著晨光。

[1451] 皇天：對天的敬稱。皇，美且大。
[1452] 純命：指天命無常。
[1453] 震愆：驚恐、恐慌。
[1454] 仲春：農曆的二月分。
[1455] 東遷：向東遷徙。
[1456] 遵：沿著。
[1457] 流亡：逃亡。
[1458] 軫：哀痛。
[1459] 甲：甲日，古人用十天干記時日。
[1460] 鼂：早晨。

> 發[1461]郢（ㄧㄥˇ）都[1462]而去閭[1463]（ㄌㄩˊ）兮，怊[1464]（ㄔㄠ）荒忽[1465]其焉極？
>
> 楫[1466]（ㄐㄧˊ）齊揚以容與[1467]兮，哀見君而不再得。

【譯詩】

從郢都出發離開里巷，神思恍惚去往何方？

船徘徊划動划槳，可憐再難見到君王。

> 望長楸[1468]（ㄑㄧㄡ）而太息兮，涕淫（ㄧㄣˊ）淫其若霰[1469]（ㄒㄧㄢˋ）。
>
> 過夏首[1470]而西浮兮，顧[1471]龍門[1472]而不見。

【譯詩】

遙望故國的喬木長長嘆息，流下的清淚像雪珠一樣。

[1461] 發：出發，離開。

[1462] 郢都：楚國都城，位於今湖北省，楚文王從丹陽遷於此，成為楚國持續時間較長的都城。在楚人的觀念裡，「郢」字類似於「京」。郢都南近長江，東鄰長湖，東西兩面為八嶺山、紀山，近山傍水，地理位置非常優越。郢字源於「鄖」，鄖是楚國的發源地，楚國先君在此立國繁衍生息，後來楚人將鄖字的貝改成王，代指國都。遷都離開原來的位置，也仍然稱作郢。

[1463] 閭：本義為里巷的大門，此處指貴族生活居住的區域。楚國的貴族屈、景、昭三族，便稱為「三閭」。

[1464] 怊：悲痛。

[1465] 荒忽：神思恍惚。

[1466] 楫：船槳。

[1467] 容與：船隻停頓、徘徊不前。

[1468] 長楸：高大的樹木。

[1469] 霰：雪珠。

[1470] 夏首：夏水從長江分流的起始處。

[1471] 顧：回頭。

[1472] 龍門：楚國都城的東門。

船過了夏口向西望，回首都城的東門已看不見。

心嬋媛[1473]（ㄔㄢˊ　ㄩㄢˊ）而傷懷兮，眇[1474]（ㄇㄧㄠˇ）不知其所蹠[1475]（ㄓˊ）。

順風波以從流兮，焉洋洋而為客。

【譯詩】

心頭隱痛又悲愴，不知何處是我落腳地方。

隨波逐流四處漂泊，沒有依靠在他鄉。

淩陽侯[1476]之氾（ㄈㄢˊ）濫兮，忽翱翔（ㄠˊ　ㄒㄧㄤˊ）之焉薄[1477]。

心絓（ㄍㄨㄚˋ）結[1478]而不解兮，思蹇（ㄐㄧㄢˇ）產[1479]而不釋。

【譯詩】

凌駕波濤迎著大浪，宛若鳥飛翔卻不知落腳何方。

解不開心頭的愁思，舒展不了九曲衷腸。

[1473]　嬋媛：關心而顯得痛心的樣子。
[1474]　眇：遠。
[1475]　蹠：落腳。
[1476]　陽侯：神話傳說中的波浪之神，此處指波濤。
[1477]　薄：停留。
[1478]　絓結：形容內心糾結痛苦。
[1479]　蹇產：形容情思屈折。

將運舟[1480]而下浮[1481]兮，上洞庭而下江。

去終古之所居兮，今逍遙而來東。

【譯詩】

將開船順流向下，過了洞庭入長江。

離開祖輩居住的地方，隻身漂泊去東方。

羌[1482]（ㄑㄧㄤ）靈魂之欲歸兮，何須臾[1483]（ㄒㄩ ㄩˊ）而忘反[1484]！

背夏浦[1485]（ㄆㄨˇ）而西思兮，哀故都之日遠。

【譯詩】

靈魂想回歸熟悉的故里，何嘗有一刻忘返！

背向夏水念及西邊，故都日漸遙遠令我憂傷。

登大墳[1486]（ㄈㄣˊ）以遠望兮，聊以舒吾憂心。

哀州土[1487]之平樂兮，悲江介[1488]之遺風。

[1480] 運舟：駕船。
[1481] 浮：漂流。
[1482] 羌：發語詞。
[1483] 須臾：一會兒。
[1484] 反：同「返」。
[1485] 夏浦：夏口，即今漢口。
[1486] 大墳：江中大的沙洲。
[1487] 州土：楚國的廣大土地。
[1488] 江介：沿江兩岸。

【譯詩】

登上沙洲舉目遠望，姑且藉此舒展憂慮。

哀嘆荊楚曾經富饒寬廣，江漢兩岸依舊是楚國風尚。

當陵陽之焉至兮，淼[1489]（ㄇㄧㄠˇ）南渡之焉如？

曾不知夏之為丘兮，孰（ㄕㄨˊ）兩東門[1490]之可蕪[1491]（ㄨˊ）？

【譯詩】

抵達陵陽後去哪裡，渡江南行又將何往？

未料大廈成了丘墟，不知郢都東門是否荒廢？

心不怡[1492]之長久兮，憂與愁其相接。

唯郢（ㄧㄥˇ）路之遙遠兮，江[1493]與夏[1494]之不可涉！

【譯詩】

心緒煩悶且綿長，新愁連著舊哀傷。

回歸郢都的道路那麼遙遠，長江水和夏水怎能再航！

[1489] 淼：水面寬闊廣大。

[1490] 東門：楚國都城的東大門，前文所說的龍門。

[1491] 蕪：荒廢。

[1492] 不怡：不快。

[1493] 江：專指長江。

[1494] 夏：夏水。

忽若去不信[1495]兮，至今九年而不復。

慘鬱鬱[1496]而不通兮，蹇[1497]（ㄐㄧㄢˇ）侘傺[1498]（ㄔㄚˋ　ㄔˋ）而含戚[1499]（ㄑㄧ）。

【譯詩】

時光飛逝難以置信，在外漂泊九年時光。

胸中鬱鬱氣息不暢，失意悵然含滿悲傷。

外承歡[1500]之汋約[1501]（ㄔㄨㄛˋ　ㄩㄝ）兮，諶[1502]（ㄔㄣˊ）荏（ㄖㄣˇ）弱[1503]而難持。

忠湛湛[1504]而願進兮，妒（ㄉㄨˋ）被離而鄣[1505]（ㄓㄤ）之。

【譯詩】

小人們取悅君王一臉柔順，實際虛弱而無法堅守。

忠貞之士以身許國，卻遭奸佞嫉妒而排擠。

[1495] 不信：沒有信用或失信。
[1496] 慘鬱鬱：憂愁的樣子。
[1497] 蹇：發語詞。
[1498] 侘傺：惆悵失意之貌。
[1499] 含戚：含著傷痛。
[1500] 承歡：承奉、迎合君主的歡心。
[1501] 汋約：柔媚的樣子，此處形容諂媚。
[1502] 諶：確實。
[1503] 荏弱：軟弱。
[1504] 忠湛湛：忠誠厚實的樣子。
[1505] 鄣：阻塞。

堯舜[1506]之抗行[1507]兮，瞭杳杳[1508]而薄天[1509]。

眾讒人之嫉妒兮，被[1510]以不慈之偽名。

【譯詩】

堯舜二位聖王有操守，上接九霄光焰萬丈。

眾小人們心懷嫉妒，詆毀他並加上不慈愛的偽劣之名。

憎慍惀[1511]（ㄩㄣˋ　ㄌㄨㄣˇ）之修美兮，好夫人之忼慨[1512]（ㄎㄤ　ㄎㄞˇ）。

眾踥蹀[1513]（ㄉㄧㄝˊ）而日進兮，美超遠而逾[1514]（ㄩˊ）邁。

【譯詩】

君王厭惡正直有美德的臣子，故作姿態的慷慨卻受到讚賞。

小人日夜奔走被進用，賢臣日益疏遠放逐他方。

[1506] 堯舜：堯帝和舜帝，上古時期的聖王。
[1507] 抗行：高尚的節操。
[1508] 杳杳：高遠的樣子。
[1509] 薄天：靠近天。
[1510] 被：加。
[1511] 慍惀：形容怨思在心。
[1512] 忼慨：同「慷慨」。
[1513] 踥蹀：行走的樣子。
[1514] 逾：躍進。

> 亂曰：
>
> 曼余目以流觀[1515]兮，冀一反之何時？
>
> 鳥飛反故鄉兮，狐死必首丘[1516]。
>
> 信非吾罪而棄逐[1517]兮，何日夜而忘之？

【譯詩】

尾聲：

漫目流盼望向遠方，何日可以歸故鄉？

鳥飛的再遠也返回故林，狐狸雖死頭對著山崗。

實則不是有罪遭到放逐，哪天哪夜能把故都遺忘？

【延伸】

〈哀郢〉在結構上可謂獨創，詩人使用倒敘的手法。首先回憶自己流放時所見，這是因秦軍攻楚而引起的。《史記·屈原賈生列傳》記載，頃襄王立，令尹子蘭讒害屈原，屈原被放江南之野。

秦昭襄王二十九年（前278年），秦軍迂迴到了楚軍背後，楚軍大敗，秦軍奪取了楚國都城郢（今湖北江陵紀南城），縱火燒毀了楚王的墳墓夷陵（今湖北宜昌縣西南），又一直向東攻擊竟陵，楚軍再一次戰敗，楚國君臣逃奔到陳（今河南淮陽），楚頃襄王在此建都，仍然稱為郢都。楚頃襄王暫時在陳

[1515] 流觀：四處觀望。

[1516] 首丘：頭朝向生活的山丘。

[1517] 棄逐：流放。

安定下來，收攏軍隊，得到 10 多萬人，向西進軍，奪回了被秦軍占據的 15 個邑，但由於兵力薄弱，人心渙散，再無更大的進展。就是在這種歷史背景下，屈原寫了這首詩。屈原描繪了九年前秦軍進攻楚國，自己進言遭到流放，隨同百姓一起東行的情景，「民離散而相失兮，方仲春而東遷」等詩句營造出一種「哀鴻遍野」的氣氛。

詩人叩問天地，為何百姓驚懼悽惶？以哀痛的筆觸描繪一幅哀鴻圖。是時，春荒的壞情緒瀰漫，百姓東遷，濤聲連綿，哭聲不斷，直上雲天。船起航後，詩人依舊心繫故都，無所適從。想到郢都這個集中楚人文化與夢想的城市，即將毀於一旦，不由得涕泗橫流。

詩人一路向東，爾後調轉船頭，由洞庭北行，之後再順流而下。離故都愈遠，思念便愈真切。尤其是「登大墳以遠望兮，聊以舒吾憂心」，令人宛若目睹，極為感人。其中結尾處的「鳥飛返鄉」和「狐死首丘」這兩個典故，堪稱中華民族幾千年來，最具家國情懷的意象。

〈抽思〉

> 心鬱鬱之憂思兮，獨永嘆乎增傷。
>
> 思蹇（ㄐㄧㄢˇ）產[1518]之不釋兮，曼[1519]遭夜之方長。

[1518] 蹇產：情思屈曲而不得舒展。
[1519] 曼：漫長。

【譯詩】

心中鬱鬱思緒萬端，孤獨哀傷長嘆。
思慮反覆難以釋懷，苦恨遭際長夜漫漫。

> 悲秋風之動容兮，何回極[1520]之浮浮？
> 數惟蓀[1521]（ㄙㄨㄣ）之多怒兮，傷余心之憂憂。

【譯詩】

悲傷秋風搖撼萬物凋零，為何天極迴旋雨水綿綿？
數次想起君王的屢屢動怒，使我傷心慘然。

> 原搖起[1522]而橫奔[1523]兮，覽民尤以自鎮。
> 結微情[1524]以陳辭兮，矯[1525]（ㄐㄧㄠˇ）以遺夫美人。

【譯詩】

本欲極速起身大步奔走，看到百姓苦難又讓我安靜下來。
我將幽微的念頭向你陳說，舉義向君王表達自我。

[1520] 回極：迴旋的天極。
[1521] 蓀：香草，此處比喻君主。
[1522] 搖起：很快的起身。
[1523] 橫奔：大步奔跑。
[1524] 微情：幽微的情思。
[1525] 矯：舉起。

昔君與我誠言[1526]兮，曰：「黃昏以為期[1527]。」

羌[1528]（ㄑㄧㄤ）中道而回畔[1529]（ㄆㄢˋ）兮，反既有此他志。

【譯詩】

從前與你有過約定，說：「黃昏時候雙雙見面。」

但你中途卻違背了，返回有了別的念頭。

憍[1530]（ㄐㄧㄠ）吾以其美好兮，覽余以其修姱[1531]（ㄎㄨㄚ）。

與余言而不信兮，蓋[1532]為余而造怒[1533]？

【譯詩】

對我誇耀其美好，向我展示其才能。

對我承諾的話不守信，為何還向我亂發脾氣？

原承閒[1534]而自察[1535]兮，心震悼[1536]（ㄉㄠˋ）而不敢。

[1526] 誠言：即「成言」，約定好的話。
[1527] 期：約定的時間。
[1528] 羌：句首發語詞。
[1529] 回畔：改道、背叛、違背。
[1530] 憍：同「驕」。
[1531] 修姱：美好，指才能和品德。
[1532] 蓋：同「盍」，為何。
[1533] 造怒：尋釁發怒。
[1534] 閒：空閒。
[1535] 自察：自我表白。
[1536] 震悼：驚愕悲悼。

悲夷猶而冀進兮，心怛（ㄉㄚˊ）傷[1537]之憺（ㄉㄢˋ）憺。

【譯詩】

本想趁空閒來自我表白，內心畏懼又遲緩。
悲傷憂鬱但仍想見你，心中悲痛讓我難安。

茲歷[1538]情以陳辭兮，蓀（ㄙㄨㄣ）詳聾而不聞。
固切人[1539]之不媚兮，眾[1540]果以我為患。

【譯詩】

在這裡一一向你陳說，奈何你假裝耳聾未聽見。
本性正直不會諂媚，眾人卻都把我視為禍患。

初吾所陳之耿（ㄍㄥˇ）著[1541]兮，豈至今其庸[1542]（ㄩㄥ）止？
何獨樂斯之謇（ㄐㄧㄢˇ）謇[1543]兮，願蓀（ㄙㄨㄣ）美之可完。

[1537] 怛傷：悲痛憂傷。
[1538] 茲歷：在此舉例。
[1539] 切人：正直的人。
[1540] 眾：宵小，和屈原對立的人們。
[1541] 耿著：明亮而且顯明。
[1542] 庸：就。
[1543] 謇謇：直言的樣子。

【譯詩】

當初我陳說的很清楚，難道今天你就全部遺忘了嗎？

為何我樂意忠直的進諫，是希望你的德行彰顯的更加完美。

望三五[1544]以為像[1545]兮，指彭咸[1546]以為儀。

夫何極而不至兮，故遠聞而難虧[1547]。

【譯詩】

希望以三王五霸為典範，願以彭咸為我的標竿。

有了目標還會走不到，美名遠颺而沒有缺失。

善不由外來兮，名不可以虛作[1548]。

孰無施[1549]而有報兮，孰不實而有獲（ㄏㄨㄛˋ）？

【譯詩】

美言善行不從外面產生，名聲不會憑空得來。

誰不施與而得到回報，誰不耕種而得到收穫？

[1544] 三五：宋代學者朱熹認為是三皇五帝，但屈原所說「三王」多指「三后」，即夏后氏大禹、商王成湯、周文王。「五」指「五伯」，就是被周天子認可的方伯，也就是春秋五霸，齊桓公、晉文公、楚莊王、吳王闔閭、越王勾踐。

[1545] 像：典範、榜樣。

[1546] 彭咸：傳說中殷商時期的賢良之臣。

[1547] 虧：缺失。

[1548] 虛作：憑空得來。

[1549] 施：施與。

> 少歌曰：
>
> 與美人抽怨[1550]兮，並日夜而無正。
>
> 憍（ㄐㄧㄠ）吾以其美好兮，敖[1551]（ㄠˊ）朕[1552]（ㄓㄣˋ）辭而不聽。

【譯詩】

小歌：

我向美人傾訴幽情，白天和黑夜卻無人為證。

向我誇耀自己的美麗容貌，驕傲到對我的話拜謝不聽。

> 倡[1553]（ㄔㄤˋ）曰：
>
> 有鳥自南兮，來集[1554]漢北[1555]。
>
> 好姱[1556]（ㄎㄨㄚ）佳麗[1557]兮，牉[1558]（ㄆㄢˋ）獨處此異域[1559]。

【譯詩】

又唱道：

[1550] 怨：《楚辭集注》作「思」字。
[1551] 敖：同「傲」。
[1552] 朕：我。
[1553] 倡：同「唱」，另外再唱之義。
[1554] 集：棲息。
[1555] 漢北：今湖北省襄陽市附近。
[1556] 好姱：容貌美好。
[1557] 佳麗：清麗動人。
[1558] 牉：事物分開成兩半，此處指分解。
[1559] 異域：異鄉。

有鳥從南方飛來，棲息在漢水之北。
羽毛美麗絢爛，獨在他鄉尚未回歸。

既惸[1560]（ㄑㄩㄥˊ）獨而不群兮，又無良媒[1561]（ㄇㄟˊ）在其側。
道卓遠而日忘兮，願自申[1562]而不得。

【譯詩】

煢煢孑立沒有朋友，也沒有好的媒人在身邊。
相隔既遠且漸漸遺忘，想自己陳說卻無法實現。

望北山而流涕兮，臨流水而太息。
望孟夏[1563]之短夜兮，何晦明[1564]之若歲！

【譯詩】

眺望北山淚流滿面，面對水流長長嘆息。
孟夏之夜本來最短，為何感覺度日如年！

唯郢（ㄧㄥˇ）路之遼遠兮，魂一夕而九逝。
曾不知路之曲直兮，南指月與列星。

[1560] 惸：同「煢」，孤獨。
[1561] 良媒：好的媒人，此處指在詩人和楚懷王之間互通聲息的人。
[1562] 自申：自己申明、陳說。
[1563] 孟夏：農曆四月。
[1564] 晦明：從夜晚到天明。

【譯詩】

回望郢都路途遙遠，夢魂一夜之間多次前往。
不管是彎路還是捷徑，只顧披星戴月南行。

> 願徑逝[1565]而不得兮，魂識路之營營[1566]。
>
> 何靈魂之信直兮？人之心不與吾心同。
>
> 理[1567]弱而媒不通兮，尚不知余之從容。

【譯詩】

想一直向前但卻得不到接納，靈魂認得來時的路。
靈魂為何忠信不屈啊？人的心和我的心不一樣。
媒人太弱而消息無法傳達，誰知道我的磊落襟懷。

> 亂曰：
>
> 長瀨[1568]（ㄌㄞˋ）湍（ㄊㄨㄢ）流，溯[1569]（ㄙㄨˋ）江潭兮。
>
> 狂顧[1570]南行，聊以娛心兮。

[1565] 徑逝：一直前往。
[1566] 營營：來回走動的樣子。
[1567] 理：即前文所說良媒、媒介。
[1568] 瀨：淺灘上的水流。
[1569] 溯：逆流而上。
[1570] 狂顧：急切的張望。

【譯詩】

尾聲：

亂石灘上流水湍急，沿著河岸逆流而上。

急切的張望並向南行，聊以安慰愁腸。

軫（ㄓㄣˇ）石崴嵬[1571]（ㄨㄟ ㄨㄟˊ），蹇[1572]（ㄐㄧㄢˇ）吾原兮。

超回志度[1573]，行隱進兮。

【譯詩】

嶙峋的怪石高聳，阻隔著我回家的路。

徘徊而躊躇不前，緩慢的前進。

低佪（ㄏㄨㄞˊ）夷猶，宿[1574]北姑[1575]兮。

煩冤瞀（ㄇㄠˋ）容[1576]，實沛（ㄆㄟˋ）徂[1577]（ㄘㄨˊ）兮。

[1571] 崴嵬：高而不平的樣子。
[1572] 蹇：阻礙。
[1573] 志度：徘徊不前、踟躕。
[1574] 宿：投宿。
[1575] 北姑：地名，具體未詳。
[1576] 瞀容：憂愁滿面的樣子。
[1577] 沛徂：顛沛困苦的前行。

【譯詩】

猶豫在歧路不能前行，夜晚在北姑山留宿。
心煩意亂滿面愁容，顛沛流離依然前行。

> 愁嘆苦神，靈[1578]遙思兮。
> 路遠處幽，又無行媒[1579]兮。

【譯詩】

哀愁的長嘆傷神，神魂遠遠地思念故鄉。
道路遙遠且偏僻，又沒有人為我傳達。

> 道思作頌[1580]，聊以自救兮。
> 憂心不遂[1581]，斯言誰告兮！

【譯詩】

表達憂思寫了這首詩，姑且自我拯救。
憂慮的內心不通暢，向誰訴說這番衷腸！

【延伸】

「抽思」之名，出自「與美人抽思（怨）兮」這一句，意為展露自己的心思。這首詩可能作於楚懷王流放屈原時，是借男

[1578] 靈：魂靈。
[1579] 行媒：通報之人。
[1580] 作頌：寫頌詞，此處指這首詩。
[1581] 不遂：不順利、不通暢。

女之情喻君臣之義，徘徊、猶豫、思念、怨怒……彷彿一個棄婦對丈夫的怨恨，但又不放棄希望，而是抱著一種復合的心態。但那個負心人最終也沒有復合的表示，棄婦依舊抱有希望，踟躕不定，盼著有一天接自己回去的馬車能夠出現。甚至不惜放下自尊，偷偷溜到家門附近，來觀察情況。詩中的「唯郢路之遼遠兮，魂一夕而九逝」之句情真意切，充滿了感發的力量。沈約「夢中不知路，何以慰相思」頗得此中真意。

宋代學者洪興祖在談及此篇時說：「此章有少歌，有倡，有亂。少歌之不足，則又發其意為倡。獨倡而無與和也，則總理一賦之終，以為亂辭云耳。」以亂總結全篇詩歌，詩人在陳說與抽思中依然志向堅定，雖然憂思無法排解，但對楚懷王仍抱有幻想，所以向南到離郢都很近的地方，儘管無法回故土，但可聊解相思之情。

〈懷沙〉

滔滔[1582]孟夏[1583]兮，草木莽（ㄇㄤˇ）莽[1584]。
傷懷永哀兮，汩（ㄍㄨˇ）徂南土。

[1582] 滔滔：形容夏天暑熱的氣息。
[1583] 孟夏：農曆四月，也就是初夏。
[1584] 莽莽：草木茂盛的樣子。

【譯詩】

溫暖的初夏四月，草木鬱鬱蔥蔥。

傷感的心情思緒綿長，匆忙去往南方。

> 眴[1585]（ㄒㄩㄢˋ）兮杳（ㄧㄠˇ）杳，孔[1586]靜幽默[1587]。
>
> 鬱結紆軫[1588]（ㄩ ㄓㄣˇ）兮，離愍[1589]（ㄇㄧㄣˇ）而長鞠[1590]（ㄐㄩˊ）。

【譯詩】

眼前的風景陰翳幽暗，細聽悄然沒有聲息。

鬱結的悲傷纏繞著，遭受著悲哀困苦。

> 撫情效志兮，冤屈而自抑。
>
> 刓[1591]（ㄨㄢˊ）方以為圜[1592]（ㄩㄢˊ）兮，常度未替。

【譯詩】

撫慰情緒調整心志，壓抑著內心的冤屈。

裁切方的為圓形，我的法度依舊未變。

[1585] 眴：看。
[1586] 孔：很。
[1587] 幽默：深沉而寂靜。
[1588] 紆軫：形容內心被痛苦纏繞而傷感。
[1589] 愍：哀痛。
[1590] 長鞠：困苦。
[1591] 刓：削。
[1592] 圜：同「圓」，圓形。

易初本迪[1593]兮，君子所鄙。

章畫[1594]志墨[1595]兮，前圖未改。

【譯詩】

改變最初的準則，為君子所鄙夷。

彰顯計畫和準繩，前賢的法則沒有改變。

內[1596]厚質正兮，大人[1597]所盛。

巧倕[1598]（ㄔㄨㄟˊ）不斲[1599]（ㄓㄨㄛˊ）兮，孰察其撥正？

【譯詩】

內心醇厚品格端正，有德之人都稱讚不已。

巧匠倕不用斧頭劈砍，誰能察明曲直？

[1593] 本迪：常道。
[1594] 畫：計畫。
[1595] 墨：繩墨，木工畫直線的工具。
[1596] 內：內心、內在。
[1597] 大人：指聖人、有德之人。
[1598] 巧倕：舜帝時名匠的名字。
[1599] 斲：砍。

> 玄文[1600]處幽兮，矇瞍[1601]（ㄇㄥˊ ㄙㄡˇ）謂之不章。
>
> 離婁[1602]（ㄌㄧˊ ㄌㄡˊ）微睇[1603]（ㄉㄧˋ）兮，瞽[1604]（ㄍㄨˇ）謂之不明。

【譯詩】

黑色花紋放在暗處，盲人說不明顯。

視力非常好的離婁微微睜開眼，盲人說他也看不見。

> 變白以為黑兮，倒上以為下。
>
> 鳳皇在笯[1605]（ㄋㄨˊ）兮，雞鶩[1606]（ㄨˋ）翔舞。

【譯詩】

把白色混淆為黑色，把上下顛倒。

鳳凰關進籠子裡，雞鴨卻恣意飛跳。

> 同糅[1607]（ㄖㄡˇ）玉石兮，一概而相量[1608]。
>
> 夫唯黨人鄙固兮，羌[1609]（ㄑㄧㄤ）不知余之所臧[1610]

[1600] 玄文：黑色的花紋。
[1601] 矇瞍：盲人。
[1602] 離婁：傳說中視力非常好的人。
[1603] 睇：微微睜眼。
[1604] 瞽：目盲。
[1605] 笯：鳥籠。
[1606] 鶩：鴨子。
[1607] 糅：摻雜、混合。
[1608] 量：衡量。
[1609] 羌：發語詞，楚地方言。
[1610] 臧：善、美德。

（ㄗㄤ）。

【譯詩】

美玉和石塊混在一起，用同一個標準來衡量。
結黨營私的頑固之輩，不會知道我的美德。

任重載[1611]盛兮，陷滯[1612]（ㄓㄧˋ）而不濟。
懷瑾（ㄐㄧㄣˇ）握瑜[1613]（ㄩˊ）兮，窮不知所示。

【譯詩】

責任重且負擔太多，遲滯陷沒難以達成目的。
懷著美好的品德，但終究不知給誰看。

邑[1614]（ㄧˋ）犬群吠[1615]（ㄈㄟˋ）兮，吠所怪也。
非俊疑傑[1616]兮，固庸態也。

【譯詩】

城裡的狗一起叫，吠叫牠們認為怪異的。
非議才俊、懷疑才能出眾者，本來就是庸人的本性。

[1611] 載：負擔。
[1612] 滯：停滯。
[1613] 懷瑾握瑜：懷揣、緊握著美玉，比喻人擁有高尚的品德。
[1614] 邑：城鎮。
[1615] 吠：狗叫。
[1616] 傑：才能出眾的人。

文質[1617]疏[1618]內[1619]兮，眾不知余之異采。
材樸[1620]委積兮，莫知余之所有。

【譯詩】

性格疏闊而言語少，眾人不知我有出眾的才幹。
才能堪當重任，無人知道我擁有的本領。

重[1621]仁襲[1622]義兮，謹厚以為豐。
重華[1623]不可逻[1624]（ㄜˋ）兮，孰知余之從容？

【譯詩】

累積仁德重視道義，謹慎純良充實自己。
舜帝重華不可遇見，有誰知曉我的容止大度？

古固有不並[1625]兮，豈知何其故？
湯禹[1626]久遠兮，邈[1627]（ㄇㄧㄠˇ）而不可慕。

[1617] 文質：外在與本質。
[1618] 疏：疏闊，指沒有繁文縟節。
[1619] 內：同「訥」，指話少。
[1620] 材樸：可用的木材，用以比喻人的才能。
[1621] 重：累積。
[1622] 襲：重疊。
[1623] 重華：指舜帝。
[1624] 逻：遇見。
[1625] 不並：指明君、賢臣未在同一個年代。
[1626] 湯禹：商朝的開創者成湯和夏朝的創建者大禹。
[1627] 邈：遠。

【譯詩】

自古賢臣不遇明君，誰知是什麼原因？
商湯和夏禹已遠去，渺遠而不可追慕。

> 懲[1628]連改忿[1629]（ㄈㄣˋ）兮，抑心而自強。
> 離慜[1630]（ㄇㄧㄣˇ）而不遷兮，願志之有像[1631]。

【譯詩】

止住恨意、停下憤怒，抑制心情且自我控制。
遭遇憂患而不改變初衷，希望我的志節有個榜樣。

> 進路北次[1632]兮，日眛（ㄇㄟˋ）眛其將暮。
> 舒憂娛哀[1633]兮，限[1634]之以大故[1635]。

【譯詩】

前行向北停歇下來，已是日落黃昏之時。
舒展憂慮排解哀愁，人生大限將至。

[1628] 懲：止住。
[1629] 忿：憤怒。
[1630] 慜：同「愍」。
[1631] 像：榜樣。
[1632] 次：停歇。
[1633] 舒憂娛哀：舒展憂愁。
[1634] 限：期限。
[1635] 大故：死。

亂曰：

浩浩沅（ㄩㄢˊ）湘，分流汩[1636]（ㄍㄨˇ）兮。

修路幽蔽，道遠忽[1637]兮。

【譯詩】

尾聲：

浩蕩的沅水湘水，各自奔流湧向前。

長路幽暗且閉塞，路途遼闊使人心悲。

懷[1638]質抱青，獨無匹[1639]兮。

伯樂[1640]既沒，驥[1641]（ㄐㄧˋ）焉程[1642]兮？

【譯詩】

內懷美德品格純良，獨步當世無人媲美。

世間既已無伯樂，馬匹優劣何以測度？

萬民之生，各有所錯[1643]兮。

[1636] 汩：水流湍急。
[1637] 忽：遼闊廣大。
[1638] 懷：內心。
[1639] 無匹：無可匹敵。
[1640] 伯樂：古代傳說中善於相馬的人，現為善識人才者的代稱。
[1641] 驥：良馬。
[1642] 程：衡量。
[1643] 錯：同「措」，安置。

定心[1644]廣志[1645]，余何畏懼兮！

【譯詩】

萬民降生於世，各有自己的命運。

安心養吾浩然之志，我還有什麼畏懼的呢！

曾[1646]傷爰[1647]（ㄩㄢˊ）哀，永嘆喟兮。

世溷（ㄏㄨㄣˋ）濁[1648]莫吾知，人心不可謂兮。

【譯詩】

重重的悲傷沒有休止，常哀聲嘆息。

世間混濁無人知我，我對人心已無以言說。

知死不可讓，願勿愛兮。

明告君子[1649]，吾將以為類[1650]兮。

【譯詩】

死生有命無可迴避，寧願不再愛惜自己。

我明告上位的大人，我將以此作為準則。

[1644] 定心：安心。
[1645] 廣志：馳騁志向。
[1646] 曾：重重。
[1647] 爰：哀傷無法停止。
[1648] 溷濁：混亂、汙濁。
[1649] 君子：在上位的人、執掌權力的人。
[1650] 類：法則。

【延伸】

傳統上認為，「懷沙」的「沙」為「砂石」，即懷抱砂石自沉於水。另一說「沙」指長沙，長沙是楚國先王的祖居之地，懷沙就是懷念先王之地。司馬遷所著《史記．屈原賈生列傳》中全文收錄〈懷沙〉，可見對此詩之看重，同時也說明司馬遷的時代此詩已流傳甚廣。朱熹認為，屈原在臨死前創作〈懷沙〉、〈惜往日〉、〈悲回風〉等詩篇，是「臨絕之音」，尤其〈懷沙〉，是屈原自沉汨羅江之前的絕筆。

詩中寫舜帝、大禹、商湯，遺憾那個聖王的時代已經遠逝，自己未能和他們生在同一個時代，慨嘆自己的才華得不到重視，也沒有被伯樂那樣的人發現，詩句彷彿一層層剝開的洋蔥，到最後一句「舒憂娛哀兮，限之以大故」，令人感慨萬千，潸然淚下。

話說糊塗的楚懷王客死秦國，繼任的頃襄王並不重視屈原，也就失去了被召回的可能。屈原身為王室同族，眼見社稷飄搖，大廈將傾，卻報國無門，發出的聲音尤為哀痛。「修路幽蔽，道遠忽兮」，這樣的感情基調，令人惆悵不已，久久不能釋懷，兩千餘年後，依舊有動人的力量。

〈思美人〉

思美人[1651]兮，擥[1652]（ㄌㄢˇ）涕而佇眙[1653]（ㄓㄨˋ ㄔˋ）。

媒絕路阻兮，言不可結而詒[1654]（一ˊ）。

【譯詩】

思念我心愛的人，擦乾淚水久久遠望。

無人傳遞消息又道阻且長，有話想說表達卻無章法。

蹇（ㄐ一ㄢˇ）蹇[1655]之煩冤兮，陷滯而不發。

申旦[1656]以舒中情兮，志沉菀[1657]（ㄩˋ）而莫達。

【譯詩】

我滿懷誠意卻遭受冤屈，進退維谷。

想每天傾訴我的內心，（卻）心思鬱積無法表現。

願寄言於浮雲兮，遇豐隆[1658]而不將[1659]。

[1651] 美人：指君王。
[1652] 擥：同「攬」。
[1653] 佇眙：站立著凝望。
[1654] 詒：贈送。
[1655] 蹇蹇：形容情緒糾結、不通暢。
[1656] 申旦：從夜晚到天亮。
[1657] 沉菀：通「鬱」，心思鬱積。
[1658] 豐隆：神話傳說中的雲神。
[1659] 不將：不聽命令。

因歸鳥而致辭兮，羌[1660]（ㄑㄧㄤ）宿[1661]高而難當[1662]。

【譯詩】

想把要說的話寄託於浮雲，但雲神卻不採納。
委託歸巢的鳥為我傳訊息，卻迅速高飛轉瞬不見。

高辛[1663]之靈盛[1664]兮，遭玄鳥[1665]而致詒[1666]。
欲變節以從俗兮，媿易初而屈志。

【譯詩】

帝嚳的靈多麼旺盛，遇到玄鳥為他傳遞禮品。
想改變志節順從世俗，我感到羞愧而未成行。

獨歷年而離愍[1667]（ㄇㄧㄣˇ）兮，羌馮[1668]心猶未化。
寧隱閔[1669]（ㄇㄧㄣˇ）而壽考[1670]兮，何變易之可為。

[1660] 羌：楚方言，發語詞。
[1661] 宿：速度快。
[1662] 當：遇見。
[1663] 高辛：五帝之一，帝嚳，號「高辛氏」。
[1664] 靈盛：神靈旺盛。
[1665] 玄鳥：黑色的燕子，商朝人的圖騰。
[1666] 詒：禮物。
[1667] 離愍：遭遇憂痛。
[1668] 馮：憤懣。
[1669] 隱閔：懷才而憫傷。
[1670] 壽考：壽命。

【譯詩】

常年獨自遭受憂痛，憤懣的情緒還沒釋懷。

寧可隱忍不言了此餘生，也絕不改變志節。

> 知前轍[1671]之不遂[1672]兮，未改此度。
>
> 車既覆而馬顛兮，蹇[1673]獨懷此異路[1674]。

【譯詩】

明知前面的道路不通暢，但仍然不改處世準則。

馬車顛覆馬跌倒，我獨自走上一條與他人不同的路。

> 勒[1675]騏驥[1676]（ㄑㄧˊ　ㄐㄧˋ）而更駕兮，造父[1677]為我操之。
>
> 遷[1678]逡（ㄑㄩㄣ）次[1679]而勿驅兮，聊假日以須時。

【譯詩】

勒住馬重新套上車，請善於駕車的造父來為我執鞭。

緩慢的前進不必驅馳，暫且偷閒等待時機。

[1671]　前轍：前面的車轍，此處指前方的道路。
[1672]　不遂：不順利。
[1673]　蹇：同「謇」，發語詞。
[1674]　異路：與世俗之人不同路。
[1675]　勒：控馭。
[1676]　騏驥：古代良馬的名字。
[1677]　造父：周穆王大臣，以善於駕車著稱。
[1678]　遷：遷延。
[1679]　逡次：徘徊不前。

指嶓冢[1680]（ㄅㄛ　ㄓㄨㄥˇ）之西隈[1681]（ㄨㄟ）兮，與纁黃[1682]（ㄒㄩㄣ　ㄏㄨㄤ　ˊ）以為期。

開春發歲兮，白日出之悠悠。

【譯詩】

指著嶓冢山的西崖，相約在黃昏時候。

春天到來又是新的一年，太陽遲遲升起。

吾將蕩志[1683]而愉樂兮，遵江夏以娛憂[1684]。

擥大薄[1685]之芳茝[1686]（ㄔㄞˇ）兮，搴[1687]（ㄑㄧㄢ）長洲之宿莽[1688]。

【譯詩】

我敞開心扉尋樂，沿著長江和夏水行走排遣憂愁。

採集叢草中的白芷，摘取沙洲上的香草宿莽。

惜吾不及[1689]古人兮，吾誰與玩此芳草。

[1680] 嶓冢：山名，在今西北一帶。
[1681] 隈：懸崖。
[1682] 纁黃：日落、黃昏。
[1683] 蕩志：放縱情思。
[1684] 娛憂：排遣憂愁。
[1685] 薄：草木叢生處。
[1686] 芳茝：一種香草名，白芷。
[1687] 搴：採集。
[1688] 宿莽：草本植物。
[1689] 不及：不在。

解萹（ㄆㄧㄢ）薄[1690]與雜菜兮，備以為交佩[1691]。

【譯詩】

可惜和古聖賢沒生在同代，我和誰一起賞玩香草。

採集叢生的萹竹和雜菜，作成成對的飾物佩戴。

佩繽紛以繚轉[1692]兮，遂萎絕而離異[1693]。

吾且儃佪[1694]（ㄔㄢˊ　ㄏㄨㄟˊ）以娛憂兮，觀南人之變態[1695]。

【譯詩】

環繞的配飾色彩繁盛而撩亂，最終枯槁凋謝被丟棄。

我徘徊而消解愁悶，觀察南方人的情態變化。

竊快在其中心兮，揚厥（ㄐㄩㄝˊ）憑[1696]而不竢[1697]（ㄙˋ）。

芳與澤其雜糅兮，羌芳華自中出。

[1690] 萹薄：叢生的萹竹。
[1691] 交佩：兩兩相對的配飾。
[1692] 繚轉：纏繞、圍繞。
[1693] 離異：離棄。
[1694] 儃佪：徘徊不進。
[1695] 變態：情態之變。
[1696] 憑：憤懣。
[1697] 竢：等待。

【譯詩】

快樂偷偷浮上心頭，把憤怒拋諸九霄之外。

美好與汙穢混在一起，美好的東西會脫穎而出。

> 紛[1698]鬱郁其遠蒸[1699]兮，滿內而外揚。
>
> 情與質[1700]信可保兮，羌居蔽而聞章[1701]。

【譯詩】

香氣濃郁向遠處升騰飄散，花香充溢在內而飄揚在外。

內外一致無表裡之分，身居幽閉之處聲譽也能彰顯。

> 令薜荔[1702]（ㄅㄧˋ　ㄌㄧˋ）以為理[1703]兮，憚[1704]（ㄉㄢˋ）舉趾而緣木。
>
> 因芙蓉而為媒兮，憚褰（ㄑㄧㄢ）裳[1705]而濡（ㄖㄨˊ）足[1706]。

【譯詩】

請薜荔充當牽線人，又畏懼抬起腳爬樹。

[1698]　紛：同「芬」，香氣。

[1699]　遠蒸：香氣飄散到遠方。

[1700]　質：內在特質。

[1701]　聞章：聲名彰顯。

[1702]　薜荔：香草名，纏繞在樹木上的藤本植物。

[1703]　理：媒介，媒人。

[1704]　憚：忌憚、畏懼。

[1705]　褰裳：提起袍子的下襬。

[1706]　濡足：沾溼腳。

想讓芙蓉花充當媒介，又害怕撩起衣裳沾溼雙腳。

> 登高吾不說[1707]兮，入下吾不能。
>
> 固朕（ㄓㄣˋ）形之不服兮，然容與[1708]而狐疑。

【譯詩】

往高處爬我不喜歡，順從下流我也不願。

本來我就不合於當世，徘徊不前內心充滿懷疑。

> 廣遂[1709]前畫[1710]兮，未改此度也。
>
> 命則處幽[1711]吾將罷兮，原及白日之未暮也。
>
> 獨煢（ㄑㄩㄥˊ）煢而南行兮，思彭咸之故也。

【譯詩】

廣遠的道途向前方延伸，沒有改變最初的準繩。

命運讓我在偏僻的地方停下來，趁著天色還未到晚暮。

一人孤單地向南走去，這是追慕彭咸之故。

[1707] 說：喜愛。
[1708] 容與：徘徊不肯前進。
[1709] 遂：道路。
[1710] 畫：分布。
[1711] 處幽：處在幽暗偏僻之地。

【延伸】

詩題曰〈思美人〉，並非實指美人，而是指君王，屈原常以美人喻君王，至於是楚懷王，還是楚頃襄王，已不得而知。現代論者一般認為是懷王，因為屈原在諸多詩歌，尤其是〈離騷〉中，即有較為明確的暗示。對於這首詩，你可以把它視為一首純粹的情詩，也可以按照傳統看法，把它視作政治抒情詩。王逸《楚辭章句．離騷解題》說此詩是「依詩取興，引類譬喻」，可說道出了此詩的特點。這首詩和〈離騷〉一樣，展現出「香草以配忠貞，惡禽臭物以比讒佞。靈脩美人以媲於君，宓妃佚女以譬賢臣」的特色。

此詩和〈離騷〉一脈相承，在寄託自己的「美政」思想。詩一開始就描繪一個男子思念美人，擦乾淚水，登高遠望，感情非常真摯。可惜，受到客觀環境的限制，沒有良媒為之傳情達意。儘管如此，他仍然如一個愛而未得的男子，不肯放棄，可謂志向堅定。

這首詩也是除〈離騷〉外，多次寫到香草芳花的詩篇。他一路採集香草作為自己的配飾，但並未得到君王的賞識，詩人因此發出「吾誰與玩此芳草」的感慨。這就像一個捧著鮮花、打扮的帥氣的男子，卻遭到窈窕淑女的拒絕。

〈思美人〉與屈原其他作品一樣，同樣富有想像力，詩人跨越空間與時間，將人間、仙界、歷史與現實連結，使作品出現人神兼通、虛實結合的效果。

〈惜往日〉

惜往日之曾信兮，受命詔[1712]以昭[1713]詩[1714]。

奉先功[1715]以照下[1716]兮，明法度[1717]之嫌疑[1718]。

【譯詩】

追惜從前曾受信任，受到委派去整飭時政。

帶著先人的功勛照拂百姓，闡明法令解除疑問。

國富強而法立兮，屬[1719]貞臣而日娭[1720]（ㄒㄧ）。

祕密[1721]事之載心兮，雖過失猶弗（ㄈㄨˊ）治。

【譯詩】

國家富強法令確立，國務託付於忠臣而君王遊樂。

勤勉國事永銘在心，雖然有差錯也沒有治罪。

[1712] 命詔：君主發布的詔令。
[1713] 昭：明。
[1714] 詩：朱熹《楚辭集注》作「時」。
[1715] 先功：楚國前代君王的功業。
[1716] 照下：照拂下民。
[1717] 法度：國家的法令制度。
[1718] 嫌疑：法令中不明確、有疑問的地方。
[1719] 屬：同「囑」，託付。
[1720] 娭：遊樂。
[1721] 祕密：勤勉。

> 心純庬[1722]（ㄇㄤˊ）而不泄[1723]兮，遭讒人而嫉之。
> 君含怒而待臣兮，不清澄其然否。

【譯詩】

心性敦厚而不亂說話，遭到奸佞的嫉妒和讒害。
君主含著怒氣責怪臣下，不澄清事實、明辨對錯。

> 蔽晦[1724]君之聰明[1725]兮，虛惑（ㄏㄨㄛˋ）誤又以欺。
> 弗參驗[1726]以考實[1727]兮，遠遷臣而弗思。
> 【譯詩】

小人矇蔽使君王不明，惑言使君王又受到欺矇。
不考察、驗證真相，就不加思索的將我流放。

> 信讒諛之溷（ㄏㄨㄣˋ）濁[1728]兮，盛氣志而過之。
> 何貞臣之無罪兮，被[1729]離謗[1730]（ㄌㄧˊ ㄅㄤˋ）而見尤？

[1722] 庬：敦厚。
[1723] 泄：洩露。
[1724] 晦：昏暗不明。
[1725] 聰明：聽覺好謂之聰，視力佳謂之明，此處指明察。
[1726] 參驗：參考、驗證。
[1727] 考實：考察事實真相。
[1728] 溷濁：混亂、汙濁。
[1729] 被：蒙受。
[1730] 離謗：離間誹謗。

【譯詩】

聽信讒言而導致朝局昏暗，怒氣過盛遷怒臣下。

為何忠良之臣並無罪過，蒙受離間誹謗就遭到懲罰？

> 慚光景[1731]之誠信兮，身幽隱[1732]而備[1733]之。
>
> 臨沅湘之玄淵[1734]兮，遂自忍而沉流。

【譯詩】

慚愧日月光影那樣真實，身處幽暗中還要小心防備。

走近沅水湘水的深淵邊，就此甘心投水自盡。

> 卒沒身而絕名兮，惜壅（ㄩㄥ）君[1735]之不昭。
>
> 君無度[1736]而弗察兮，使芳草為藪（ㄙㄡˇ）幽[1737]。

【譯詩】

最後身死而名滅，可惜庸主仍然不覺醒。

君王缺乏原則不善體察，把芳草埋沒在沼澤中。

[1731] 光景：光影。
[1732] 幽隱：居住在偏僻之地。
[1733] 備：防備。
[1734] 玄淵：黑色的深淵。
[1735] 壅君：昏君，被蒙蔽的君王。
[1736] 無度：沒有法度，沒有衡量標準。
[1737] 藪幽：大澤深處。

焉舒情而抽信[1738]兮，恬[1739]死亡而不聊。

獨鄣廱[1740]而蔽隱兮，使貞臣為無由。

【譯詩】

如何傾訴衷情展示忠信，安然的死亡不苟且偷生。

只因重重阻塞遮擋通路，導致忠臣無由接近君王。

聞百里[1741]之為虜[1742]（ㄌㄨˇ）兮，伊尹[1743]烹[1744]（ㄆㄥ）於庖（ㄆㄠˊ）廚[1745]。

呂望[1746]屠於朝歌[1747]兮，甯戚[1748]歌而飯牛[1749]。

【譯詩】

聽說百里奚曾當過俘虜，名相伊尹曾當過廚師。

[1738] 抽信：展示忠信。

[1739] 恬：安靜、安然。

[1740] 鄣廱：阻塞。

[1741] 百里：即百里奚。姜姓，百里氏，名奚，字子明，春秋虞國人。虞國被晉國所滅，成為陪嫁奴隸，後來受到秦穆公賞識，成為秦國大夫，為秦國的發展做出巨大貢獻。

[1742] 虜：俘虜。

[1743] 伊尹：伊氏，名摯，有莘國人。最初為廚師，被成湯發現，以陪嫁奴隸到成湯身邊，得到重用後成為商王朝的開國勛臣。

[1744] 烹：烹飪。

[1745] 庖廚：廚房。

[1746] 呂望：又稱太公望。姜姓，名尚，字子牙，因先代封於呂，因而以呂為氏。輔佐周文王治理周部族強大，後被周武王尊為「尚父」，完成滅商興周的大業。

[1747] 朝歌：商王朝的都城，在今河南淇縣。

[1748] 甯戚：春秋時衛國人，到齊國經商，一邊餵牛一邊高歌，齊桓公認為他有賢才，留任為大夫。

[1749] 飯牛：餵牛。

姜太公曾在朝歌當屠夫，甯戚曾唱著歌餵牛。

> 不逢湯武[1750]與桓繆[1751]（ㄇㄨˋ）兮，世孰云而知之？
> 吳[1752]信讒而弗味兮，子胥[1753]死而後憂。

【譯詩】

若不遇商湯、周武王、齊桓公、秦穆公這樣的明主，世間誰知道他們的智慧？

吳王夫差聽信讒言不加查證，賜死伍子胥後憂患不斷。

> 介子[1754]忠而立枯兮，文君[1755]寤（ㄨˋ）而追求。
> 封介山[1756]而為之禁兮，報大德之優遊。

【譯詩】

介之推忠直卻為節操而死，晉文公一醒悟就追悔補救。

以介山作他的祭地而封禁，以報他的賢德和寬大品格。

[1750] 湯武：商王成湯和周武王。

[1751] 桓繆：齊桓公小白和秦穆公任好，「桓」和「繆」是諡號。

[1752] 吳：指吳王夫差。

[1753] 子胥：指春秋時楚國人伍員，字子胥。伍員父兄被害，他逃離楚國，得到吳王闔閭重用，率領吳軍幾乎滅楚。但吳王夫差即位後疏遠伍子胥，最後賜劍令他自殺。

[1754] 介子：指介之推，晉文公在外流亡時的追隨者。

[1755] 文君：指春秋五霸之一的晉文公重耳。

[1756] 介山：以介之推之名命名的山，在今山西介休。

思久故之親身兮，因縞（ㄍㄠˇ）素[1757]而哭之。

或忠信而死節兮，或訑（一ˊ）謾[1758]而不疑。

【譯詩】

思念多年的親密老友，穿起白色的喪服為之痛哭。

有人為忠信而死節，有人欺騙而不受懷疑。

弗省察[1759]而按[1760]實兮，聽讒人之虛辭。

芳與澤[1761]其雜糅（ㄖㄡˇ）兮，孰申旦[1762]而別之？

【譯詩】

不進行驗證就按之以實，聽信讒佞之輩的不實言詞。

芳草與汙垢混雜，誰能從早到晚進行甄別？

何芳草之早殀[1763]（一ㄠ）兮，微霜降而下戒[1764]。

諒[1765]聰不明而蔽壅兮，使讒諛[1766]（ㄔㄢˊ ㄩˊ）而日得。

[1757] 縞素：白色的布，此處指喪服。
[1758] 訑謾：詐偽、欺騙。
[1759] 省察：考察。
[1760] 按：考察。
[1761] 澤：臭。
[1762] 申旦：日復一日，從夜晚至天亮。
[1763] 殀：夭折。
[1764] 戒：警戒。
[1765] 諒：的確。
[1766] 讒諛：讒言和阿諛。

【譯詩】

為何芳草會早早死去，細微的霜從天而降給予告誡。

的確是君主不敏銳受人矇蔽，使讒佞阿諛之輩日漸得志。

> 自前世之嫉賢兮，謂蕙若[1767]其不可佩。
>
> 妒佳冶之芬芳兮，嫫（ㄇㄛˊ）母[1768]姣[1769]而自好。
>
> 【譯詩】

自古以來小人嫉妒賢良，都說賢者不可親近。

嫉妒美人的高潔志趣，像嫫母一樣醜卻搔首弄姿。

> 雖有西施[1770]之美容兮，讒妒入以自代。
>
> 願陳情以白行[1771]兮，得罪過之不意。
>
> 【譯詩】

即便有西施一樣的美貌，奸佞也會製造詆毀來取代。

期望陳述實情自我辯白，沒料到又招來罪過。

[1767] 蕙若：蕙草和若花，以香草比喻君子。
[1768] 嫫母：傳說是黃帝之妃，貌醜但賢良多智慧。
[1769] 姣：容貌美。
[1770] 西施：春秋時期越國人，著名的美人。
[1771] 白行：表白、陳說自己的作為。

情冤[1772]見之日明兮，如列宿[1773]之錯置[1774]。

乘騏驥[1775]（ㄑㄧˊ ㄐㄧˋ）而馳騁（ㄔˊ ㄔㄥˇ）兮，無轡（ㄆㄟˋ）銜[1776]而自載。

【譯詩】

真情與冤屈日漸清楚，就像群星排列有序。

騎著駿馬驅馳，沒有轡繩和銜勒完全自由奔走。

乘氾泭[1777]（ㄈㄢˋ ㄈㄨˊ）以下流兮，無舟楫而自備。

背[1778]法度而心治[1779]兮，闢與此其無異。

【譯詩】

乘著竹筏向下漂流，沒有船槳全靠自己動手。

背棄法令憑私心處理政務，和這些情形沒有差別。

寧溘[1780]（ㄎㄜˋ）死而流亡兮，恐禍殃之有再。

[1772] 情冤：真情與冤屈，指是非曲直。
[1773] 列宿：天上的星宿。
[1774] 錯置：放置、安置。「錯」通「措」。
[1775] 騏驥：古代良馬的名字，泛指良馬。
[1776] 轡銜：馬轡繩和銜勒。
[1777] 氾泭：渡河的筏子。
[1778] 背：違背。
[1779] 心治：依照私心治理。
[1780] 溘：忽然。

不畢辭而赴淵[1781]兮，惜廱君之不識。

【譯詩】

寧可突然死去隨水飄逝，唯恐災禍再一次降臨。

話沒說完就自投於江，可惜君王被矇蔽仍然沒覺醒。

【延伸】

南宋有學者認為〈惜往日〉是偽作，到了熱衷於考據的清代，如吳汝綸、曾國藩，也都疑為託偽。近代學者陸侃如、馮沅君、劉永濟等人都持懷疑態度。但是，所有疑問都缺乏足夠的說服力，因而此詩仍被視為屈原的作品。

從詩篇結尾的文辭來看，此篇無疑屬於屈原的絕筆，當然一個人在死前可能會留下多首絕筆之作。全詩提到多個明主賞識賢臣的故事，如殷商王朝的建立者成湯與賢臣伊尹、西周開創者武王姬發與名相姜太公、春秋第一霸主齊桓公與大夫甯戚、秦國霸業的開創者秦穆公與賢臣百里奚、吳王夫差和充滿悲劇的伍子胥、晉文公與不離不棄的介之推……這些故事從正反兩個方面來舉例，明主遇賢臣，則國興；昏君親近奸佞，則國滅。遺憾的是，詩人並未遇到期待的明主，他選擇和商代名臣彭咸一樣的歸宿，投水殉國。

[1781] 赴淵：跳入深淵。

〈橘頌〉

后皇[1782]嘉樹[1783]，橘（ㄐㄩˊ）徠[1784]（ㄌㄞˊ）服[1785]兮。

受命不遷[1786]，生南國兮。

【譯詩】

后土皇天之間的美好樹木，生來就適應這片水土。

秉承天命而不改變，扎根於江南。

深固難徙（ㄒㄧˇ），更一（ㄧ）志兮。

綠葉素榮[1787]，紛[1788]其可喜兮。

【譯詩】

根深蒂固難以撼動，志向堅定專一。

綠色的葉子白色的花，枝葉繁茂令人喜愛。

曾[1789]枝剡棘[1790]（ㄧㄢˇ ㄐㄧˊ），圓果摶[1791]（ㄊㄨ

[1782] 后皇：后土與皇天，是對大地和天空的神格化。
[1783] 嘉樹：美好的樹。
[1784] 徠：同「來」。
[1785] 服：適應。
[1786] 遷：遷徙。
[1787] 素榮：白色的花朵。
[1788] 紛：形容繁茂。
[1789] 曾：層層疊疊。
[1790] 剡棘：尖銳的刺。
[1791] 摶：圓。

ㄢˊ）兮。

青黃[1792]雜糅，文章[1793]爛[1794]兮。

【譯詩】

層疊的枝條尖銳的刺，圓潤的果實聚整合團。

青色和黃色交糅在一起，花紋和色彩多麼絢麗。

精色[1795]內白，類[1796]任[1797]道兮。

紛縕[1798]（ㄈㄣ ㄩㄣ）宜修[1799]，姱[1800]（ㄎㄨㄚ）而不醜兮。

【譯詩】

外觀精美內心清白，如同堪當大任的君子。

紛繁茂盛修飾得體，美好沒有任何瑕疵。

嗟[1801]（ㄐㄧㄝ）爾幼志，有以異[1802]兮。

獨立不遷，豈不可喜兮！

[1792] 青黃：青色和黃色，橘樹的果實未成熟時為青綠色，成熟後則為黃色。
[1793] 文章：錯綜的花紋。「文」同「紋」。
[1794] 爛：燦爛。
[1795] 精色：橘子表皮色澤明豔。
[1796] 類：好像。
[1797] 任：重任。
[1798] 紛縕：紛繁茂盛。
[1799] 宜修：修飾合宜。
[1800] 姱：美好。
[1801] 嗟：表感嘆的虛詞。
[1802] 異：不同。

【譯詩】

你幼年時的志向，就與眾不同。

獨立而不改易志節，豈能不令人歡喜！

> 深固難徙，廓[1803]（ㄎㄨㄛˋ）其無求兮。
>
> 蘇[1804]世獨立，橫[1805]而不流兮。

【譯詩】

深刻堅固而不移，心胸開闊而無私。

清醒而獨立於世，直行而不隨波逐流。

> 閉心[1806]自慎，不終失過[1807]兮。
>
> 秉[1808]德無私[1809]，參[1810]天地兮。

【譯詩】

謹慎自守，始終沒有過失。

處事公正無私，真可與天地相比。

[1803] 廓：廣大、寬大。
[1804] 蘇：清醒。
[1805] 橫：直行。
[1806] 閉心：將事情藏於心底，不輕易洩漏。
[1807] 過：過失。
[1808] 秉：秉持。
[1809] 無私：沒有私欲。
[1810] 參：合，匹配。

頗歲[1811]並謝[1812]，與長友[1813]兮。

淑[1814]離不淫[1815]（ㄧㄣˊ），梗[1816]（ㄍㄥˇ）其有理[1817]兮。

【譯詩】

願在萬物凋零的季節，與你結為終身知己。

內善外美處事不過度，耿直堅強又通達明理。

年歲雖少，可師長[1818]兮。

行比伯夷[1819]，置以為像[1820]兮。

【譯詩】

年齡雖然小，但可以當眾人的師長。

行為可與聖賢伯夷相比，應把你視為榜樣。

【延伸】

詩歌讚頌了橘樹多方面的優點，如「受命不遷」、「深固難徙」、「紛緼宜修，姱而不醜」、「獨立不遷」、「蘇世獨立，橫

[1811] 歲：年壽。
[1812] 並謝：一起凋零、同死。
[1813] 長友：長久友好。
[1814] 淑：善。
[1815] 淫：過度。
[1816] 梗：正直。
[1817] 理：條理。
[1818] 師長：老師和長者。
[1819] 伯夷：殷商末年孤竹國人，不食周粟，與兄弟叔齊一起餓死首陽山。
[1820] 像：榜樣。

而不流」、「秉德無私」、「淑離不淫」等，對樹木的讚頌實際上都是對人品行的讚頌。尤其是「願歲並謝，與長友兮」一句，令人動容。

子曰：「歲寒，而後知草木凋。」其意境堪與「願歲並謝，與長友兮」這句媲美。其詩主旨也與此句有某種承繼性。

〈悲回風〉

悲回風[1821]之搖[1822]蕙兮，心冤結[1823]而內傷[1824]。

物有微而隕（ㄩㄣˇ）性[1825]兮，聲有隱而先倡[1826]。

【譯詩】

悲傷旋風搖落蕙草，內心愁思鬱結。

蕙草微小易受損傷，風無形卻能發聲響。

夫[1827]何彭咸[1828]之造思[1829]兮，暨（ㄐㄧˋ）志介而不忘？

[1821] 回風：疾風、旋風。
[1822] 搖：搖撼。
[1823] 冤結：心情愁悶之狀。
[1824] 內傷：內心的悲傷。
[1825] 隕性：性命凋謝。
[1826] 倡：先導。
[1827] 夫：用於句首。
[1828] 彭咸：商代大夫，進諫不納，投水而死。
[1829] 造思：造就思想。

萬變其情豈可蓋兮，孰[1830]虛偽之可長！

【譯詩】

為何彭咸樹立的思想，與他耿介的志節不被遺忘？
情態變化萬端豈能掩蓋，哪個虛偽的人能夠長久！

鳥獸鳴以號[1831]群兮，草苴[1832]（ㄐㄩ）比[1833]而不芳。
魚葺（ㄑㄧˋ）鱗[1834]以自別兮，蛟龍[1835]隱其文章[1836]。

【譯詩】

鳥鳴獸叫召喚同類，枯草和新草不可能一起散發香味。
魚以不同之鱗區別其他，蛟龍卻將鱗紋隱藏。

故荼薺[1837]（ㄊㄨˊ　ㄑㄧˊ）不同畝兮，蘭茝[1838]（ㄔㄞˇ）幽而獨芳。
唯佳人之永都[1839]兮，更統世而自貺[1840]（ㄎㄨㄤˋ）。

[1830] 孰：哪。
[1831] 號：大聲叫。
[1832] 草苴：枯死的草。
[1833] 比：合。
[1834] 葺鱗：修飾鱗。
[1835] 蛟龍：龍的一種。
[1836] 文章：花紋。
[1837] 荼薺：苦菜和有甜味的野菜。
[1838] 蘭茝：蘭草和白芷。
[1839] 永都：永遠美好。
[1840] 貺：贈、賜予。

【譯詩】

所以苦荼和甜薺不在同一處生長，蘭草芷草在幽谷中芬芳。

只有君子才能永遠美好，經過幾代之久也能自我充實。

> 眇[1841]（ㄇㄧㄠˇ）遠志之所及兮，憐浮雲之相羊[1842]。
> 介眇志之所惑（ㄏㄨㄛˋ）兮，竊[1843]賦詩之所明。

【譯詩】

高遠的志向所達到的地方，如同愛戀雲彩在天空流動。

志向遠大堅定令眾人迷惑，私下賦詩來明志。

> 唯佳人之獨懷兮，折若椒以自處。
> 曾歔欷[1844]（ㄒㄩ　ㄒㄧ）之嗟嗟兮，獨隱伏[1845]而思慮。

【譯詩】

念及美人與眾不同的襟懷，採集杜若申椒獨處。

一再哽咽連聲哀嘆，獨身隱居而思緒滿懷。

> 涕泣交而淒淒兮，思不眠以至曙。

[1841]　眇：遠。
[1842]　相羊：徘徊，沒有依靠、憑藉的之狀。
[1843]　竊：暗自。
[1844]　歔欷：哀嘆抽泣。
[1845]　隱伏：隱而思慮。

終[1846]長夜之曼曼[1847]兮，掩此哀而不去。

【譯詩】

涕淚橫流多麼悲傷哀痛，沉思不眠一直到天明。

度過漫漫長夜，掩蓋著的悲傷卻始終不消散。

寤[1848]（ㄨㄟ）從容以周流[1849]兮，聊[1850]逍遙以自恃。

傷太息之愍（ㄇㄧㄣˇ）憐[1851]兮，氣於邑[1852]（ㄨ ㄧㄟ）而不可止。

【譯詩】

醒來後悠閒的遊走四方，姑且悠然的自娛。

傷心嘆息實在令人憐憫，鬱結在心之氣無法消除。

糺[1853]（ㄐㄧㄡ）思心以為纕[1854]（ㄒㄧㄤ）兮，編愁苦以為膺[1855]（ㄧㄥ）。

折若木[1856]以蔽光兮，隨飄風[1857]之所仍。

[1846] 終：終結。
[1847] 曼曼：形容漫長的樣子。
[1848] 寤：醒來。
[1849] 周流：走遍。
[1850] 聊：姑且。
[1851] 愍憐：憐憫。
[1852] 於邑：鬱抑煩悶，胸中之氣不得舒展。
[1853] 糺：編結。
[1854] 纕：配飾。
[1855] 膺：前胸，此處指貼著前胸。
[1856] 若木：神話傳說中的神木。
[1857] 飄風：旋風。

【譯詩】

編結憂思的心當配飾，編結苦悶之情當背心。

折下神木的枝葉遮擋陽光，隨著席捲的大風飄搖。

> 存彷彿而不見兮，心踴躍（ㄩㄥˇ　ㄩㄝˋ）其若湯[1858]。
>
> 撫珮衽[1859]（ㄆㄟˋ　ㄖㄣˋ）以案志[1860]兮，超惘（ㄨㄤˇ）惘[1861]而遂行。

【譯詩】

存在的現實模糊不見，心跳動著猶如沸騰的水。

撫弄著玉珮以克制激動的內心，惆悵中動身前行。

> 歲曶（ㄏㄨ）曶[1862]其若頹[1863]（ㄊㄨㄟˊ）兮，時亦冉（ㄖㄢˇ）冉而將至。
>
> 薠蘅[1864]（ㄈㄢˊ　ㄏㄥˊ）槁（ㄍㄠˇ）而節離兮，芳以歇而不比[1865]。

[1858]　湯：熱水。
[1859]　衽：衣襟。
[1860]　案志：抑制情志。
[1861]　惘惘：形容惆悵、失意的樣子。
[1862]　曶曶：忽忽，形容光陰流逝。
[1863]　頹：下墜。
[1864]　薠蘅：水草和香草。
[1865]　不比：不再繁茂。

【譯詩】

歲月如水匆匆逝去，老年也將緩緩到來。

白蘋杜蘅枯槁支離，芳草消歇不比往日。

憐思心之不可懲[1866]（ㄔㄥˊ）兮，證[1867]此言之不可聊[1868]。

寧溘（ㄎㄜˋ）死[1869]而流亡兮，不忍此心之常愁。

【譯詩】

哀憐思念之心不能停止，證實這些話不可信賴。

寧願突然死去隨水飄逝，不能忍受內心長期愁苦。

孤子[1870]吟而抆[1871]（ㄨㄣˋ）淚兮，放子出[1872]而不還。

孰能思而不隱兮，照彭咸之所聞。

【譯詩】

孤獨的人一邊吟哦一邊拭淚，放逐的人再也回不去了。

誰能懷念而無隱憂，依照聽聞的彭咸德行行事。

[1866] 懲：治。
[1867] 證：證實。
[1868] 聊：靠。
[1869] 溘死：突然死去。
[1870] 孤子：孤居之人。
[1871] 抆：擦拭。
[1872] 出：離開。

> 登石巒[1873]（ㄌㄨㄢˊ）以遠望兮，路眇（ㄇㄧㄠˇ）眇[1874]之默默[1875]。
>
> 入景[1876]（ㄧㄥˇ）響之無應兮，聞省想[1877]而不可得。

【譯詩】

登上小山峰眺望，道路幽遠寂靜無聲。

進入光影與聲響都無回應的祕境，聽覺視覺意識都已徒然。

> 愁鬱郁之無快兮，居戚（ㄑㄧ）戚[1878]而不可解。
>
> 心鞿羈[1879]（ㄐㄧ　ㄐㄧ）而不開兮，氣繚轉[1880]（ㄌㄧㄠˊ　ㄓㄨㄢˇ）而自締[1881]（ㄉㄧˋ）。

【譯詩】

愁思鬱積而無快樂，內心憂傷無可排解。

心被束縛而不得舒展，鬱結之氣纏繞打了結。

[1873]　石巒：小而尖銳的石山。
[1874]　眇眇：遙遠之狀。
[1875]　默默：形容寂靜。
[1876]　景：同「影」。
[1877]　省想：審查思考。
[1878]　戚戚：形容愁苦。
[1879]　鞿羈：馬口中的韁繩和拴馬的繩子。
[1880]　繚轉：糾纏而無法排解，形容情緒。
[1881]　締：纏結。

穆[1882]眇眇之無垠[1883]（一ㄣˊ）兮，莽（ㄇㄤˇ）芒芒[1884]之無儀。

聲有隱而相感兮，物有純[1885]而不可為。

【譯詩】

深幽遼遠沒有邊際，叢生的林木廣大無垠。

旋風雖然無形但草木能感應，純潔的事物無處著力。

藐[1886]（ㄇ一ㄠˇ）蔓（ㄇㄢˋ）蔓之不可量兮，縹（ㄆ一ㄠˇ）綿綿[1887]之不可紆[1888]（ㄩ）。

愁悄悄之常悲兮，翩[1889]冥冥之不可娛。

【譯詩】

距離遙遠而不可量度，飄渺綿延而不可求索。

暗暗滋生的憂愁常引起悲情，飛到很高的地方也得不到歡樂。

[1882] 穆：深遠。
[1883] 無垠：沒有邊際。
[1884] 莽芒芒：廣大的樣子。
[1885] 純：粹美。
[1886] 藐：同「邈」，遠。
[1887] 蔓蔓：同「漫漫」。
[1888] 縹綿綿：細微綿長。
[1889] 紆：彎曲、縈繞。

凌大波而流風兮，託[1890]（ㄊㄨㄛ）彭咸之所居。

上高巖之峭（ㄑㄧㄠˋ）岸兮，處雌蜺[1891]（ㄘˊ ㄋㄧˊ）之標顛[1892]（ㄉㄧㄢ）。

【譯詩】

乘著奔湧的波浪和流蕩的風，託身於彭咸所居的地方。

登上岩石聳立的陡峭河岸，處於彩虹的頂端。

據青冥[1893]而攄[1894]（ㄕㄨ）虹兮，遂[1895]儵忽[1896]（ㄕㄨˋ ㄏㄨ）而捫[1897]（ㄇㄣˊ）天。

吸湛（ㄓㄢˋ）露[1898]之浮源兮，漱[1899]凝霜之雰（ㄈㄣ）雰[1900]。

【譯詩】

憑藉晴空舒展的彩虹，於是瞬間就可以觸控到青天。

吸飲清澈的清涼露水，含著紛紛墜落的霜霧。

[1890] 託：寄身。
[1891] 雌蜺：虹有兩環時，內環色彩鮮豔為雄，名虹；外環色彩暗淡為雌，名蜺，即霓，現今稱為副虹。
[1892] 標顛：頂端。
[1893] 青冥：青天。
[1894] 攄：舒展。
[1895] 遂：於是。
[1896] 儵忽：瞬間。
[1897] 捫：撫摸。
[1898] 湛露：濃重的露水。
[1899] 漱：含著。
[1900] 雰雰：形容霜雪繽紛。

依風穴[1901]以自息兮，忽傾寤[1902]以嬋媛[1903]（ㄔㄢˊ ㄩㄢˊ）。

馮[1904]崑崙以瞰[1905]（ㄎㄢˋ）霧兮，隱岷山以清江。

【譯詩】

倚著吞吐寒風的洞穴休息，忽然翻身領悟又傷感。

倚著崑崙山俯瞰雲山霧海，依傍著岷山看清江河流。

憚[1906]湧湍[1907]（ㄊㄨㄢ）之磕（ㄎㄜ）磕[1908]兮，聽波聲之洶洶。

紛容容之無經[1909]兮，罔（ㄨㄤˇ）芒芒[1910]之無紀。

【譯詩】

畏懼湍流撞擊岩石的轟鳴，聽著波濤澎湃之聲。

水勢紛亂而無常道，廣遠無邊也無序。

[1901] 風穴：神話中產生風的洞穴。
[1902] 傾寤：全都明白。
[1903] 嬋媛：傷感。
[1904] 馮：依靠。
[1905] 瞰：向下看。
[1906] 憚：害怕。
[1907] 湧湍：流動的大水。
[1908] 磕磕：岩石發出的聲音。
[1909] 經：法度。
[1910] 芒芒：形容廣大、遠。

軋[1911]洋洋[1912]之無從兮，馳委移[1913]之焉止。

漂翻翻[1914]其上下兮，翼遙遙[1915]其左右。

【譯詩】

水波激盪沒有束縛，沿著彎曲的河岸流到哪裡才結束。

心如水波上下翻騰，伴隨著浪花搖個不停。

氾[1916]（ㄈㄢˋ）潏（ㄐㄩㄝˊ）潏[1917]其前後兮，伴張馳[1918]之信期。

觀炎氣[1919]之相仍兮，窺[1920]（ㄎㄨㄟ）煙液[1921]之所積。

【譯詩】

大水漫流前後湧動，伴隨著水的漲落定時不變。

看夏天的熱流不斷循環，窺探雨露煙雲凝成。

悲霜雪之俱下兮，聽潮水之相擊[1922]。

[1911] 軋：傾軋、撞擊，形容水湍急。
[1912] 洋洋：形容水流廣闊。
[1913] 委移：逶迤，指水沿著彎曲的河岸流動。
[1914] 漂翻翻：形容水面起伏。
[1915] 翼遙遙：兩側搖擺不定。
[1916] 氾：氾濫。
[1917] 潏潏：形容水流奔湧。
[1918] 張馳：潮水的漲落。
[1919] 炎氣：熱氣。
[1920] 窺：窺視。
[1921] 煙液：雲和雨水。
[1922] 相擊：浪花互相拍打。

借光景以往來兮，施黃棘[1923]（ㄐㄧˊ）之枉策[1924]。

【譯詩】

悲嘆霜雪一起飛降，傾聽潮水拍打的聲音。

憑藉時光往來於天地之間，用神木的枝條做成馬鞭。

求介子[1925]之所存兮，見伯夷[1926]（ㄧˊ）之放[1927]跡。

心調度而弗[1928]（ㄈㄨˊ）去兮，刻著志之無適[1929]。

【譯詩】

尋求介之推隱居的地方，看到伯夷自我放逐的地方。

心中思量而無法釋懷，下定決心絕不去他處。

亂曰：

吾怨往昔之所冀[1930]兮，悼[1931]來者之愁（ㄊㄧˋ）愁[1932]。

浮[1933]江淮而入海兮，從子胥[1934]而自適[1935]（ㄕˋ）。

[1923] 黃棘：神話中的樹木名。

[1924] 枉策：彎曲的鞭子。

[1925] 介子：介之推，春秋時晉文公的大臣，追隨晉文公不離不棄。

[1926] 伯夷：殷商末期孤竹國公子。

[1927] 放：放逐，此處指伯夷、叔齊自我放逐。

[1928] 弗：不。

[1929] 無適：無所適從。

[1930] 冀：希望。

[1931] 悼：悼念。

[1932] 愁愁：形容憂患的樣子。

[1933] 浮：漂流，此處指乘船。

[1934] 子胥：伍子胥，春秋時楚國大臣，遭讒害後逃奔，得吳王闔閭重用，率兵攻破楚國都城。後吳王夫差聽信讒言，賜劍自盡。

[1935] 自適：自我調適、自我排遣。

【譯詩】

尾聲：

我怨恨往昔的那些期冀，感傷未來為之憂懼不已。

順著長江淮河進入大海，追隨伍子胥以自我調適。

> 望大河之洲渚[1936]（ㄓㄨˇ）兮，悲申徒[1937]之抗跡[1938]。
>
> 驟（ㄗㄡˋ）諫[1939]（ㄐㄧㄢˋ）君而不聽兮，重任[1940]石之何益？
>
> 心絓（ㄍㄨㄚˋ）結[1941]而不解兮，思蹇（ㄐㄧㄢˇ）[1942]產而不釋。

【譯詩】

眺望大河中的沙洲，悲見商末賢臣申徒狄的遺跡。

屢次向君王進諫而不被採納，抱著石頭跳河又有何益？

心有牽掛而憂思鬱結，憂思不暢難以放下。

[1936] 渚：水中的小塊陸地。

[1937] 申徒：申徒為官名，此處指申徒狄，傳說為殷商時人，諫言不納，投水自殺，與彭咸一樣，都是屈原推崇的人。

[1938] 抗跡：高尚者的遺跡。

[1939] 諫：進諫。

[1940] 任：抱著，或說背負。

[1941] 絓結：心中鬱結、牽絆。

[1942] 蹇：不順。

【延伸】

詩歌從回風搖撼蕙草的氣候變化寫起，想到忠良見斥的現實悲哀，指出君子始終光明正大，與善變的小人有所不同，同時表明自己絕不改易的胸襟。「物有微而隕性兮，聲有隱而先倡」，見景生情，託物起興。錢澄之在《莊屈合詁》中說：「秋風起，蕙草先死；害氣至，賢人先喪。」並以鳥獸、草木、龍魚之喻，指出物以類聚，不會相互雜廁，比喻君子、小人不可能共處。

屈原是狀物寫景的高手，常把自己的情緒融入到風物之中，充滿強烈的感染力。與〈離騷〉、〈天問〉等詩篇相比，此詩的語言較為淺白，古奧之辭較少，在修辭上鋪陳華美，寫大自然宛若展開一幅山水畫。正是這個因素，自宋人魏了翁以來，歷代便有學者懷疑此非屈原所作，但缺乏更有力的證據，主流研究者多認可是屈原的作品。此詩意象密集，寫大自然如在眼前，充滿強烈的文學感召力，是筆者最喜歡的古典短詩之一。如寫登高望遠的遼闊，有「登石巒以遠望兮，路眇眇之默默」；寫霜霧天的迷濛，有「吸湛露之浮源兮，漱凝霜之雰雰」；寫山間流水的澎湃，有「憚湧湍之磕磕兮，聽波聲之洶洶」；寫清澈的流水奔流，有「漂翻翻其上下兮，翼遙遙其左右」；寫夏天熱氣上升，雲雨將來，有「觀炎氣之相仍兮，窺煙液之所積」；不但調動了視覺、聽覺、觸覺、嗅覺，還將這些感覺打通，如「悲霜雪之俱下兮，聽潮水之相擊」，詩句中湧動一種天籟般的意境。

屈原的詩中多夾雜敘事，〈悲回風〉則純粹是一篇內心的獨白，儘管沉鬱，卻並不晦暗，而是蘊藉著一股無法舒散，噴薄欲出的力量，將淋漓的元氣盡情宣洩於詩句中。筆者曾借將此詩重構，寫成一首現代主義風格的作品，向偉大的詩人屈原致敬，謹志於此：

迴旋的風搖撼草木，我難抑心中哀傷。春華已逝，隱匿的風為何吹響？尋找彭咸的足跡，他的聲音依然迴盪。真情的潮水漲落，誰企圖用理智將自己偽裝。

鳥獸在曠野鳴唱，新花在枯草中失去芬芳。銀魚飛翔碧水，蒼龍隱匿大江。嘗試苦和甜的滋味，幽蘭獨在深谷中芬芳。佳人遺世而獨立，歷經滄桑。

我的心在古人的胸腔，如同浮雲在天上。我非塵俗之人，何妨寫盡萬古愁腸。

美人獨自懷想，折一支秋天的花在瓶中。憂傷的淚水滑落，身影被窗下的光拉長。就這樣哭泣了一夜，簾幕上竟然有了曙光。長夜已然結束，姑且放下悲傷。

我將周遊世界，從城市到村莊。太息的風走了，鬱結的雲也散去。脫掉傷心的袍服，棄絕憂悶的胸甲。我用神木擋住太陽，做風中前行的猛士。

眼前雖看不清，心卻已馳騁。振衣前行，大野中孤獨的人。歲月像滾遠的石頭，生命也到了盡頭。芳草支離，繁花零落成泥。

我是冥頑不靈的人，我不願做無根的幽靈。我願託身江湖，也不做愁苦的可憐蟲。這片土地的孤獨之子，從此別離故鄉的門。懷念是永遠的痛，但我願做彭咸的後身。

登上亂石堆積的山崗，天空和大地都沒有迴響。世界如此安靜，全部的意識都遁入烏有之鄉。愁緒的雲在飛，哀戚的霧升起。心中的馬遭到羈絆，整個世界突然陷落。

大地渺渺無垠，夜色如此濃沉。秋風中誰在呼應，萬物有它的靈性。痛苦的海水翻騰，憂愁的繩索繫在何方？愁思悄悄，心事冥冥。乘著大風飛翔，我要去見我的偶像。

登上峭立的高山，駐足塵世之巔。漫步彩虹之橋，扶搖青冥蒼穹。呼吸流水般的湛露，飲用如煙的霜雪。我枕著風穴山入眠，夢裡愁緒綿綿。

背倚崑崙山揮散大霧，看見岷山下清澈的長江。大壑間湧流聲響，怒濤的音樂如此激昂。煙水橫流洋洋，日影照射濁浪。山脈的餘音遠近迴響，彷彿大河逝去的惆悵。

澄碧的寒溪流過，細石灘上浪花如雪。泛動的光波粼粼，訴說著時間的承諾。夏天即將到來，飽含雨水的雲停在遠山。夜晚下起了霜雪，我隱隱聽到潮水拍岸的節奏。

我在往古與而今之間穿行，揮舞神的鞭子。我飛過深林中賢者的洞穴，高山上隱士的屋舍。我徘徊猶豫著，在生與死之間徬徨。我曾有一雙希冀的翅膀，把它們贈予追慕我的人。循著江淮之水划動木筏，去大海上會見我的故友。回望河流之上懸浮的島嶼，我的腦海裡湧現一個身影。我已無法改變塵世，抱著巨石沉水的人安在。

〈遠遊〉

【作者及作品】

自漢代學者王逸作《楚辭章句》以來，主流觀點都認為此詩的作者是屈原，如朱熹、王夫之等大家，都將此詩歸於屈原名下。清乾隆時期的學者胡濬源則認為〈遠遊〉與屈原其他作品差異大，似為漢代人的擬古之作，晚清學者廖平甚至說作者為司馬相如。不過現代學者如陳子展、姜亮夫則認為〈遠遊〉就是屈原的作品，這個觀點也被大多數學者所認可。

屈原的長詩中雖然沒有「自由」這個概念，但我們卻看到他對精神自由的追尋。〈遠遊〉這首詩展現的是一個張翼高飛，超脫塵俗，到夢幻世界去尋求自由的「遠遊者」形象。詩人創造的這個世界，由兩部分構成：一部分是歷史，另一部分是神話。法國著名文藝理論家泰納（Hippolyte Adolphe Taine）曾說，作品的產生取決於時代精神和周圍的風俗。鑑於屈原出身於貴族世家，受過良好的史學薰陶，且身處戰國亂世，又被排擠出權力核心，遠古的歷史自然與痛苦的精神波動結合，從而流淌成詩歌的河流。軒轅黃帝、高陽氏、太皓（太昊），一方面是歷史人物，另一方面又是神話人物，可以這樣說，幾乎所有先民的歷史，都混雜著神話，在似與不似之間，這就是詩。屈原在〈遠遊〉中的表達手法，大抵也是如此。

〈遠遊〉表達的是一種對超越世俗的、高蹈的精神世界的追求，它與前面的〈離騷〉、〈九歌〉等篇目，在整體上都不同，這也難怪晚清的疑古派們懷疑不是屈原的作品。一些學者認為，屈原這首詩開了古代「遊仙詩」的先河，不過從精神核心上來說，未嘗不是長篇旅行詩歌，很多貼切而又真實的詩句很可能來自屈原的旅行經歷。屈原本人熱愛大自然，且從事過外交工作，出使過齊國，到過相當廣泛的地區，如果把詩歌中的神話意象全部換成現實中的自然景觀和歷史景觀，比如山川、森林、湖澤、城郭、廢墟，我們看到的就是一首像英國詩人拜倫（George Gordon Byron）《恰爾德・哈羅爾德遊記》（Childe Harold's Pilgrimage）相似的作品，在神話傳說背後，是一個旅行者的宏大視野。比如屈原詩中的「時彷彿以遙見兮，精皎皎以往來」，很可能是夜晚露營者的感受；「山蕭條而無獸兮，野寂漠其無人」，則是一個在曠野裡獨自旅行者所見和所感；「載營魄而登霞兮，掩浮雲而上徵」，則是登上高山後，忽然看到彩霞滿天，如同乘雲般的愉悅心態。

我們在〈遠遊〉中看到一種旅行者酣暢淋漓的存在，有遠古的、微茫的歷史遺跡，但更多的則是生命對整個世界的感受，春秋的季節交替，南方大地上火熱的天氣，緩慢的落日，凋零的草木，深秋季節降臨的薄霜，廣川大河的湧動奔流，幾個世紀以來一直存在的冰層，還有那無窮無盡的大地。「經營四荒兮，周流六漠。上至列缺兮，降望大壑」。詩人以極其高明的表達手法，將客觀世界藏在虛構的世界裡。可以這樣說，我們所處的世界，並非存在於某種絕對的意義中，它以多種方式存在，既在神話，也在現實。現實並不意味著一切，〈遠遊〉的精神核心，正在於掙脫現實，高蹈於另外一種可能。

> 悲[1943]時俗[1944]之迫阨[1945]（ㄜˋ）兮，願輕舉[1946]而遠遊。
>
> 質[1947]菲薄而無因[1948]兮，焉[1949]託乘[1950]而上浮[1951]？

【譯詩】

悲傷於世俗使人陷入困厄，真想登仙去遠處雲遊。

資質淺薄又沒有機緣，怎能依託仙駕上遊天界呢？

> 遭[1952]沉濁而汙穢[1953]（ㄨ　ㄏㄨㄟˋ）兮，獨鬱結[1954]其誰語？

[1943] 悲：悲哀。
[1944] 時俗：世上、世間。
[1945] 迫阨：脅迫、逼迫。
[1946] 輕舉：飛去。
[1947] 質：資質。
[1948] 無因：沒有憑藉、依靠。
[1949] 焉：怎麼、怎能。
[1950] 託乘：指搭乘賢人的車駕，比喻得到人幫助。
[1951] 上浮：向上飄浮。
[1952] 遭：周圍。
[1953] 汙穢：骯髒的、不潔淨的。
[1954] 鬱結：指心情鬱悶。

夜耿耿[1955]而不寐[1956]（ㄇㄟ ㄟˋ）兮，魂煢（ㄑㄩㄥˊ）煢[1957]而至曙。

【譯詩】

周圍汙濁而且骯髒，獨自鬱悶向誰傾訴？
漫長的黑夜裡睡不著，孤魂野鬼般的等待天亮。

【延伸】

以上為詩歌的第一部分，陳說遠遊的緣由，是迫於時俗的脅迫、現實的汙濁才離開，是客觀存在，是外在的原因。

唯天地之無窮兮，哀人生之長勤。
往者余[1958]弗[1959]（ㄈㄨˊ）及兮，來者吾不聞。

【譯詩】

想到天地無窮無盡，悲傷於人生的艱辛。
過往之事我未曾趕上，將來之事我不得而知。

步徙倚[1960]（ㄒㄧˇ ㄧˇ）而遙思兮，怊（ㄔㄠ）惝（ㄔ

[1955] 耿耿：形容夜晚長。
[1956] 寐：睡著。
[1957] 煢煢：孤獨的樣子。
[1958] 余：我，第一人稱代詞。
[1959] 弗：不。
[1960] 徙倚：徘徊、留連。

ㄤˇ）怳[1961]（ㄏㄨㄤˇ）而乖懷[1962]。

意荒忽[1963]而流蕩兮，心愁悽而增悲。

【譯詩】

躊躇不前思緒悠遠，失意傷感違背衷心。

神思恍惚如同流水，心中愁苦增添了悲傷。

神儵忽[1964]（ㄕㄨˋ　ㄏㄨ）而不反[1965]兮，形枯槁[1966]（ㄎㄨ　ㄍㄠˇ）而獨留。

內唯省以端操[1967]兮，求正氣之所由。

漠虛靜以恬愉[1968]（ㄊㄧㄢˊ　ㄩˊ）兮，澹無為而自得。

【譯詩】

神魂忽然飄散不返回，只留下枯槁的肉體。

反省自己並端正操守，尋求人間正氣的根由。

懷著恬靜以得到愉悅，淡泊無為故而悠然自得。

[1961] 惝怳：惆悵、失意。
[1962] 乖懷：背離、違背。
[1963] 荒忽：恍惚。
[1964] 儵忽：迅疾的樣子。
[1965] 反：同「返」。
[1966] 枯槁：形容面容憔悴。
[1967] 端操：正直的操守。
[1968] 恬愉：快樂、愉悅。

【延伸】

以上為詩歌的第二部分，寫詩人的憂鬱、愁悽的心理狀態。這種內在特質是敏感的，容易從俗世中抽離，追尋一種更高的精神生活，這是遠遊的內因。就像第一部分說的那樣，沒有同類，連個傾訴的對象都沒有，就好像一個孤獨的人在漫漫長夜苦熬。在這種情況下，神魂飄蕩，勢必要離開。

去遠方，往往意味著尋求一個新的世界。

> 聞赤松[1969]之清塵兮，願承風乎遺則[1970]。
> 貴[1971]真人之休德[1972]兮，美往世之登仙。

【譯詩】

聽聞赤松子出塵脫俗，願繼承他的風範和行事準則。

重視修道之人的美德，羨慕前人能飛升成仙。

> 與化去[1973]而不見兮，名聲著而日延。
> 奇傳說[1974]之託辰星兮，羡（ㄒㄧㄢˋ）韓眾[1975]之得一。

[1969] 赤松：傳說中上古的神仙，是帝嚳的老師。
[1970] 遺則：遺留的法則。
[1971] 貴：看重、重視。
[1972] 休德：美德。
[1973] 化去：脫離塵俗離去，此處指仙化。
[1974] 傳說：出身傅巖的築牆奴隸，得到殷高宗武丁賞識，被任命為相，輔佐高宗實現王朝中興。
[1975] 韓眾：又名韓終，傳說春秋時期飛升成仙。

【譯詩】

形體雖化去而消失不見，名聲日隆且流傳後世。

驚奇於傳說乘著星辰飛向天空，羨慕韓眾飛升成仙。

> 形穆穆而浸[1976]遠兮，離人群而遁逸（ㄉㄨㄣˋ　一ˋ）。
>
> 因氣變而遂曾舉[1977]兮，忽神奔而鬼怪。

【譯詩】

形體肅穆漸行漸遠，離開人群而避世隱居。

依循氣的改變逐漸高飛，忽見神靈奔走鬼怪現身。

> 時彷彿以遙見兮，精晈（ㄐ一ㄠˇ）晈[1978]以往來。
>
> 絕氛埃[1979]（ㄈㄣ　ㄞ）而淑尤[1980]（ㄕㄨˊ　一ㄡˊ）兮，終不反其故都。
>
> 免眾患[1981]而不懼兮，世莫知其所如。

【譯詩】

一時彷彿遠遠可見，靈物閃爍光輝來來去去。

超越塵埃到美善的境界，再也不會返回故國的都城。

擺脫眾人所苦再也無所畏懼，世人再也不知我的蹤跡。

[1976]　浸：漸漸。
[1977]　曾舉：高舉、高飛。
[1978]　晈晈：明亮的樣子。
[1979]　氛埃：汙濁之氣。
[1980]　淑尤：優美出眾。
[1981]　眾患：眾人所苦。

【延伸】

以上為詩歌的第三部分，從赤松子和韓眾這兩個傳說中的仙人說起，展現了詩人對自由生活的追慕。在古人的思維中，仙人的世界並不是渺茫的，有一個非常清晰的認知邊界，仙人是這種存在，不但擺脫物質上的束縛，且脫離精神控制，沒有名利的纏繞，也沒有情感的困惑，真正擺脫塵俗羈絆。「形穆穆而浸遠兮，離人群而遁逸」寫的其實是一種隱居狀態，由於脫離了人的群體性，自然也就不受世俗觀念的影響，好像實現了「地仙」的狀態。

> 恐天時之代序兮，耀靈[1982]曄[1983]（一せ丶）而西征。
>
> 微霜降而下淪兮，悼[1984]（ㄉㄠ丶）芳草之先零。

【譯詩】

擔心光陰流逝季節變化，燦爛的太陽也漸偏西。

微細的秋霜降臨大地，哀傷於芳草最先凋零。

> 聊（ㄌㄧㄠˊ）仿佯[1985]（ㄈㄤˇ ㄧㄤˊ）而逍遙（ㄒㄧㄠ ㄧㄠˊ）兮，永歷[1986]年而無成。
>
> 誰可與玩斯遺（ㄨㄟ丶）芳兮？晨向風而舒情。

[1982] 耀靈：太陽。
[1983] 曄：光耀。
[1984] 悼：哀傷。
[1985] 仿佯：遊蕩、徜徉。
[1986] 永歷：長久的。

高陽[1987]邈[1988]（ㄇㄧㄠˇ）以遠兮，余將焉（ㄧㄢ）所程？

【譯詩】

暫且遊蕩而逍遙自在，長長的一年裡什麼也沒完成。

誰能與我欣賞這殘存的芳草？對著早晨的清風舒展心情。

高陽氏的時代距我們已遠，我將怎麼繼承他的道路？

【延伸】

以上為詩歌的第四部分，寫詩人遠遊一年的感受。季節輪替，秋霜降落，芳草凋謝，表面上看一事無成，但是「仿佯而逍遙」這種感受是真切的（雖然是聊以慰懷的心理），且發出了召喚，儘管時下的風物只有殘存的芳草，但仍然可以在晨風裡放飛心情。當然，詩人並未完全放棄「追尋聖王」的理想。

重曰：春秋忽其不淹兮，奚（ㄒㄧ）久留此故居？

軒轅[1989]（ㄒㄩㄢ ㄩㄢˊ）不可攀援（ㄆㄢ ㄩㄢˊ）兮，吾將從王喬[1990]而娛戲。

[1987] 高陽：高陽氏，黃帝之孫，五帝之一。
[1988] 邈：久遠、渺茫。
[1989] 軒轅：黃帝，居軒轅之丘，故號軒轅氏。
[1990] 王喬：即王子喬，傳說為周靈王太子姬晉，後早逝，實則為登化成仙。

【譯詩】

再說：春秋交替時光不停，何必久留在這老房子裡？

黃帝不能攀附，我將跟著王子喬去嬉戲。

> 餐六氣[1991]而飲沆瀣[1992]（ㄏㄤˋ　ㄒㄧㄝˋ）兮，漱[1993]（ㄕㄨˋ）正陽而含朝霞。
>
> 保神明[1994]之清澄兮，精氣入而粗穢除。

【譯詩】

以六氣為食、清露為飲，吮吸正陽之氣而含著朝霞的光芒。

保持內心世界的清明澄澈，吸入精氣而排出濁氣。

> 順凱風[1995]以從遊兮，至南巢而壹（一）息[1996]。
>
> 見王子[1997]而宿之兮，審壹氣[1998]之和德。

[1991] 六氣：古人所指的朝旦之氣（朝霞）、日中之氣（正陽）、日沒之氣（飛泉）、夜半之氣（沆瀣）、天之氣、地之氣。另外六氣則是指陰、陽、風、雨、晦、明。

[1992] 沆瀣：露水。此處形容仙人吸風飲露。

[1993] 漱：吸吮。

[1994] 神明：指人的內在精神。

[1995] 凱風：南風。

[1996] 壹息：暫時歇息。

[1997] 王子：即前文所說「王子喬」。

[1998] 壹氣：純一之氣。

【譯詩】

順著南風出遊，到南巢國稍作歇息。

見到王子喬而停宿，請教元氣與盛德如何相融。

【延伸】

以上為詩歌的第五部分，承接前一部分尋求聖王的心理，終於懂得，像軒轅黃帝那樣的人是不可求的。不如順乎自然之化，存乎本心，把自己的精神和大自然融合，尋求「道」，最終他找到了仙人王子喬。更具體的來說，這一部分實際上是遊歷之路的心得。「餐六氣而飲沆瀣兮，漱正陽而含朝霞」寫的正是風餐露宿的旅行，這種旅行獲得了內在精神的充實，使旅人元氣十足。

> 曰：「道可受兮，不可傳。
> 其小無內[1999]兮，其大無垠。

【譯詩】

王子喬答：「道可以用心領受，但無法用語言傳達。

它小則無處不可容納，它大則沒有邊際。

> 無滑[2000]而魂兮，彼將自然。
> 壹氣孔[2001]神兮，於中夜存。

[1999] 內：同「納」，容納。
[2000] 滑：紊亂。
[2001] 孔：很。

【譯詩】

你的心神不再紊亂，它會自然而然地出現。
一元之氣充滿神祕，靜夜之時才能感受。

> 虛 [2002] 以待之兮，無為之先。
> 庶類 [2003] 以成兮，此德之門。」

【譯詩】

以虛靜之心待它，以無為為第一。
眾生萬物都是這樣形成，這就是得道的門徑。」

【延伸】

以上為詩歌的第六部分，是詩人向王子喬請教後，王子喬的回答。道是什麼？只可意會，而不可言傳。其中言及小和大，用一個哲學化的比喻。朱熹說：「雖曰寓言，然其所設王子之詞，苟能充之，實長生久視之要訣也。」

> 聞至貴而遂徂（ㄘㄨˊ）兮，忽乎吾將行。
> 仍羽人 [2004] 於丹丘 [2005] 兮，留不死之舊鄉。

[2002] 虛：虛靜。
[2003] 庶類：各種生命和物種。
[2004] 羽人：傳說中的仙人。
[2005] 丹丘：傳說中的仙境。

> 朝濯[2006]（ㄓㄨㄛˊ）髮於湯谷[2007]兮，夕晞[2008]（ㄒㄧ）余身兮九陽[2009]。

【譯詩】

聽了真理便想遠去，匆匆忙忙出發前行。

跟隨仙人到丹丘仙境，停留在不死之鄉。

早晨在太陽升起的湯谷洗頭，傍晚讓九個太陽照耀我的身體。

> 吸飛泉之微液兮，懷琬琰[2010]（ㄨㄢˇ　ㄧㄢˇ）之華英。
>
> 玉色頩[2011]（ㄆㄧㄥ）以脕（ㄨㄢˋ）顏[2012]兮，精醇粹[2013]（ㄔㄨㄣˊ　ㄘㄨㄟˋ）而始壯。

【譯詩】

飲用飛泉的甘美之水，懷抱美玉中的精華。

滋潤玉一般光潔的臉孔，精氣神充盈而身體強健。

[2006] 濯：清洗。

[2007] 湯谷：傳說中太陽升起的地方。

[2008] 晞：晾乾，此處指晒太陽。

[2009] 九陽：九個太陽。傳說湯谷有名為扶桑的神樹，九個太陽輪值居其上，照亮人間。

[2010] 琬琰：美玉。

[2011] 頩：貌美、美好的樣子。

[2012] 脕顏：滋潤面部。

[2013] 醇粹：醇厚而精粹。

> 質銷鑠[2014]（ㄒㄧㄠ　ㄕㄨㄛˋ）以汋約[2015]（ㄔㄨㄛˋ ㄩㄝ）兮，神要眇[2016]（ㄇㄧㄠˇ）以淫（ㄧㄣˊ）放[2017]。
>
> 嘉南州[2018]之炎德兮，麗桂樹之冬榮。

【譯詩】

形體消瘦顯出柔美，神氣幽遠姿態飄逸。

讚賞南方氣候火熱，漂亮的桂樹冬天也欣欣向榮。

> 山蕭條而無獸兮，野寂漠[2019]其無人。
>
> 載營魄[2020]（ㄧㄥˊ　ㄆㄛˋ）而登霞[2021]兮，掩浮雲而上征。

【譯詩】

山林蕭條沒有野獸，四野蒼茫不見人跡。

魂魄直上雲端，擁著浮雲而向上飛。

> 命天閽[2022]（ㄏㄨㄣ）其開關兮，排閶闔[2023]（ㄔㄤ　ㄏㄜˊ）而望予。

[2014]　銷鑠：消瘦。
[2015]　汋約：同「綽約」，柔美。
[2016]　要眇：美好的樣子。
[2017]　淫放：灑脫而不受拘束。
[2018]　南州：南土，楚國以南的地方。
[2019]　寂漠：空曠、寂靜的。
[2020]　營魄：魂魄。
[2021]　登霞：飛升到雲上。
[2022]　天閽：看守天界大門的人。
[2023]　閶闔：天界的大門。

召豐隆[2024]使先導兮，問大微[2025]之所居。

【譯詩】

命令天界的看門人開門，他推開大門注視著我。
召來雷神豐隆當嚮導，詢問天帝的太微宮在哪裡。

集重陽[2026]入帝宮兮，造旬始[2027]而觀清都[2028]。
朝發軔[2029]（ㄖㄣˋ）於太儀[2030]兮，夕始臨乎微閭[2031]（ㄌㄩˊ）。

【譯詩】

升入九天到天帝的宮廷，造訪旬始星參觀清都仙境。
早上從太儀殿駕車啟程，晚上到達醫巫閭山。

屯[2032]余車之萬乘[2033]兮，紛溶[2034]與而並馳。
駕八龍之婉婉兮，載雲旗之逶蛇（ㄨㄟ ㄧˊ）。

[2024] 豐隆：雷神，或說為雲神。
[2025] 大微：即太微，傳說中天帝所居之地。
[2026] 重陽：陽爻為九，指九重之地。
[2027] 旬始：星宿的名稱。
[2028] 清都：天宮之名。
[2029] 發軔：發車。軔，削成楔形的木頭，塞在輪下，出發時抽出。
[2030] 太儀：天帝的宮廷。
[2031] 微閭：即醫巫閭山，傳說有神仙居住。
[2032] 屯：聚集。
[2033] 萬乘：古人以駟馬一車為一乘，此處指車多。
[2034] 紛溶：繁盛的樣子。

【譯詩】

萬輛馬車聚集，擁擠著一起向前飛馳。

駕車的八匹神俊迤邐而行，車上的雲旗首尾相連飄揚。

建雄虹之采旄[2035]（ㄇㄠˊ）兮，五色雜而炫耀。

服[2036]偃蹇[2037]（ㄧㄢˇ　ㄐㄧㄢˇ）以低昂兮，驂（ㄘㄢ）連蜷以驕驁[2038]（ㄠˊ）。

【譯詩】

豎起彩虹般的旗幟，五色斑斕而閃耀光輝。

居中駕車的馬匹矯健自如，兩邊的馬匹輕快的奔馳。

騎膠葛[2039]以雜亂兮，斑漫衍[2040]（ㄇㄢˋ　ㄧㄢˇ）而方行。

撰（ㄓㄨㄢˋ）余轡（ㄆㄟˋ）而正策兮，吾將過乎句芒[2041]。

【譯詩】

車馬交錯雜亂，隊伍連綿不絕的向前。

[2035]　旄：用犛牛尾巴裝飾旗竿頂部的一種旗幟。
[2036]　服：古代用四匹馬駕車，車轅內的兩匹馬稱為服，車轅外的兩匹馬稱為驂。
[2037]　偃蹇：婉轉的樣子。
[2038]　驁：好馬、良馬。
[2039]　膠葛：糾葛。
[2040]　漫衍：氾濫、綿綿不絕。
[2041]　句芒：春天之神，傳說為少昊之子，掌管草木生發；另外為東方神木的名字。

掌控我的轡繩握正馬鞭，我將經過東方神樹句芒。

> 歷太皓[2042]以右轉兮，前飛廉[2043]以啟路。
>
> 陽杲（ㄍㄠˇ）杲[2044]其未光兮，凌天地以徑度。

【譯詩】

經過東方青帝太昊的居所右轉，讓風伯飛廉在前方開路。

閃耀的太陽還未升起放光，橫穿天地直接向前。

> 風伯[2045]為余先驅兮，氛埃闢而清涼。
>
> 鳳凰翼其承旂[2046]（ㄑㄧˊ）兮，遇蓐（ㄖㄨˋ）收[2047]乎西皇[2048]。

【譯詩】

風神做我隊伍的先鋒，掃蕩塵埃迎來清涼世界。

鳳凰張開羽翼支撐起雲旗，在西方之帝那裡遇見金神。

[2042] 太皓：又寫作「太昊」、「太皞」，傳說中的東方青帝。

[2043] 飛廉：風神。

[2044] 杲杲：明亮的樣子。

[2045] 風伯：即風神。

[2046] 旂：古代一種帶鈴鐺的旗幟，上面有龍的圖案。

[2047] 蓐收：古代神話中的金神、秋天之神、刑神、西方之神，是白帝少昊之子。人面、虎爪、白毛、執鉞。左耳有蛇，乘兩龍。

[2048] 西皇：指白帝少昊。

攬彗星以為旍[2049]（ㄐㄧㄥ）兮，舉斗柄以為麾[2050]（ㄏㄨㄟ）。

叛[2051]陸離其上下兮，遊驚霧之流波。

【譯詩】

摘下彗星當小旗幟，舉起北斗之柄作我的帥旗。

紛繁的光彩炫目上下浮動，遊走於雲海驚濤。

時曖曃[2052]（ㄞˋ　ㄉㄞˋ）其矘莽[2053]（ㄊㄤˇ　ㄇㄤˇ）兮，召玄武[2054]而奔屬。

後文昌[2055]使掌行兮，選署眾神以並轂[2056]（ㄍㄨˇ）。

【譯詩】

天色昏暗四周一片蒼茫，召玄武來為隨從。

讓文昌帝君在車後掌管隨從，選眾神一起並駕同行。

路漫漫其修遠兮，徐弭（ㄇㄧˇ）節[2057]而高厲。

[2049] 旍：同「旌」，旗幟。
[2050] 麾：軍旗和車蓋。此處指指揮。
[2051] 叛：紛繁。
[2052] 曖曃：昏暗不明。
[2053] 矘莽：幽暗迷濛。
[2054] 玄武：四靈之一，位居北方。二十八宿中北方七宿的總稱，形象為龜蛇合體。
[2055] 文昌：指文昌帝君。
[2056] 轂：車轂，連接車輻，中間有圓孔，用來插入車軸。
[2057] 弭節：停車。

左雨師[2058]使徑侍兮，右雷公[2059]以為衛。

【譯詩】

長路迢迢多麼悠遠，緩緩地停車飛向高天。

左邊的雨師相伴隨侍，右邊的雷公充當護衛。

欲度世以忘歸兮，意恣睢[2060]（ㄘ　ㄙㄨㄟ）以擔撟[2061]。

內欣欣[2062]而自美兮，聊媮娛[2063]（ㄩˊ）以自樂。

【譯詩】

要超脫世俗忘記歸途，恣意放縱而向上高飛。

心中喜樂自感美好，聊以自娛求取安樂。

涉[2064]青雲以汜濫遊兮，忽臨睨[2065]（ㄋ一ㄟ）夫舊鄉[2066]。

僕夫懷余心悲兮，邊馬顧而不行。

[2058] 雨師：中國古代神話中掌管下雨的神靈。
[2059] 雷公：雷神，神話中主管打雷的神。《山海經．海內東經》記載：「雷澤中有雷神，龍身人頭，鼓其腹則雷。」
[2060] 恣睢：放縱、放任。
[2061] 擔撟：飛升。
[2062] 欣欣：喜樂的樣子。
[2063] 媮娛：歡愉。
[2064] 涉：本義為徒步渡水，此處指踩著。
[2065] 睨：斜著眼睛看。
[2066] 舊鄉：故鄉。

【譯詩】

踩著青雲漫遊四方，忽然看見我的家鄉。

僕人們思念我心中悲傷，馬匹也回過頭去不肯前行。

> 思舊故以想像兮，長太息而掩涕。
>
> 氾[2067]（ㄈㄢˋ）容與[2068]而遐舉[2069]兮，聊抑志而自弭[2070]（ㄇㄧˇ）。
>
> 指炎神[2071]而直馳兮，吾將往乎南疑[2072]。

【譯詩】

思念我故鄉的人啊只能去想像，長嘆一聲用衣袖擦拭淚水。

隨波從容的遠行，暫且控制住感情自我安慰。

朝向南方火神賓士而去，我將要去南方的九嶷山。

【延伸】

以上為詩歌的第七部分，也是最長的一部分，詩人魂遊天界，與仙人靈獸為伍。彷彿勾畫出一條詳細的旅行路線圖，從哪個門進入，到哪一座殿堂，參觀了什麼，遇到了誰，寫的清

[2067] 氾：水向四處泛流。
[2068] 容與：悠閒自得的樣子。
[2069] 遐舉：遠行。
[2070] 自弭：自我安慰。
[2071] 炎神：火神。
[2072] 南疑：南方的九嶷山。

晰而明白。所謂八龍駕車，風伯、雨師、雷公為伴，東方拜見青帝太皓，西方相識了金神蓐收，真可謂神遊八極，遍覽三界。

比之於詩人荷馬塑造的《奧德賽》，屈原筆下的「遠遊者」實際上去過更大、更廣闊的世界，他的足跡遊歷了東方大陸，在春天的星空下漫遊，在秋日的黃昏醉飲。詩中的太皓實際上是春天，而蓐收則是秋天，風伯、雨師、雷公只是他旅途中的風雨雷電而已。詩人以極其精緻的語言，建構一個充滿詩意的世界。尤其是「山蕭條而無獸兮，野寂漠其無人」等語，將大自然的深邃、空曠與幽靜寫到了極致。

> 覽方外之荒忽兮，沛[2073]（ㄆㄟˋ）罔（ㄨㄤˇ）象[2074]而自浮。
>
> 祝融[2075]戒而還衡[2076]兮，騰告鸞（ㄌㄨㄢˊ）鳥迎宓（ㄈㄨˊ）妃[2077]。
>
> 張〈咸池〉[2078]奏〈承雲〉[2079]兮，二女[2080]御（ㄩˋ）〈九韶〉[2081]（ㄕㄠˊ）歌。

[2073] 沛：水流大。
[2074] 罔象：海洋、汪洋。
[2075] 祝融：傳說中的火神。
[2076] 還衡：迴車。衡，車轅頭的橫木。
[2077] 宓妃：洛水女神，傳說為伏羲之女。
[2078] 〈咸池〉：黃帝所作的樂曲名。
[2079] 〈承雲〉：與〈咸池〉一樣，同為黃帝所作的樂曲名。
[2080] 二女：娥皇、女英，堯帝的兩個女兒，嫁舜帝為妃。
[2081] 〈九韶〉：上古樂曲名，傳說為舜帝時所創。

【譯詩】

看世外的深遠幽寂之境，好像在大海中孤獨漂浮。

火神祝融勸我調轉車頭，又告訴青鸞神鳥迎接宓妃。

演奏〈咸池〉和〈承雲〉這兩支神曲，娥皇、女英唱起了〈九韶〉。

> 使湘靈[2082]鼓瑟（ㄙㄜˋ）兮，令海若[2083]舞馮夷[2084]（ㄧˊ）。
>
> 玄螭[2085]（ㄔ）蟲象[2086]並出進兮，形蟉虯[2087]（ㄌㄧㄡˊ ㄑㄧㄡˊ）而逶蛇（ㄨㄟ ㄧˊ）。

【譯詩】

讓湘水之神彈奏樂曲，命海神與河伯起舞。

黑龍與水怪在波濤中翻滾，形態屈曲而蜿蜒。

> 雌蜺[2088]（ㄘˊ ㄋㄧˊ）便娟[2089]以增撓[2090]兮，鸞（ㄌㄨㄢˊ）鳥軒翥[2091]（ㄒㄩㄢ ㄓㄨˋ）而翔飛。

[2082] 湘靈：湘水女神。
[2083] 海若：傳說中的北海海神。
[2084] 玄螭：黑色無角的龍。
[2085] 蟲象：傳說中的水怪。
[2086] 蟉虯：屈曲盤繞的樣子。
[2087] 逶蛇：蜿蜒曲折。
[2088] 雌蜺：虹有兩環時，內環色彩鮮豔為雄，名虹；外環色彩暗淡為雌，名蜺，即霓，現今稱為副虹。
[2089] 便娟：輕盈美好的樣子。
[2090] 增撓：層繞。增，通「層」；撓，通「繞」。
[2091] 軒翥：振翼而上、高飛。

> 音樂博衍[2092]（ㄅㄛˊ　ㄧㄢˇ）無終極兮，焉乃逝以徘徊。

【譯詩】

彩虹輕盈美好層層相繞，青鸞神鳥振翼高飛雲間。

金聲玉振廣遠而不停息，於是我遠去而又躊躇。

> 舒並節以馳騖[2093]（ㄔˊ　ㄨˋ）兮，逴[2094]（ㄔㄨㄛˋ）絕垠[2095]（ㄧㄣˊ）乎寒門。
>
> 軼（ㄧˋ）迅風於清源兮，從顓頊[2096]（ㄓㄨㄢ　ㄒㄩˋ）乎增冰。

【譯詩】

放下鞭子讓馬自由奔跑，到大地盡頭的寒冷之門。

乘著疾風抵達清都仙境清源，跟隨北方天帝顓頊踏上冰原。

> 歷玄冥[2097]（ㄒㄩㄢˊ　ㄇㄧㄥˊ）以邪（ㄒㄧㄝˊ）徑兮，乘間維以反顧。

[2092] 博衍：廣遠。
[2093] 馳騖：奔騰。
[2094] 逴：遠。
[2095] 絕垠：天邊。
[2096] 顓頊：上古部落聯盟君長，五帝之一，後被神化，稱為北方天帝。
[2097] 玄冥：冬天之神，也說北方之神、水神。

召黔嬴[2098]（ㄑㄧㄢˊ　ㄧㄥˊ）而見之兮，為余先乎平路。

【譯詩】

通過冬日之神的幽徑，在天地之間回頭顧盼。
召喚造化之神來相見，為我先鋪平道路。

經營四荒兮，周流[2099]六漠。
上至列缺[2100]兮，降望大壑[2101]（ㄏㄨㄛˋ）。

【譯詩】

歷經四方荒涼的土地，看遍六合廣袤的景色。
向上飛到閃電之穴，向下俯瞰大海洪波。

下崢嶸[2102]（ㄓㄥ　ㄖㄨㄥˊ）而無地兮，上寥廓（ㄌㄧㄠˊ　ㄎㄨㄛˋ）而無天。

視儵忽（ㄕㄨˋ　ㄏㄨ）而無見兮，聽惝怳（ㄔㄤˇ　ㄏㄨㄤˇ）而無聞。

超無為以至清兮，與泰初[2103]而為鄰。

[2098] 黔嬴：黔雷，造化之神。
[2099] 周流：遍及各地。
[2100] 列缺：閃電。
[2101] 大壑：大海，另說巨大的深淵。
[2102] 崢嶸：深遠、深邃的樣子。
[2103] 泰初：天地未分前的混沌元氣，後來代指天地形成前。

【譯詩】

往下看幽遠不見大地，往上看空曠不見高天。

瞬息而逝什麼也看不見，滿耳模糊聽不清。

超脫無為達到清靜世界，我和天地元氣毗鄰。

【延伸】

以上為詩歌的第八部分，延續了神話內容，詩人拜會南方火神祝融和北方黑帝顓頊，也就是說，天下四方的神靈都與之相交。他去過南方火熱的地方，那是一片浪漫之地。此時的「遠遊者」彷彿是一個拜倫式的英雄（Byronic hero），他得到好幾位女神的青睞。他也到過極寒的北方冰原，在那冷寂、蒼涼之地，他並未感到悲傷，相反，他十分平靜。經營四荒，周流六漠，他幾乎已走遍世界，就像第一個環遊地球的人一樣，成為世界上最偉大的旅行家。與屈原其他作品最後無不落到哀傷的調子不同，這首詩的結尾是釋懷的。

〈卜居〉

【作者及作品】

「卜居」之意是占卜自己該如何處世。王逸認為是屈原所作，但清代人崔述卻認為並非屈原所作。陳子展駁斥了這個說法，現代大部分學者認可此篇為屈原之作。此篇透過十幾個問題，表達屈原的人生觀和處事方式。

> 屈原既放[2104]，三年不得復見。竭知[2105]盡忠，而蔽鄣[2106]（ㄅㄧˋ　ㄓㄤ）於讒。心煩慮亂，不知所從。乃往見太卜[2107]鄭詹尹[2108]（ㄓㄢ　ㄧㄣˇ）曰：「余[2109]有所疑，願因[2110]先生決[2111]之。」

【譯文】

屈原被流放，三年不得再見國君。他竭盡智慧盡忠，卻被讒言遮擋和阻礙。他心情煩悶、思慮混亂，不知何去何從。因

[2104] 放：被流放。
[2105] 知：通「智」，智慧。
[2106] 蔽鄣：遮蔽、阻撓，指屈原的諫言無法上達。
[2107] 太卜：官名，周代時為春官，主管占卜。
[2108] 鄭詹尹：姓鄭的占卜官，另說為鄭國的占卜官。「詹」通「占」，占卜。尹，官名。另說「鄭詹尹」為人名。
[2109] 余：我。第一人稱代詞。
[2110] 因：透過、憑。
[2111] 決：分辨。

而去拜見太卜鄭詹尹，說：「我有一些疑惑難解，想請先生幫我決斷。」

> 詹尹乃端[2112]策[2113]拂龜[2114]，曰：「君[2115]將何以教[2116]之？」

【譯文】

詹尹擺正占卜用的蓍草，擦亮龜殼說：「你有何賜教？」

> 屈原曰：
>
> 「吾寧[2117]悃悃（ㄎㄨㄣˇ）款款[2118]樸[2119]以忠[2120]乎？將送往[2121]勞來[2122]斯無窮乎？
>
> 寧誅鋤草茅以力耕乎？將遊大人以成名乎？
>
> 寧正言不諱以危身乎？將從俗富貴以媮（ㄊㄡ）生[2123]乎？

[2112] 端：扶正。
[2113] 策：占卜用的蓍草。
[2114] 拂龜：擦拭龜甲。龜甲和蓍草一樣，均為占卜用具。
[2115] 君：你，指屈原。
[2116] 教：告訴。
[2117] 寧：寧可。
[2118] 悃悃款款：忠誠勤勉之狀。
[2119] 樸：本性、本質。
[2120] 忠：效忠。
[2121] 送往：送走去的人。
[2122] 勞來：慰問來的人。
[2123] 媮生：苟且存活。

寧超然[2124]高舉[2125]以保真乎？將哫訾[2126]（ㄗㄨˊ ㄗ）栗斯[2127]（ㄌㄧˋ ㄙ），喔咿[2128]（ㄨㄛˋ ㄧ）嚅（ㄖㄨˊ）唲[2129]以事婦人乎？

寧廉潔正直以自清乎？將突梯滑稽[2130]（ㄍㄨˇ ㄐㄧ），如脂如韋，以潔楹[2131]（ㄧㄥˊ）乎？

寧昂昂若千里之駒乎？將氾（ㄈㄢˋ）氾[2132]若水中之鳧[2133]（ㄈㄨˊ），與波上下，偷以全吾軀乎？

寧與騏驥（ㄑㄧˊ ㄐㄧˋ）亢軛[2134]（ㄎㄤˋ ㄜˋ）乎？將隨駑（ㄋㄨˊ）馬之跡乎？

寧與黃鵠[2135]（ㄏㄨˊ）比翼乎？將與雞鶩[2136]（ㄨˋ）爭食乎？

此孰（ㄕㄨˊ）吉孰凶？何去何從？

世溷濁（ㄏㄨㄣˋ ㄓㄨㄛˊ）而不清。

蟬翼為重，千鈞[2137]為輕；

[2124] 超然：遠走高飛。
[2125] 高舉：遠離俗世，像鳥一樣高飛，此處指隱居。
[2126] 哫訾：阿諛奉承。
[2127] 栗斯：獻媚。
[2128] 喔咿：強笑獻媚的樣子。
[2129] 嚅唲：強顏歡笑狀。
[2130] 突梯滑稽：委婉順從。
[2131] 楹：廳堂前面的柱子。
[2132] 氾氾：漂浮的樣子。
[2133] 鳧：野鴨。
[2134] 亢軛：並駕齊驅。
[2135] 黃鵠：鳥名，此處指高士。
[2136] 雞鶩：雞鴨，此處指平庸的人。
[2137] 千鈞：形容非常重。古制三十斤為一鈞。

黃鐘[2138]毀棄，瓦釜[2139]（ㄈㄨˇ）雷鳴；

讒人高張[2140]，賢士無名。

吁嗟[2141]（ㄒㄩ　ㄐㄧㄝ）默默[2142]兮，誰知吾之廉貞？」

【譯文】

屈原說：

「我寧願忠實誠懇，樸實地效忠呢？還是迎來送往而不停歇呢？

我寧可拿著鋤頭從事耕作呢？還是遊說於達官貴人之中，以獲取聲名呢？

我寧可直言不諱使自身危殆呢？還是順從世俗偷生呢？

我寧願超脫世俗以保全純真呢？還是阿諛奉承、忸怩作態去侍奉宮中寵妃呢？

我寧願廉潔正直來讓自己清白呢？還是圓滑的像脂肪、獸皮裝飾門面呢？

我寧願昂然自傲如同千里馬呢？還是像野鴨子隨波逐流保全自己的身軀呢？

我寧願和千里馬並駕齊驅呢？還是跟隨駑馬的足跡呢？

我寧願與天鵝比翼齊飛呢？還是跟雞鴨一起爭食呢？

[2138]　黃鐘：十二律之一，是最宏大的音調。此處指大鐘。
[2139]　瓦釜：瓦鍋。此處指庸俗的樂調。
[2140]　高張：身居高位。
[2141]　吁嗟：感慨、嘆息。
[2142]　默默：無言的樣子。

這些選擇是對還是錯？應該何去何從？

現實世界混濁不清。

蟬翼被認為重，千鈞被認為輕；

黃鐘被毀壞丟棄，敲擊瓦釜之器卻發出雷鳴般的聲音；

讒言獻媚的人揚名顯爵，賢能的人士默默無聞。

我只能默默地哀嘆，誰知道我的廉潔忠貞呢？」

> 詹尹乃釋策而謝[2143]，曰：「夫尺有所短，寸有所長；物有所不足，智有所不明；數有所不逮[2144]，神有所不通。用君之心，行君之意。龜策誠[2145]不能知事[2146]。」

【譯文】

詹尹放下蓍草，辭謝說：「所謂尺有它的不足，寸有它的長處；物有它的不足，智慧有所不明；術數有它算不到的事，神靈也有不能解決的事。你按照自己的心，決定自己的行為。龜殼蓍草實在無法為你解決這些問題。」

【延伸】

這篇類似一個小故事，屈原被流放，三年不能見楚國國君，不知何去何從，因此請太卜鄭詹尹為自己占卜，當這位占卜師擺好烏龜殼和蓍草時，屈原說出自己的困惑。占卜師卻告

[2143] 謝：辭謝、婉拒。
[2144] 不逮：比不上、不及。
[2145] 誠：誠然。
[2146] 知事：知此事。

訴他，按照他的想法去做，占卜和神靈並不能解決所有問題。其實，占卜師已經看出來了，屈原並非真的求卜，不過是透過和他探討，獲得一個心安罷了。

〈漁夫〉

【作者及作品】

漢代王逸、宋代朱熹都認為此篇是屈原所作，但清代人崔述卻認為是託偽，並非屈原所作。近人姜亮夫認為是屈原之作，由於沒有更多證據，現代學者多視為是屈原的作品。

〈漁父〉是《楚辭》中的名篇。也類似於一個小故事，雖然文字很短，但卻含義精深，蘊含的內容非常廣闊。行吟澤畔的大詩人屈原遇到了一個漁父，準確來說，是一個隱士。他認出屈原，說出「滄浪之水清兮，可以濯吾纓；滄浪之水濁兮，可以濯吾足」的處世觀點，不過對屈原來說，與其這樣活著，還不如跳河死了算了。

> 屈原既放[2147]，遊於江潭（ㄊㄢˊ），行吟澤畔[2148]（ㄆㄢˋ），顏色[2149]憔悴（ㄑㄧㄠˊ　ㄘㄨㄟˋ），形容[2150]枯槁[2151]（ㄍㄠˇ）。

[2147] 放：流放、放逐。
[2148] 澤畔：湖邊上。
[2149] 顏色：面容、臉色。
[2150] 形容：形態、容貌。
[2151] 枯槁：形容清瘦的樣子。

漁父[2152]見而問之曰：「子[2153]非三閭（ㄌㄩˊ）大夫[2154]與？何故[2155]至於斯[2156]？」

【譯文】

屈原被流放後，在江邊徘徊獨行，在大澤畔邊走邊唱，臉色憔悴，容貌枯瘦。

漁父看到後，問他：「你不是三閭大夫嗎？是什麼原因到這裡呢？」

屈原曰：「舉世[2157]皆濁[2158]我獨清，眾人皆醉我獨醒，是以見放。」

【譯文】

屈原說：「整個世界都是汙濁的，只有我是乾淨的，所有的人都沉醉麻木，只有我是清醒的，所以遭到流放。」

漁父曰：「聖人[2159]不凝滯[2160]（ㄋㄧㄥˊ ㄓˋ）於物，而能與世推移。世人皆濁，何不淈[2161]其泥而揚其波？眾人皆

[2152] 漁父：此處指隱士。
[2153] 子：先秦對男子的尊稱，此處指屈原。
[2154] 三閭大夫：楚國的官名，掌管屈、景、昭三姓貴族事務。
[2155] 故：原因。
[2156] 斯：這裡。
[2157] 舉世：所有的人。
[2158] 濁：王夫之《楚辭通釋》說：「濁，沒於寵利。」可理解為糊塗、不清白。
[2159] 聖人：古人認為完美通曉真理的人。
[2160] 凝滯：拘泥、執著。
[2161] 淈：攪渾。

醉，何不餔[2162]（ㄅㄨ）其糟[2163]（ㄗㄠ）而歠[2164]（ㄔㄨㄛˋ）其醨[2165]（ㄌㄧˊ）？何故深思[2166]高舉[2167]，自令放為？」

【譯文】

漁父說：「聖人不被外物所拘泥、牽絆，而能隨世俗變化。全天下的人都汙濁，為什麼不攪渾泥水、推波助瀾？所有人都沉醉麻木，為什麼不與眾人一起吃那酒渣、喝那薄酒呢？為什麼要故作清高，與世俗背離，使自己被流放呢？」

屈原曰：「吾聞之，新沐[2168]（ㄇㄨˋ）者必彈冠，新浴[2169]者必振衣。安能以身之察察[2170]，受物之汶（ㄨㄣˋ）汶[2171]者乎？寧赴湘流，葬於江魚之腹中，安能以皓（ㄏㄠˋ）皓[2172]之白，而蒙世俗之塵埃乎？」

【譯文】

屈原說：「我聽說，剛洗過頭的人一定會彈去帽子上的塵土，剛洗過澡的人一定會抖掉衣服上的泥灰。哪能讓潔淨的身

[2162] 餔：吃。
[2163] 糟：酒渣。
[2164] 歠：喝。
[2165] 醨：薄酒。
[2166] 深思：深遠的思慮。
[2167] 高舉：舉止高潔。
[2168] 沐：洗頭。
[2169] 浴：洗澡。
[2170] 察察：潔白、清潔的樣子。
[2171] 汶汶：玷汙、混濁的樣子。
[2172] 皓皓：形容純潔。

體，去接觸汙穢的外物呢？我寧可投入湘水，葬身魚腹，哪能讓貞潔的身軀去蒙受世俗的塵埃呢？」

漁父莞爾[2173]（ㄨㄢˇ　ㄦˇ）而笑，鼓枻[2174]（ㄍㄨˇ　ㄧˋ）而去，乃歌曰：「滄浪[2175]（ㄘㄤ　ㄌㄤˊ）之水清兮，可以濯[2176]（ㄓㄨㄛˊ）吾纓[2177]（ㄧㄥ）；滄浪之水濁兮，可以濯吾足。」

遂[2178]（ㄙㄨㄟˋ）去，不復與言[2179]。

【譯文】

漁父微微一笑，划著船槳離去，邊划邊唱：「滄浪之水清澈，我就用來洗我的帽帶；滄浪之水汙濁，我就用來洗我的雙腳。」

於是離開，不再和屈原說話。

【延伸】

「滄浪之水清兮，可以濯吾纓；滄浪之水濁兮，可以濯吾足。」漁父說的是對的嗎？

筆者認為屈原是對的，漁夫也是對的。因為這不是是非分

[2173]　莞爾：形容微笑的樣子。
[2174]　鼓枻：划槳。
[2175]　滄浪：滄浪水，一說是漢水的別稱，一說為漢水的下游。
[2176]　濯：清洗。
[2177]　纓：帽帶。
[2178]　遂：於是。
[2179]　言：交談。

野，而只是不同的生活方式罷了。二人對處世的看法，可謂見仁見智，屈原更加堅定，漁父更加曠達；屈原的精神自不必多說，而漁父的精神則容易被貶斥。實際上漁父是一個擁有大智慧的人，他超越於世俗，就如同赤松子、廣成子等上古神仙，不被世俗所羈絆，有世俗所不能體悟的自由。換一種說法，漁父更像是一個真正的自然主義者，就像隱居在瓦爾登湖畔的梭羅（Henry David Thoreau），他曾在《湖濱散記》（*Walden*）一書中寫道：

「時間只不過是我釣魚的小溪。我喝它的水；但是當我喝水時，我看到細沙的溪底，發現它竟是多麼淺啊！淺淺的溪水悄悄流逝，但永恆長存。我願痛飲，在天空釣魚，天底下布滿了卵石般的星星。」漁父的那番說辭，和這段描寫十分接近，都有一種順乎大自然的精神。

「滄浪之水清兮，可以濯吾纓；滄浪之水濁兮，可以濯吾足。」兩種選擇，兩種人生。順從者以為圓通，堅守者以為執著。聖人云：「清斯濯纓，濁斯濯足矣，自取之也。此非曠達者所思，此乃聖哲處身晦明之教也。」

電子書購買　爽讀 APP

國家圖書館出版品預行編目資料

楚辭風華——屈原楚辭體詩歌的哲思與情懷 / 白羽 著 . -- 第一版 . -- 臺北市 : 崧燁文化事業有限公司 , 2024.09
面；　公分
POD 版
ISBN 978-626-394-714-6(平裝)
1.CST: 楚辭 2.CST: 注釋
832.18　　113012258

楚辭風華——屈原楚辭體詩歌的哲思與情懷

臉書

作　　者：白羽
發 行 人：黃振庭
出 版 者：崧燁文化事業有限公司
發 行 者：崧燁文化事業有限公司
E-mail：sonbookservice@gmail.com
粉 絲 頁：https://www.facebook.com/sonbookss/
網　　址：https://sonbook.net/
地　　址：台北市中正區重慶南路一段 61 號 8 樓
8F., No.61, Sec. 1, Chongqing S. Rd., Zhongzheng Dist., Taipei City 100, Taiwan
電　　話：(02) 2370-3310　　　傳　　真：(02) 2388-1990
印　　刷：京峯數位服務有限公司
律師顧問：廣華律師事務所 張珮琦律師

定　　價：399 元
發行日期：2024 年 09 月第一版
◎本書以 POD 印製
Design Assets from Freepik.com